福運莽妻

下

風文創 941

山有木兮 著

風文創 941

目錄

第二十九章　試探

「方才，多謝。」封景安鄭重其事地對聞子珩抱拳作揖，以示感謝。

聞子珩到了嘴邊的譏諷，愣是因為封景安的鄭重其事換成了——「宋子辰為人心胸狹隘，若是知曉自己給你使的絆子未能成功，只怕日後會更加針對你們，需不需要老夫出面，將他趕出州學？」

這小事，權當是報了舒燕那丫頭對他的救命之恩，倒也不是不可以。

「不必，像宋子辰那樣的人，留著他看我一步一步高升，而他卻一直停滯在原地不動，對他而言才是最大的折磨。」封景安拒絕得毫不猶豫。

聞子珩語塞。按理，麻煩的存在，就該及時地掃清，封景安倒好，非得將麻煩留著，他也不怕哪一日這麻煩反噬，狠狠地咬他一口。

「聞老，那裡是什麼地方？怎麼還有人在看守呢？」齊球球敏銳地察覺到氣氛的古怪，本能地轉移話題，指著不遠處的一座三層小樓問道。

聞子珩順著齊球球手所指的方向看去，挑眉解釋道：「那是藏書閣，裡面有很多珍貴書籍，所以需要人守著。」

「既是如此，那想要進去閱讀那些書籍，也是有條件的吧？」封景安登時眼睛發亮地盯著不遠處的藏書閣。

聞子珩失笑地點頭。「那是自然，進去的要求可高著呢，便是宋家給州學捐了很多銀子，宋子辰在州學裡，還是只能每月進去閱書一次呢。」

「呵，那他不得氣死？」齊球球譏誚地笑了，宋子辰一直覺得他家裡擁有的銀錢可以讓他為所欲為，結果來到了這合泰州學，銀子沒少給，結果規矩還得守著，他私下的臉色肯定很難看。

「沒人管他會不會氣死，想要自由出入這藏書閣，那就必須是品性與能力上佳者才行，缺一不可。」聞子珩眉頭皺了皺，想起了一件不是很愉快的事情。

齊球球樂了。聞老這話說的，可不就是在暗指宋子辰除了給出的那些銀子之外，不管是品性還是能力都沒有？

「這地方好，我們景安肯定能擁有自由出入的資格！」

「聞老好。」林陌玨禮貌地對聞子珩作揖打完招呼，目光不由得落到了封景安的身上。而他身後跟著的兩人，同樣也將目光落在了封景安的身上，不過他們的目光，可就跟林陌玨的探究不一樣了。

那是明晃晃的不善，並沒有因為聞子珩在場就有所收斂，可見齊球球方才所說的話都讓人聽見了，以至於這兩人覺得他們剛進入州學，放話就這麼狂，非常不喜。

齊球球皺眉盯著林陌玨看了會兒，才想起來這人為什麼有點眼熟。「你不是那日，跟在宋子辰身邊的那個？叫什麼來著？」

「在下姓林，林陌玨。」林陌玨有些不喜齊球球對他的形容，可礙於眼下是在聞老面前，他沒對此說什麼。

「你來得正好。」聞老鬆開皺著的眉頭，突然開心地拍了下手。「陌玨是州學裡如今唯一能自由出入藏書閣的人，既然你們這麼有自信，不如來比一場？」

封景安一愣，下意識拒絕。「這，還是不了。」

剛來就樹敵，那可不是他的初衷。

「聞老這個提議，可是有點欺負封兄，畢竟我是一直待在州學裡，封兄卻是剛入學，他輸了，我勝之不武，而我若是輸了，那可是大大丟了我們州學的面子了。」

「林兄，你這過於自謙了。」吳浩極為不贊同地看著林陌玨。

另一人緊跟著附和。「是啊是啊，林兄的實力就擺在那兒呢，真的不必如此自謙。」

「人外有人，我可不敢輕敵，聞老您說是嗎？」林陌玨眼底的笑意未變，但看向聞子珩的目光卻是無聲且堅定地表達自己的拒絕。

聞子珩看看封景安，又看看林陌玨，忍不住遺憾地嘆了聲。「這倒也是，是老頭子思慮不周了，你們當老頭子我方才什麼都沒說。」

「這……」

「吳浩！」林陌玨警告地瞥了還想煽風點火的人一眼。

吳浩憤憤不平，卻不得不將所有的話嚥了下去。

另一人顯然也是不滿這樣的結果，頻頻看林陌玨，可惜林陌玨不搭理他們。

「我在未名居訂了一桌酒菜，給封兄的到來接風洗塵，不知封兄可否賞臉一去？」

「……好。」封景安深深看了林陌玨一眼，到了嘴邊的拒絕還是換成了答應。雖然曾見林陌玨和宋子辰一道，可他不以為兩人本性相同，他倒要看看這個林陌玨的葫蘆裡到底是在賣什麼藥。

林陌玨不在意封景安對自己的揣測，笑道：「那就這麼說定了，我在未名居等你。聞老，我先告辭了，您老慢慢逛。」言罷，拱手作揖，得到聞子珩的首肯後，毫不拖泥帶水地轉身離開。

主心骨離開了，剩下的兩人也跟聞老告辭，忙不迭地就溜了。

待他們的身影徹底消失在視線中，封景安才轉眸看向齊球球。「球球……」

「打住！我知道你想說什麼，咱們初來乍到，要低調，我懂我懂，之後絕不會再口無遮攔，你放心。」齊球球抬手搶話。剛才那齣他看得很清楚，他知道錯了。

「罷了。」封景安無奈地扶額。事已至此，球球也做了保證，他再揪著不放倒是不好。

「走吧，繼續帶你們熟悉熟悉。」聞子珩當作自己什麼都沒聽見，隨便轉了個方向抬腳就往那兒走。

齊球球怕沒了聞子珩，封景安會再度舊話重提來說他，忙不迭地抬腳跟上了聞子珩的腳步，並且非常積極好問，一直不停地問聞子珩這裡是什麼地方、那裡又是做什麼用的。

不好丟下齊球球一人，封景安只好抬腳跟了上去。

但半個時辰過去，他們還沒將整個州學徹底地走過一遍，林陌玨的小廝就尋了過來。聞子珩只得沒好氣地擺擺手。「走，趕緊走，正好走了這半個時辰的，老夫也累了。」

封景安眸底劃過一絲笑意。「今日辛苦聞老了。」

「嘴上說辛苦有什麼用？」聞子珩低聲嘀咕。

封景安沒聽清，只好開口問：「您說什麼？」

「什麼都沒說。」聞子珩飛快地否認，爾後率先轉身離開。「唉，這人老了啊，腿腳都不中用了呢！」

封景安和齊球球無言。

瞧聞子珩方才給他們介紹的勢頭，他們可半點沒看出來，他哪兒腿腳不中用了。

林陌玨將自己在未名居給封景安接風的事瞞得挺好，但他不知道，宋子辰命人一直跟著封景安，幾乎是封景安被帶到未名居的同時，宋子辰就知道了。

「你把方才的話再說一遍。」宋子辰面色難看。

他費盡心思讓盧解卡住封景安入學的路，這沒成功也罷，林陌玨竟然還讓人帶封景安去未名居，為他接風？誰不知道他們之間的關係很好？結果呢？林陌玨身為他的好友，在未名居訂了位置，替他最不喜，甚至仇視的人接風！

「回公子，小的看得真真的，就是林公子訂的位置，那未名居的小二還說，林公子訂的酒菜，皆是上等。」全陽硬著頭皮重複，看都不敢看宋子辰一眼。

宋子辰再也壓不住心底憤怒，狠狠地將手中的茶杯摔了出去。「好！可真是好樣的！」

他跟封景安定是上輩子就有仇，這輩子才會這般的不對付！在小學院裡封景安壓他一頭，他好不容易才將封景安踩進塵埃裡，這才過去了多久，封景安就又爬起來，到他面前來礙眼，奪他在乎的好友！

「本少爺倒是要看看，他給封景安的接風宴是什麼樣子！」

未名居，是合泰州聞名的酒樓。一間酒樓叫未名居，聽著就奇怪，但架不住這酒樓生意好，都說來合泰，不去未名居嚐嚐裡頭的招牌菜，就算不得來過合泰。

不管林陌珏有什麼目的，這擺出來的誠意是足夠的。

「二位請隨小的上樓，公子訂的位置在二樓。」林竹抬手示意兩人上樓。

齊球球收回打量未名居的目光，轉眸去看景安的意思，如果景安改變主意了，那他想要嚐嚐這未名居招牌菜的心思，就下次自己來便是。

「走吧。」封景安回看了齊球球一眼後，率先抬腳往二樓走。

齊球球趕忙跟上，臉上喜孜孜的。

來都來了，景安那樣的人怎麼會臨了改變主意呢？他剛才真是想多了。

很快，兩人就在小廝林竹的引路下，到了林陌珏所訂的位置前。

那是一個單獨的房間，用來談話，簡直是再合適不過的了。

封景安了然地挑眉，看來他猜得不錯，這個林陌珏是真的有什麼話要問他。

「封兄、齊兄請坐，在下已經等候二位多時了。」林陌珏原是坐著的，見到封景安跟齊球球出現後，當即起身迎了上去。

封景安心安理得地挑了個位置落坐，而後直勾勾看著林陌珏，開門見山地問：「林公子有什麼想問的，大可直說，不必委屈自己，為了問個話如此破費。」

齊球球緊跟著落坐，剛要伸出去拿筷子的手，立時收回。

「封兄這話說的，就不對了，替你們接風，怎能算是破費呢？」林陌玨笑了笑，恍若沒看見齊球球的小動作似的，還親自動手，給兩人一人倒了一杯酒。

「這杯酒，就當是結識二位。」言罷，他先將自己手上的酒一飲而盡。

封景安未動，瞥了眼自己面前倒了滿杯的酒，拒絕。「抱歉，我夫人不許我飲酒，林公子還是有話直說的好。」

「既然封兄這麼說了，那在下也不好推辭，就直言了。」林陌玨擺手讓林竹出去門外守著，才看著封景安問：「封兄跟宋兄之間，有什麼恩怨？」

「呵！那恩怨可就大了，怎麼，林公子莫不是要給宋子辰跟我們景安說和不成？」齊球球不善地睨著林陌玨。

這林陌玨瞧著在合泰州學裡也是個人物，怎麼就跟宋子辰那樣的人攪和在一起？還為了搞清楚景安跟宋子辰之間的恩怨，特地邀請他們來聞名整個合泰州的未名居？哦，他忘了，宋子辰這人很會裝，想來林陌玨怕又是一個被宋子辰騙過了的人。

「林公子，這看人呢，可不只看表面就夠了。有些人啊，你看他表面無害，實則內裡黑著呢，這一不小心的，說不得就要搭上自己了。」

林陌玨臉色微沈。「如何看人，在下心中自有一桿秤，倒是不需齊公子的指教。何況，我問的是封兄，並不是你。」

「你！」齊球球被林陌珏氣笑了。行啊，他出自肺腑之語，林陌珏既是不想聽，那就讓他被宋子辰那人利用到極致好了。到時，他定會很開心地站在邊上，使勁看林陌珏笑話！

林陌珏不管齊球球，他只想從封景安嘴裡知道，封景安到底為什麼對子辰有這麼大的敵意。

「封兄不開口，是覺得自己對子辰的針對無理嗎？」

「今日之事，林公子以為如何？」封景安不答反問。

林陌珏咄咄逼人的氣勢驀地一僵。

今日這事就算他是宋子辰的好友，也不能違心說宋子辰的作為是對的，並且他非常不理解宋子辰如此做的原因。即便不喜封景安其人，那在州學裡堂堂正正地用學識打敗他就好，為什麼要讓人連進入州學的機會都沒有呢？

「此事與我問你的無關，我相信子辰這樣做，一定有他自己的原因。」林陌珏心情複雜，就算隱隱猜到了緣由，也還是決定相信宋子辰的為人。

封景安忍不住冷笑。「如此，林公子確定你從我嘴裡得到的答案，你會相信？」

「我自是不會信你一人的片面之詞。」林陌珏皺眉，他不可能因為封景安一人之語，就論斷子辰的過錯，那樣對子辰不公平。

齊球球聽不下去了，忍不住譏誚地白了林陌珏一眼。「說了你又不信，那你又何必問呢？自己直接派人去查，不是更好？」

「球球說得不錯，眼見為實，林公子不信我，何必浪費時間在我的身上呢？」封景安起身，作揖告辭。「若無其他事，在下就先走了。」

說罷抬腳離開，齊球球當即起身跟上，沒再給林陌玨半個眼神。

第三十章　察覺

房間門從裡頭被打開，林竹看見封景安出來，下意識地抬眸去看自家主子。

「讓他們走。」林陌玨臉色不太好看，卻也沒讓林竹攔著人不讓走。

封景安和齊球球順利地出了門，往樓下走。兩人還未走至一樓，耳邊突然就傳來了一陣喧鬧聲，其中夾雜著的一道嗓音，聽著似乎還有點耳熟。

「這聲音，我聽著怎麼這麼像嫂子的呢？」齊球球疑惑地撓頭，懷疑自己是不是聽錯了。

封景安臉色一變，加快了腳下的步伐。那不是像，是根本就是舒燕的聲音！

「哎，景安你等等我！」見封景安風一般地往下跑，齊球球趕忙抬腳跟上。

一刻鐘前，本想來看看合泰州最有名的酒樓是什麼樣子的舒燕，在未名居一樓大廳，撞上了前來看林陌玨給封景安擺上了什麼樣接風宴的宋子辰。

這下好了，新仇舊恨一起湧上來，宋子辰連猶豫都沒有，就堵住了舒燕的去路。

舒燕察覺面前擋了個人，抬眸看見宋子辰那張熟悉的臉，眉頭忍不住一皺。「好狗不擋道，你家大人沒教你這個道理嗎？」

「妳算什麼東西，敢罵本公子是狗?!」宋子辰眸底劃過陰鷙。

那天如果不是這個女人跑出來橫插一腳，之後的事情走向，絕對不會是如今這個樣子。

他把一切都安排好了，最後他會成為聞子珩的救命恩人，即便聞子珩不想收他為學生，他退一步，也能從聞子珩那裡得到他想要的東西。

結果呢？因為她的出現，全都毀了！不僅如此，她竟還是封景安的娘子，連帶著讓封景安入了聞子珩的眼！要不是封景安入了聞子珩的眼，今日封景安的作為只能和盧解同歸於盡，而不是安然入了州學不算，還累得他往後都得被盧解記恨。

真是越想越心中難平，宋子辰手癢地重複鬆開、握拳的動作，竭力克制自己，不要在大庭廣眾之下，親自對一個女人動手，傷了自己的名譽。

「我可沒有指名道姓說你是狗，你這麼急著認領狗名幹麼？」舒燕無辜地眨了眨眼。不想讓她說他是狗，他讓開不要擋著她的去路不就好了？何必上趕著表示他是狗呢？

宋子辰臉色一黑，腳下忍不住逼近舒燕。

去他的不要臉在大庭廣眾之下動手，他現在就想掐死這個該死的女人！

「哎哎哎，站住，你再靠近，我可就要喊非禮了！」舒燕雙手環胸，一副害怕、拒絕的樣子瞪著宋子辰。

豎著耳朵仔細聽，眼神還頻頻往他們身上瞟的未名居客人被這不要臉的行為驚呆了。

一腳踏入一樓大廳的封景安腳步一滯。

「相公！」舒燕眼角餘光發現封景安，眼睛登時一亮，想也不想地放下雙手，拔腿往封景安的方向跑。

不多時，舒燕便到了封景安身邊，伸手柔柔弱弱地拉住封景安的衣袖，不安地瞥了宋子辰一眼。「相公，他擋我的路還企圖非禮我。」

「呵！妳能要點臉嗎？」宋子辰愣是被舒燕這裝模作樣的嘴臉氣著了，眸裡的陰鷙之色頓時更濃郁了幾分。「也不看看自己的尊容，配讓本公子對妳有非禮的意圖嗎？」

眾人和齊球球不約而同地將目光落在舒燕身上，雖然舒燕穿著裝束很樸素簡單，但她那張臉，只要眼不瞎，都能看得出不俗來，只是還未怎麼長開而已，怎麼都搆不上不配讓宋子辰對她有企圖。

「宋子辰，雖然我嫂子因著在娘家時被苛待，沒怎麼吃好導致現在沒怎麼長開，但我嫂子那張臉，你是瞎了才覺得不好看吧？」

宋子辰眸光一冷。「覺得好看的你，才是那一個對她有所圖的吧？」

「哎你可別胡說八道，乘機偷換你我位置誣衊我，我和景安的友情可不是你這種虛偽的人能比得了的。」齊球球被宋子辰氣得跳腳，差點就忍不住衝上去跟宋子辰幹架。

但是，他看著跟在宋子辰身後的全陽，再看了看自己，到底是打消了這個衝動。

宋子辰冷笑譏諷道：「你把他當朋友，他可不一定把你當朋友，再說了，本公子又不是沒有朋友，何須要跟你比？」

「挑撥離間就免了吧，本少爺不吃你這一套。」齊球球極為不屑地擺了擺手，他又不是傻子，也不是第一天認識宋子辰，哪能這麼輕易就被宋子辰一句話挑撥得對景安心生芥蒂？

「你朋友就在樓上呢，找他去吧，可別再擋路了。」語氣跟哄小孩子似的。

宋子辰攥緊雙拳，惡狠狠地瞪了齊球球一眼。

林陌玨就在樓上這件事情，他還用得著這個死胖子說嗎？他本就是來找林陌玨的！

「封景安，你跟陌玨說什麼了？」他會不會已經將自己曾經做過的事情告訴林陌玨了？林陌玨聽了之後，他信了嗎？

「沒什麼好說的，若要人不知，除非己莫為，我便是不說，該知道的他總會知道。」封景安不欲跟宋子辰多做糾纏，言罷牽起舒燕的手就抬腳往未名居外走。

舒燕乖乖跟上，卻在經過宋子辰身邊時，賞了他一記白眼。

「站住！本公子讓你們走了嗎？」宋子辰使了個眼色給全陽，全陽當即邁步擋住封景安去路。

封景安還未來得及開口，眼前擋著去路的全陽，就被齊球球利用橫向優勢狠狠地撞開了。

「你！」全陽穩住自己後，惱怒地抬眸瞪向齊球球。

齊球球沒好氣地翻了個白眼。「我怎麼了？許你攔路，還不許我撞開你嗎？真是的，有什麼話你們自己說不就好了，為何非得扯上我們景安呢？林公子，我們應邀而來，現在要走，麻煩你讓你朋友不要不講理地胡攪蠻纏。」

後一句，是對聽到林竹稟報說宋子辰來了而下樓來，露了面的林陌玨說的。

宋子辰看見林陌玨，抿唇不言，但神色卻極為不悅。雖是無聲，但對他邀請封景安之行為的不滿，還是表達得淋漓盡致。

林陌玨扶額，一時不知道是先開口解釋，還是先讓封景安三人離開。

「林兄，你沒什麼要說的嗎？」宋子辰按捺不住率先開了口。

林陌玨理虧，到底是先將封景安三人晾到一邊，先向宋子辰解釋。「你別誤會，我只是想知道他們為什麼那麼針對你，想幫你解決，才會有這次的接風。」

宋子辰心中非但沒有覺得有一絲一毫的暖，相反地，倒是有些泛冷。

「你想知道什麼，直接來問我不是更好？何必拐個大彎，去問他們呢？誰知道他們會不會為了讓你對我心生惡感，而胡說八道些有的沒的？」

「你以為誰都是你哦，張嘴就是這個人怎麼怎麼不好？」齊球球不屑地白了宋子辰一眼。那種人明明就是宋子辰他自己，竟然好意思這般說他們！

宋子辰眸光一冷。「飯可以亂吃，話可不能亂說，我什麼時候是那般了？」

「什麼時候是，你自己心中有數，這還需要我說嗎？」齊球球簡直對宋子辰的厚臉皮嘆為觀止，這前不久剛在盧解那裡編排他跟景安的壞話，這會兒他倒是忘得挺快！

宋子辰幾乎是瞬間明白過來齊球球指的是什麼，臉色變了又變，盧解的事，即便他不想承認，也不得不承認，那是他的錯。

但，他錯在，不該自己親自出面在盧解面前編排封景安跟齊球球是非。如果，換個方式、換個人，或者直接安排一齣好戲讓盧解親眼看到，那結果絕對是跟現在的結果不一樣！

可惜，時間太過緊迫，他過於急切，為了不想讓封景安出現在州學裡，才選了最不該選的那一個。

「你不說，我自是不知道你說的時候是什麼時候。在小學院裡時，你就處處針對我，說不得這又是你針對我的另一種方式呢？」

「放……你是怎麼做到如此面不改色地顛倒是非的？」齊球球粗話差點脫口而出，但想起舒燕在，最後關頭硬生生換了個說法。「明明是你針對我，現在從你嘴裡說出來的就變成了是我針對你，你可真是能耐啊，要不要我去找咱們曾經的同窗們來面對面的對峙，看看咱們到底是誰針對誰怎麼樣？」

宋子辰有恃無恐地看了一直無話的封景安一眼，笑道：「隨便，你們想怎麼樣，本公子都奉陪！」

他還就不信了，那些人敢跟他對著幹？齊家可還比不上他宋家，他們只要聰明，那就該知道怎麼做選擇，才是對他們最好的。

「球球，走了。」封景安從宋子辰跟齊球球開始打嘴仗後就一直未曾插話說什麼，這會兒更是直接牽著舒燕離開，看都沒看宋子辰一眼。

與其在這裡空口跟宋子辰辯論，倒不如省省力氣，去做他們想做的事情。反正真相只要存在，總有一天是會大白於天下。他等得起，就是不知道宋子辰對此是不是也如他這般淡定？

「哼！且讓你囂張著，早晚有一天，我會看到你痛哭求饒！」齊球球臨走前，還不忘給宋子辰放狠話。

全陽沒有自家公子的吩咐，又有林陌玨在面前，不敢擅自上前阻攔，只能眼睜睜看著封景安三人離開未名居。

直到三人的身影徹底地消失在宋子辰面前，宋子辰方才勉強壓住了心底不斷翻湧而起的殺意，故作輕鬆地轉眸看向林陌玨。

「林兄有什麼想問的，不如我們上樓慢慢說？只要是林兄想知道的，我定會知無不言，言無不盡。」只是這事情的真假，那就得看林陌玨想知道的到底是什麼了。

林陌玨壓住了心底想要將疑問朝宋子辰全盤托出的衝動，笑著搖了搖頭。「我純粹就是好奇他們為何會那般針對你罷了，倒也沒別的。他們不識好歹，我訂的上好酒菜，他們一筷子都沒動，不知宋兄可願與我小酌一番？倒也不是真想喝，就是訂好的那麼多酒菜，不吃可惜了。」

「這是我的榮幸，正好我也許久沒能喝一杯了，最近都在忙著寫策論呢。」宋子辰自然不可能會拒絕，畢竟這酒啊，它是個好東西。酒後吐真言，那可不是平白出現的道理。

宋子辰打的主意挺好，可他萬萬沒想到，主動請他共同飲酒的林陌玨，三杯酒下肚，整個人就趴在桌上不省人事了。

「這……」林竹不好意思地撓了撓頭，上前將自家主子扶起來。「宋公子，對不起啊，我家公子的酒量差得很，平日裡一杯就倒了。這會兒能喝到三杯才倒，大抵得歸功於這酒純度低了些。」

宋子辰是聽說過林陌玨的酒量不太好，但他一直以為那是林陌玨不想被人灌酒，方才故意對外那般說的，倒是沒想到酒量不太好的傳言竟會是真的。

如此一來，他打的主意，算是泡湯了……

「既然林兄醉了，那今日小酌就此了了吧。

「全陽，幫林竹一起送林兄回林家，若林兄出了什麼差錯，本公子唯你是問！」

「是！奴才遵命！」全陽立即上前，扶住了林陌玨的另一邊胳膊。

林竹感激地對宋子辰點了點頭。「多謝宋公子，小的還正愁，憑小的一人，要如何才能平安地把我家公子送回去呢！」

「不必道謝，若不是本公子還得善後，本公子定會親自送林兄回去。」宋子辰擺了擺手，一副遺憾自己不能親自送的模樣。

林竹像是信了的樣子，感動地保證道：「宋公子放心，等我家少爺酒醒了，小的定然會將宋公子對少爺的關心告訴少爺！」

「倒也不必如此。行了，先送林兄回去吧，其他的以後再說。」宋子辰使了個眼色給全陽。

全陽了然，微不可察地點了點頭後，扶著林陌玨，率先往外走，林竹只好抬腳跟上，不再多言。

林家離未名居算不得遠，全陽一路上都在各種試探，看林陌玨到底是真醉了，還是裝醉來避開他家公子。然而，不管他說什麼、做什麼，都被林竹滴水不漏地擋了回去。

最後到了林家，好好地安置好醉酒的林陌玨，全陽依然沒能確定林陌玨到底是真醉還是裝的。

林竹笑呵呵地將全陽送走後，回來就看見自家公子睜著雙眼坐在床上，眼神清澈，哪有一點像是喝醉了的樣子？

「公子，這宋公子只怕是有點不對勁，您瞧他讓他小廝送您回來，那小廝還總是旁敲側擊的說這兒問那兒的，一個小廝沒有指示哪能這麼大膽？可不就是他家公子懷疑您是裝醉，讓他小廝想法子確定嗎？」

「嗯，讓人去查查是怎麼回事。」林陌玨有些頭疼，他自詡看人的眼光還行，從小到大就沒看岔過，倒是不承想，在宋子辰身上摔了跟頭。

「還有，順便查查封景安的娘子為何會出現在未名居。」在林竹將將要踏出去之前，林陌玨想到了什麼，補充了一句。

林竹覺得奇怪，但沒敢問，依言下去讓人去查。

離開了未名居的封景安鬆開牽著舒燕的手，直勾勾盯著她問：「妳怎會去未名居？」

「當然是想看看這合泰州聞名的酒樓是個什麼樣子才去的。」舒燕無辜地眨了眨眼。

「倒是你們，怎麼跟那誰一起出現在未名居？」

封景安皺眉，沒被舒燕表現出的無辜所欺騙，接著追問道：「看了合泰州聞名的未名居酒樓，然後呢？妳想做什麼？」

「啊這、這話怎麼說的，我就好奇看看，不行嗎？」舒燕試圖裝傻，蒙混過關。

可惜，封景安不吃她這一套。他雖是沒再繼續追問，但他看她的目光，裡頭藏著的情緒，令人忍不住頭皮發麻。

齊球球想得簡單，笑道：「景安，你那麼嚴肅幹啥？嫂子多半就跟我一樣好奇這聞名合泰州的未名居酒樓是什麼樣子才去看看的罷了，莫不是你覺得嫂子去未名居酒樓，為的是想打探人家酒樓的消息不成？」

封景安慈愛地看了齊球球一眼。真是難得，球球猜中了一回。

「你這嘴，該不會是背著我們，什麼時候去開過光了吧？」舒燕無語，她也是服了，齊球球這明顯就是隨口的一說，還真就猜中了一部分她去未名居的目的。

齊球球笑容一滯。啥？開過光？這是他猜中了的意思？

第三十一章　進學初日

「不是，嫂子，妳打探人家未名居酒樓的消息幹啥？難道嫂子妳想做的生意也是酒樓？」這不可能吧？肯定是他想多了！

舒燕木然看向封景安，問：「你說，我現在讓他說，一會兒我會撿到銀子，會不會實現？」

「不會，天上不會掉下銀子讓妳撿，他就是說了也沒用。」封景安哭笑不得，這一時間他竟是不知道該感嘆舒燕的膽子太肥，還是感嘆齊球球那張嘴，一說一個準。

舒燕之於未名居那般龐然大物，就是還不會走的幼崽。結果，這個還不會走的幼崽，就已經在這時候異想天開的想要取代未名居了。

齊球球反應過來，頓時一言難盡地上下掃了舒燕一眼。「請問，是什麼讓妳有這般異想天開的勇氣？」

「敢想才有可能，你想都不想，那能做成什麼？」舒燕並不覺得自己的想法有任何的不自量力，雖然現在未名居於她而言是龐然大物，但誰就能一眼看透她的未來無法超越它呢？

齊球球一噎，還真無法說舒燕說錯了，但他還是不贊同舒燕的這種想法。未名居聞名合泰州，自是有他自己的根底，舒燕貿然跟未名居對上，最後吃虧的只可能是舒燕。

「景安，你快勸勸你媳婦兒，趁早打消這種危險的想法！你看宋子辰比我們早來合泰州這麼久，他們宋家的人有敢跟末名居對著來的嗎？沒有！這說明什麼？說明末名居並不好惹，一旦惹了，說不得咱們在合泰州就無法繼續平安無事地待下去了！」齊球球急啊，急得這要不是還在外頭，他能上躥下跳表演一番。

他是真怕舒燕毫不畏懼地一頭撞上末名居，然後害得他們在合泰州徹底失去立足之地。

封景安扶額。「不用勸。」

「啊？」齊球球傻了，他話都說得這般明白了，這為何就不用勸了？不勸難道就這麼眼睜睜看著舒燕胡來，給他們惹來麻煩嗎？

舒燕長嘆了一聲，用關愛小傻子的眼神看著齊球球。「你想想，我手裡有多少銀子？」

「……好像，賣掉那些瘿木製品所得的銀子剩不多了。」齊球球一怔。他好像有點明白景安的意思了，但是舒燕方才不還信誓旦旦地說自己要跟末名居對上？哎，他怎麼覺得自己有點糊塗了呢？

「對啊，我手裡的銀子所剩不多，連人家酒樓一桌子的菜餚都置辦不出來，短期內跟末名居是構不成任何競爭關係的，安心吧。」舒燕笑了笑。

志氣可以有，但不可自負，不管做什麼，那都是慢慢來的，畢竟這胖子也不是一口就能吃成的不是？

齊球球不善地瞪了舒燕一眼。「別以為我聽不出來，妳說的是『短期』！短期過去，妳不還是照樣會跟末名居對上？」

「唔，可到了那時候，我在合泰州說不定也積攢下些許底氣了呀。」舒燕無辜地迎視上齊球球眼裡的不善。

齊球球登時被氣笑了。「那點底氣對上未名居能頂什麼用？嫂子，這人要有自知之明，妳不能給景安惹麻煩啊！」

「啊，我答應了小盛要給他買糖葫蘆回去卻還沒買，你們先回去，我去買了糖葫蘆就回啊！」舒燕恍然剛想起來這事似的，說完轉身就走，速度快得沒讓齊球球有機會再開口，她人轉眼就在他們的視線中消失了。

「……景安，這真的不會出事嗎？」

「無礙，她心裡有分寸，放心。」封景安笑了笑，率先抬腳往租賃的小院而去。

做點小生意，總比在小元村時，成天想往後山跑來得好。

齊球球沒轍，只好抬腳跟了上去。「景安，說真的，你不能縱容嫂子想做什麼就做什麼啊！」

雖說買糖葫蘆只是藉口，但舒燕看見剔透的糖葫蘆晃過眼前，還是兩眼發光。

「糖葫蘆，賣糖葫蘆咧，兩文錢一串！」扛著插滿了糖葫蘆桿子的小販吆喝著，從街頭走到巷尾。

到這兒以後，她還沒吃過這種零食呢！

掏錢跟小販買下兩串糖葫蘆。一串自己吃得津津有味，另一串則準備留著拿回去給舒盛。

合泰州的街道兩旁，想買什麼東西的小販都有，舒燕邊吃著糖葫蘆邊仔細觀察他們這些人賣的東西裡，什麼東西賣得最好、最多。偶爾，還會裝天真，去套這些人的話，比如想要支起這樣一個攤子賣東西，是不是需要付出點什麼代價。

他們見舒燕人小，長得白淨，覺得她許是好奇才會問，便沒有絲毫戒備心的將她想知道的全說了。

畢竟，沒人會認為瞧著那麼小的一孩子，會成為他們的競爭對手。

舒燕靠著自己極具欺騙性的樣子，花了兩個時辰的時間，將整條街非常仔細地瞭解完，就準備打道回府了。

這裡賣最好的是那些平價的胭脂水粉，果然不管是在何處，女人愛美的天性都未曾改變過。那些平價胭脂水粉她看過，雖然比不上鋪子裡的高級貨，但它對普通百姓而言，已經夠用了。

反倒吃的東西有點少，甚至沒有占到這條街的三分之一，怕是不好做，猜測這兒的人大抵是也有一些什麼路邊攤賣的東西不乾淨的想法。

舒燕想得入神，便沒有注意到前頭迎面走來了一位蒙著面紗的妖嬈女子，而那女子也在出神地不知道在想什麼。

「哎喲！」

「誰走路這般不長眼？」羅晚沁捂著被撞疼的胳膊，目光不善地盯住了還沒她肩膀高的小姑娘，結果第一眼就被小姑娘的容顏吸引住了。

舒燕抬手揉了揉腦門，把疼出來的淚水憋回去，抬眸看向自己撞上的人，乖乖道歉。「對不起，我剛剛在想東西沒注意到妳。」

「不不不，我方才也沒怎麼看路！」羅晚沁的態度瞬間變了，看舒燕的目光像是在看什麼值錢的寶藏似的。

舒燕眉頭一皺，直覺這女人看她的目光令她有些不舒服，她想都沒想便往後退了兩步，拉開她們之間的距離。「既然都不是故意的，我方才也已經跟妳道過歉了，就此一筆勾銷吧。告辭！」

言罷，舒燕毫不猶豫地繞過女子離開。

羅晚沁哪能讓人就這麼從自己的眼前溜走了？當然是立即伸手，在舒燕繞過自己的那一刻牢牢地拉住她，不讓她走。

「妳幹麼？放開！」舒燕反射性地大力甩手，想要將那女人拉住她的手甩開，結果沒想到那女人手勁大得很，這一時之間，她竟是沒能將那女人的手甩開。

羅晚沁看著似是有些惱了的小姑娘，笑道：「小姑娘，妳想不想賺錢？跟著我，我可以讓妳輕輕鬆鬆賺到很多錢喔！」

這語氣，跟她所在的那個世界裡，直銷用來拐人時的語氣一模一樣。

「不想，不用，請妳放開我！」舒燕晃了一下神，回神後立即就是用另一隻沒被女人拉住的手去掰女人拉著她不放的手。

羅晚沁不為所動，甚至有點想直接將小姑娘帶走。可惜，這兒太多雙眼睛瞧著了，不好這般直接，只能繼續誘導。

「小姑娘妳真會開玩笑，現在誰不想賺錢呢？我啊，說的都是真的，只要妳信我，跟我走，我保證能讓妳賺很多錢！」她這一張臉就是得天獨厚的本錢，稍微打扮一下，即便是帶回去這麼擺著，什麼都不用幹，也會有很多很多人為她而瘋狂。

舒燕擰眉不善地瞪了瘋女人一眼。「妳聽不懂人話？我說不想、不用！妳再不鬆手，可別怪我不客氣了！」

「呵呵，小姑娘脾氣不要這麼大嘛，姊姊這可是在給妳指一條康莊大道啊。」羅晚沁可不信，這麼點大的小姑娘能對她怎麼不客氣。

舒燕粗話在嘴裡過了一遍，決定不說出口，直接上腳加嘴，一腳踩在女人的腳背上狠狠碾壓，一嘴咬在女人抓著她的手上使勁。

「嘶！」羅晚沁疼得下意識鬆了鬆抓著舒燕的手。

舒燕乘機撤腳與收嘴，忙不迭地大力掙開，頭也不回地跑走。

世上沒有不勞而獲的好處，這女人一看就不是什麼好人，她會信那女人的話才怪了。

「呸呸呸，她到底是什麼人？怎麼我嘴裡一股奇怪的香料味揮之不去？」舒燕想了半天沒想出來，索性放棄，反正往後又不一定會再遇到，想那麼多幹麼？

羅晚沁直勾勾看著小姑娘跑走的方向，漂亮的眼裡滿是遺憾。「瞧著性子挺好，倒是沒想到內裡還挺烈。」

真是可惜了這麼好的一顆苗子。

不過她見過的好苗子也不少，感嘆感嘆著便將這事拋到了腦後，婀娜多姿地往小姑娘離開的反方向而去。

這有緣啊，總是會再相見。

舒燕揣著糖葫蘆回到租賃的小院，並未提及這段相遇，而是任由齊球球問這問那，偏不告訴齊球球，她為何去買串糖葫蘆會花了這麼長的時間。直把齊球球好奇得抓心撓肺，卻偏偏無可奈何，最後只能放棄。

尤其在好友都不幫他的情況下，他更沒資格繼續好奇。

封景安跟宋子辰之間的恩怨，只要有心去查，那就沒有查不到的，更遑論是林家的少爺要查，那查出來的速度就更快了。

不過幾個時辰的時間，流傳幾個版本的說法，就都呈到林陌玨的案桌前了。

林陌玨一一看了那些說法，神色晦澀難辨，有些不太敢相信這些說法中的宋子辰，是他這三年多來所認識的宋子辰。

「查這些東西的時候，沒叫別人發現吧？」

「少爺放心，都是不經意套話套出來的，絕對不會讓他們有任何的察覺。」林竹沒說，即便是他們察覺了，他們也不敢透露出半分來。

只能說，宋子辰只是在自家少爺面前會做人，在旁人那裡的名聲差到令人無法相信。

林陌玨放下記錄那些說法的紙張，扶額平復自己的心情，或許封景安說的那些話，不是沒有道理。他自認瞭解宋子辰，可實際上他知道的宋子辰，只是冰山一角。

「派人去城外……算了，本少爺親自去。」林陌玨怕他們找不到正確的地方，索性決定自己走一趟，他要去看看他的猜想是真還是假。

登記入學的第二日，便是合泰州學正式授課的日子。

早前就已經是合泰州學學生的那一部分人，並不會跟新進的學生在同一個地方授課，但封景安和齊球球還是在州學的門口遇上了宋子辰。

簡直不巧，冤家路窄到了極點。

「真是晦氣！」宋子辰不善地瞪了封景安一眼，便無視兩人，率先抬腳往州學裡走。

齊球球「嘿」了聲，捋著袖子就要抬腳追上宋子辰，跟他好好理論，到底是誰晦氣。

「球球，不要跟他一般計較，認真你就如他所願了。」封景安忙伸手拉住齊球球，不讓他追上去。

齊球球朝著宋子辰離開的背影狠狠啐了一口，才不甘地打消了追上宋子辰的心思。「真是便宜他了，這要不是在州學門口，我非得讓他知道知道泰山壓頂的滋味不可！」

「咳，我們也走吧。」封景安下意識地掃了眼齊球球的體格，不由得慶幸自己及時拉住了齊球球，不然就齊球球這個體格上去，泰山壓頂都算是輕的。

宋子辰得直接被弄死！

「誒，景安你說，一會兒會是誰先來給我們授課？」齊球球沒注意到封景安的古怪，也很快就將宋子辰這個插曲拋到了腦後，琢磨起誰給他們授課的問題。

封景安哪裡會知道誰先來給他們授課？不過，如果他猜得沒錯，聞子珩會出現。

「哎，景安，你別不理我啊，我有點緊張，你不緊張嗎？」

合泰州學裡的學生共分為甲乙丙丁四個級別，以學生個人學識能力以及品性劃分，剛入學的學生一律被分到末尾的丁字院。

封景安和齊球球根據學院裡的指示到達丁字院，剛一進去，就引來了原先便在丁字院裡的其他學生目光。

兩人實在是風頭太盛了，剛剛踏入州學，都還未正式被授課，他們就被聞老所賞識，如此際遇如何不引來眾人羨慕嫉妒恨的目光？

齊球球被這些目光嚇得不自覺停下了腳步，他怎麼覺得這些人看他跟景安的目光，像是要吞了他們似的？

封景安當作沒有看到他們落在自己身上的目光，拉著邁不動腳的齊球球往他們的位子走。

這裡的每張桌子上，都貼上了學生各自的名字，封景安很快就找到了他跟齊球球的位子，第三排縱數第五個，第四排縱數第七個。

「過去，那是你的位子。」封景安將齊球球往他的位子推了一把。

齊球球乖乖地往封景安給他選的方向走，直至走到了自己的位子旁，看見桌子上自己的名字，方才回過神來，忙不迭地入座。

應該沒人發現，他的腿有點抖吧？

「快！回位子上，先生來了！」正當眾人糾結要不要主動先跟封景安打招呼、套套交情時，有人眼尖地發現了先生的到來，率先跑回自己的位子上端坐好。

其他人晚反應了一息時間，緊跟著也飛快跑回了自己的位子，什麼打招呼討好，全都被壓了下去，生怕露出一星半點諂媚讓來的先生瞧了去，留下對他們不好的印象。

來的先生名為辛榮，他行至後將手中所拿之書輕放在桌上，放目掃了眼底下正襟危坐的學子們，不苟言笑地拍了拍掌。

「所有人，在半個時辰內寫一篇關於善的策論！」

「什麼？」眾人譁然，一來就讓他們寫策論，認真的？

辛榮瞪了眾人一眼，拿起戒尺敲了敲桌。「安靜！」

「敢問先生，這是新進學生都必須要經歷的嗎？」封景安直覺不對，率先出言替所有人問出了他們的心聲。

齊球球反應過來，頓時扶額不敢看。景安怎麼這麼傻？他們都沒人敢開口問，景安倒好，大大咧咧地便開口問了，也不怕被先生盯上！

「是又如何，不是又如何？」辛榮微瞇著眼看封景安，這就是讓聞老有所賞識的學生？不知本事如何，但瞧著膽識不錯。

封景安不畏地迎著辛榮的目光答。「不如何，僅是好奇而已。」

「好奇是好事也是壞事，端看你如何用你的好奇。行了，別廢話，你們的時間不多，都趕緊開始！」辛榮滿臉意味深長，到了最後也沒給出一個答案來。

眾人面色泛苦，卻無一人有膽子說不寫。

第三十二章 小心思

封景安抿了抿唇，也罷，左右策論他也寫了不少，不過是半個時辰寫出一篇來，還算不得為難。

一刻鐘過後，齊球球苦大仇深地盯著自己面前的白紙。

這麼短的時間怎麼可能寫得出一篇策論來？這先生其實不是來給他們授課，是來為難他們的吧？他悄悄抬眼掃了其他人一眼，發現不是他一個人臉色不好，心中才稍稍平衡了些，還好還好，看來不是他一個人這樣認為。

「咳！」辛榮警告地瞥了齊球球一眼。

齊球球嚇得低頭垂眸，就差將自己藏到桌子底下，不讓任何人看見自己了。

可惜，就他那個體格，再怎麼藏，桌子都藏不下他，故而他在接下來的時間裡，總能感受到先生的目光若有若無地落在他的身上。

他整個人都不好了，還得硬著頭皮寫策論，嘴裡真是苦上加苦。

半個時辰很快過去，辛榮時間掐得很準，一到時限，立即喊停。「時間到，都將你們的策論交上來！」

「啊這，我還沒寫完啊！」眾人下意識哀嚎，嚎完對上辛榮泛冷的目光，瞬間乖巧閉嘴，一個比一個快的把自己寫的策論交了上去。

沒寫完？沒事，他們會祈禱，這一次的策論不會對他們今後在學院中的地位有任何影響的。

辛榮收完所有人的策論，便放他們自由活動，想幹麼都行，看書還是這就回家，都由他們選擇。

相較於封景安這邊的輕鬆，宋子辰那邊就沒那麼好過了。

甲字院，聚集了整個學院學識能力最好的學生，但凡有人表現得差強人意，立即就是往下降級的下場。

因此，每一次的考核，他們都需要盡全力，就跟上考場考秀才、考狀元一般。

而宋子辰剛入甲字院時，排名非常靠後，甚至可以說是最後一名。

一場考核結束，宋子辰的臉色就有些不好看，他不明白今日為什麼沒看見林陌玨。

「宋兄，你知道今日林兄為何沒來嗎？先生也沒說為什麼，林兄不會是出什麼事情了吧？」同窗擔心林陌玨出事，便湊到平日裡與林陌玨走得很近的宋子辰面前，希望宋子辰會知道林陌玨為何沒來學院。

宋子辰勉強笑了笑，不動聲色地後挪幾步，拉開他們之間的距離。「林兄沒來，自是有他自己的事情，不會是出什麼事的。」

「這麼說，你也不知道林兄有什麼事了？」同窗像是沒發現宋子辰的小動作似的，托著腮，神情有些失望，他還以為宋子辰會知道林陌玨為何沒來呢。

畢竟，平日裡，宋子辰就跟在林陌玨的屁股後頭，而林陌玨待宋子辰也跟朋友差不多，按理林陌玨沒來學院，宋子辰應該會知道原因才對。

宋子辰眸底飛快劃過一絲陰鷙。雖然這是事實，但他聽著，怎麼就覺得心裡這麼不舒服呢？

「你要是想知道林兄為何沒來，何不直接去問先生呢？我只不過是他的一個朋友罷了，可沒人規定林兄的行蹤就一定要跟朋友說。」言罷，宋子辰轉身往藏書閣而去。

林陌玨沒來學院，再結合昨日的事情，總讓他有點不安。

「嘖！神氣什麼？沒有林陌玨，誰愛搭理你？」待宋子辰的身影徹底消失在視線中，同窗方才不屑地啐了一口。

宋子辰成績普通，待人處事又差，但凡林陌玨把跟宋子辰不交好的態度擺出來，他們整個甲字院的人，對宋子辰根本就不可能會像如今這麼客氣！

竹院，辛榮將新進學子們在半個時辰內寫出來的策論遞給早就等著了的聞子珩。

「聞老，他們寫的策論都在這裡了。」

「嗯，一起看看吧。」聞子珩接過辛榮手上的策論，分了一半給辛榮。

辛榮雖說不認為在這麼短的時間內，那些新進學子們能寫出什麼好策論來，但還是將策論接了過來，認真仔細的查看。

翻了幾篇果然不出所料後，他忍不住開口問：「聞老此舉到底是有何用意？我們都知道，這些新進來的學子們在各自的家鄉所學到的東西根本就及不上在州學，一來就讓他們寫策論，根本就沒幾個能寫好。這不是在浪費時間嗎？」

「來，看看這個，看完之後你還是這樣的想法嗎？」聞子珩挑眉抽出他找出來的封景安那張寫滿了策論的宣紙，遞給辛榮。

辛榮狐疑地接過來看了看，第一眼他便收起了漫不經心。

「這是……」

「如何？」聞子珩笑咪咪地欣賞辛榮的反應，封景安果然沒有讓他失望。

怪不得，封景安有膽量對他放出那樣的話來，這是有真才實學撐著呢！

「妙啊！」辛榮細細將封景安寫的策論看完，眼睛都亮了。

怎麼就這麼巧，出色的策論就在聞老那一份裡呢？等等，他好像聽說聞老昨天就已經對這個叫封景安的另眼相待了？所以，今天聞老突然讓他那般考核新進學子，目的其實是想要看看這個封景安到底是有幾斤幾兩的本事？

「聞老這莫不是起了要收學生的心思了？」

「且看著，還早呢，一篇策論罷了，不至於讓老夫立即拍板收他為學生。」聞子珩沒否認，笑意也未減。

辛榮明白了，頓時失笑。「還早的意思，可不就是您真起了要收他為學生的心思？只要他接下來的表現持續保持著，這成為聞老你的學生，那可不就是板上釘釘的事情？」

「唉，話不能說死了，但凡有個萬一呢，你說是吧？」聞子珩擺了擺手，老神在在地起身往外走。「老夫突然想起來家中有事，先回了，剩下的你看著辦就行，只要不把有才之人埋沒。」
話尾音落，聞子珩人也走出了竹院大門，不多時就在辛榮的視線中消失。
在聞子珩離開後，辛榮單獨將封景安的策論放了起來，才去接著看其他的。
方才是他想岔了，確實新進學子寫的策論多半不怎麼樣，但說不定其中還有好苗子藏著，他得好好看看。
小半個時辰後，還真叫他從手上這一堆策論中挑出了幾個能看的，其中一個雖然沒寫完，但瞧著中規中矩，沒錯，姑且還行。

轉眼，午時到，學子們三三兩兩結伴而行。
丁字院中上交了策論後就不敢動的學子們，這時才鬆了口氣，忙不迭地跟自己周邊的人談論起第一天來就被考核的感受。
「哎，你寫得怎麼樣？呃？不好嗎？完了完了，我也寫得不怎麼樣。」
封景安沒參與進他們的討論中，他收好東西便起身招呼齊球球離開。策論已交出去，不論好與壞都已是定局，他們再怎麼說，都不會對結果有任何的改變。
等封景安和齊球球的身影在視線中消失，其他人才話鋒一轉，好奇起封景安入學後的第一篇策論寫得如何。
「你們說，他昨日就受到聞老的賞識，這次的策論他會寫得如何？」
「誰知道呢？我們又看不到他寫的策論。」

「這有什麼好問的？咱們之後看先生對他的態度不就什麼都知道了？先生總不會對一個一無是處的人另眼相待吧？」

「有道理……」

州學門口，封景安和齊球球又跟宋子辰遇上了。

半天時間遇兩次，簡直令人煩得想將對方撕了，宋子辰冷笑。「陰魂不散！」

「宋子辰，你客氣點！」齊球球不悅地瞪眼瞧宋子辰。當誰樂意跟他宋子辰低頭不見抬頭見了？要不是景安拉著他，他早就上去直接將他宋子辰撞開了！

「哼！」宋子辰毫不示弱地瞪了回去，卻不欲跟齊球球多做掰扯，帶著全陽轉身就走。

齊球球愣了愣。這就走了？宋子辰難道不該跟他好好爭論，非得比個勝負不可？

「景安，你說這宋子辰葫蘆裡到底是在賣什麼藥？」

「不知道。」封景安收回眺望宋子辰離開方向的目光，抬腳繼續往租賃的小院方向走，他沒記錯的話，林家好像就在宋子辰離開的這個方向上？

齊球球忙不迭抬腳跟上。「哎，景安你等等我！」

一刻半鐘後，宋子辰帶著全陽，站在了林家門口。

「宋公子，我家少爺昨日飲酒後不小心染了風寒，怕過給您，所以請您見諒，今日不能見您。」林家門房態度一如既往的溫和。

可宋子辰隱隱還是覺得有什麼地方不對勁，他想了想，堅持道：「無妨，本公子身子好著呢，不怕他將風寒過給本公子，你家少爺如今在何處？本公子去瞧瞧他。」

說罷，抬腳就要往林府裡走。

門房忙不迭地展開雙手，攔住宋子辰，皮笑肉不笑再次強調。「我家少爺不舒服，暫時不能見您，您請回。」

不得不停下腳步的宋子辰抿唇不語。

區區風寒，如何就能讓林陌玨為了怕過給他便拒絕見他？這其中定然還有什麼是他所不知道的緣故！

「既是如此，那本公子就先告辭，等林兄好些了再來。」宋子辰用盡所有理智，才壓下了想要硬闖林府的衝動，在門房面前面無異色地轉身離開。

全陽趕忙跟上，大氣都不敢出。這是林公子第一次讓門房將少爺拒之門外，即便門房給出的理由很合理，但少爺此時此刻定然很生氣。

離了林府範圍，宋子辰驟然停下腳步，驚得全陽立即跟著停下，竭力降低自己的存在感，生怕被盛怒之中的少爺遷怒。

「去查查林陌玨到底是怎麼回事。」宋子辰瞥了全陽一眼。

全陽頭皮一麻，絲毫不敢猶豫地點頭。「是！小的這就去查！」

不管能不能查到，都要先應下再說，否則他小命難保。

宋子辰直到看著全陽的身影在自己的視線中消失，才重抬腳步，往宋家分支的府邸走。

「少爺，人走了。」林竹有些擔心地看著自家少爺。

門房用於拒絕宋子辰入府的理由並不全是搪塞，他們家少爺還真就是病了。

林陌玨喉嚨發癢，忍不住咳了幾聲。

走了好，不然他真怕一見到宋子辰，就忍不住質問他為什麼那麼做，將事情搞得更亂。

「少爺，奴才這就去給您請大夫！」林竹拔腿就跑，連給林陌玨拒絕的機會都沒有。

眼見著林竹的身影消失，林陌玨忍不住扶額。

也罷，林竹去請大夫，消息傳到宋子辰耳朵裡，應該能更加讓宋子辰相信他真的病了。

那隻狗……還有封景安的家破人亡，只剩下他自己一人。

林陌玨心裡對於宋子辰的瞭解全盤顛覆，他需要時間來平復心情。活了這麼多年，他是第一次看人看走眼，且還是走眼到沒邊的，這讓他心情複雜到一時間不知道該怎麼面對。

繼續當作不知道是不可能了，他可是一點兒也不想自己在對宋子辰徹底沒了利用價值之後，落到無比淒慘的下場。林家，不能因他而敗。

林陌玨病得嚴重，又是好幾日不能去州學。

這讓剛剛拿到上一次考核成績的宋子辰內心極為焦躁，因為沒有林陌玨，他的考核成績大大降低，簡直不是之前的他能考出來的。這讓他憶起初入甲字院時的事，心情十分暴躁。

尤其甲字院裡的學生們這幾日看他的目光都怪異得不行，他們顯然是已經懷疑以往他的考核成績之所以能保持在中上水準，都是靠著林陌玨的幫忙。

儘管那的確是事實，但他還是非常不願意讓他們這樣認為。偏偏全陽查了那麼多天，什麼都查不出來，他登門求見，林陌玨卻又不見他！

不能再這樣下去，否則什麼都不知道的他就實在是過於被動了。

「林兄病得不輕，在下打算一會兒下課後，去林家看看他，你們可有人要同行？」宋子辰想，這麼多人一起去林府，林陌玨再如何，也不能繼續再讓門房把他拒之門外了吧？

除非，林陌玨連這麼多前去看他的同窗都一起拒之不見。

其他人不知宋子辰心中打的如意算盤，還以為宋子辰就是隨口那麼一問，實際上壓根兒就沒打算要帶上他們，只有一個個想要跟林陌玨相交的忙不迭地表示他們要去。

於是，到了下課時，宋子辰身邊就跟上了足足十個之多的同窗，一行人往州學外走。

好巧不巧，在州學外遇上了辛榮，辛榮的身邊還站著封景安跟齊球球。

「你們這是結伴去往何處？」辛榮皺眉打量著宋子辰等人詢問。這一下子就結伴如此之多的人，莫不是要去做什麼壞事？

宋子辰竭力讓自己無視封景安，笑答。「林兄病了，我等正要去林府看望，不知辛先生可有空閒一起？」

「是聽說他病了不錯。」辛榮放下警惕，想想自己也許久未曾見到自己這個學生了，便點了頭，轉而對封景安和齊球球二人道：「今日到此為止，你們兩人先行回去吧。」

封景安沒異議，跟辛榮告辭後，拉著齊球球就走了，從頭到尾就沒給過宋子辰一個眼神，全然當宋子辰不存在。

十人中有前些日子在城外湖邊見過封景安跟齊球球的，發現了宋子辰跟他們兩人之間氣氛的古怪，一時間忍不住面面相覷。

「辛先生請。」宋子辰一心沈浸在他把辛榮也一起叫去林府，林陌玨更沒有理由不見他的高興中，全然沒注意身後那群同窗望著他的眼底有多複雜。

辛榮注意到了，看宋子辰的目光登時就有些意味深長。「你倒是比我這個老師要急。」

「林兄乃是我的同窗好友，他病了，我如何能不急？想來辛先生雖然沒有表現出來，但心裡肯定跟我一樣擔心林兄。」宋子辰自認自己答得沒錯，也足夠謙虛。

辛榮從宋子辰身上收回目光，不再說什麼，率先抬腳往林家方向而去。

宋子辰鬆了口氣，忙不迭地抬腳跟上。這上趕著討好的行徑有些明顯，其他人縱然此時此刻有點後悔，但仍是不得不硬著頭皮跟上。

不多時，一行人便到了林府門口。

林陌玨得知來的人中不僅有宋子辰，還有其他的同窗以及自己的老師，自然是無法再以染了風寒為藉口不見人，只能讓林竹去將人都領進來。

第三十三章　從心

「煩勞先生走一趟，實在是學生的過錯。」林陌玨掙扎著要從榻上起身，跟辛榮見禮。他因著病還未好，臉色蒼白無血色，甚至雙唇都是白的。

辛榮忙上前將林陌玨摁住，不贊同地瞪了他一眼。「病還未好就安生躺著，不必起身。為師是來看看你病得如何了，不是來擾你休息的。」

「是。」林陌玨沒轍，只能乖乖重新躺了回去。

宋子辰忙不迭地往前湊，一臉擔憂地問：「林兄你這都病上好幾日了，怎麼還不見好？可請過大夫了？大夫怎麼說？」

「無礙，就是個小風寒罷了。」林陌玨蔫蔫地，不是那麼想搭理宋子辰，只是面上態度倒是沒有表露出什麼不對。

宋子辰抿了抿唇。是他的錯覺嗎？為什麼他好像感覺到林陌玨對他的態度有些冷漠？到底發生了什麼事情，以至於林陌玨對他的態度變了？

「如果只是個小風寒，那你早就該好了，哪個庸醫說你這病只是小風寒的？」宋子辰壓了壓心底的不安，告訴自己不要想多，轉而不悅地轉眸瞪向林竹。

林竹無辜地眨了眨眼。「我家少爺請的大夫乃是回春堂的，不可能會是什麼庸醫。」

「不怪大夫，是我許久沒生病，這一來，就病得久了些罷了，好好養著就會好。」林陌珏不想繼續在這個問題上糾纏，目光越過宋子辰，落在他身後那一群未曾開口的同窗身上。

「多謝諸位特意來看望我，我讓人備了些酒菜請你們，希望你們不要因為我無法陪你們而生氣。」

「不會不會，我等是來看林兄的病好了沒有，可不是奔著林兄的酒菜來的。」眾人受寵若驚，連連擺手，在此之前，他們可沒想過林陌珏會特意讓人準備酒菜款待他們。

林陌珏笑道：「你們不生氣就好，林竹，帶他們去藤蘿院用膳。」

「是。」林竹應聲轉而看向自家少爺的同窗。「諸位請隨奴才來。」

「這，林兄，那我們就卻之不恭了。」眾人面面相覷後，一致對林陌珏作了揖，完了方才跟在林竹的身後往外走。

林陌珏面無異色地看向宋子辰道：「宋兄，我不便過去，你能不能過去跟他們一起，替我招呼他們一番？」

「可以，我這就去。」宋子辰笑著應下，卻在轉身要跟上前頭那些人時，斂起笑意，沈了臉色。

林陌珏讓他們都去藤蘿院，卻唯獨留下了辛榮，他有什麼話是需要單獨跟辛榮說的嗎？他的直覺告訴他，林陌珏要跟辛榮說的話一定跟他這幾日對他的態度反常有關，可惜這是在林家，他無法聽牆根。

很快，屋子裡就只剩下辛榮和林陌珏。

沒了旁人，林陌珏自然是不需要再偽裝，當即就在辛榮面前露出了苦惱之色。「先生，學生有一事無解，想問問先生怎麼看。」

「何事？」辛榮意外地挑眉，他這個學生一向活得通透，這還是他頭一次在他面前表露自己有無解的心事。

林陌玨眸光閃了閃，幾番張口都無法將事實說出口，最後只能換成另一種比較含蓄的問法。「先生如果發現自己相識多年的朋友其實不像先生所看到的那般好，先生會如何做？」

「從心，心中怎麼想就怎麼做。」辛榮隱隱猜到林陌玨有此一問，跟宋子辰有關，但他沒追問原因，只狀似無意地道：「像你方才所做不就挺好的？」

林陌玨一怔。方才？先生指的難道是他剛才的虛與委蛇？

「如果無法徹底撕破臉，那就保持表面上的功夫，這人生在世，一生中總會遇上很多自己不是那麼認同的人，這時候你就需要虛偽一些，裝作並不介意的樣子去對待這一部分人。」辛榮深深看了林陌玨一眼，問：「聽懂了嗎？」

「懂了，多謝先生開解。」林陌玨頷首，心中積攢的鬱氣似乎在這一刻徹底散了，他原先因著自己發現的那些事情，不想面對宋子辰，就一直病著不想去州學。

如今想通，他這病也該好了。

辛榮笑著擺了擺手。「你只是一時鑽了牛角尖想不出來罷了，不必謝老夫，給你足夠的時間，你也能自己想明白。行了，你既然沒什麼事情，老夫就先回去了。」

「先生慢走，學生起不得身，姑且就不送先生出去了。」林陌玨恢復以往的理直氣壯，半點兒沒跟辛榮客氣。

辛榮沒好氣地瞪了林陌玨一眼。「老夫就不該開解你這個臭小子！」

「嘿嘿，先生這個醒悟有點晚了。」林陌玨仗著辛榮不會捨得對病中的他動手，笑得有恃無恐。

辛榮冷哼了聲，扭頭就走。再繼續跟這臭小子說下去，說不得他就得被氣死了。

目送走了辛榮，林陌玨便心安理得地合上雙眼，睡了過去，完全不管另外那些在用膳的同窗以及宋子辰。

於是，宋子辰陪著笑臉招呼完跟他一起來的十個同窗，又將人送走後，想見林陌玨時，卻被告知林陌玨已經睡下了。

「真是不好意思，宋公子，我家少爺服了藥後就睡下了，這會兒還沒醒呢，怕是不能見宋公子了。」

宋子辰臉色微僵。「是嗎？那真是不巧，既然你家少爺睡下了，那就讓他好好睡吧，在下先回了。」

言罷乾脆俐落地轉身離開，就算他心中清楚，什麼林陌玨睡下了都是藉口，此時他也什麼都做不了，只能維持表面的平靜，如對方所願地離開林府。

林陌玨的小風寒就真的是小風寒，自他解開了心結後，這小風寒就飛快地好了起來，不出兩日，他人就重新出現在州學甲字院，並且面色紅潤，讓人一點也瞧不出他兩日前還臉色蒼白的躺在床上，整個人虛弱得不得了的樣子。

宋子辰第一時間迎了上去，欣喜道：「林兄，你可算是好了！」

「再不好，我這身骨頭可就要躺廢了。」林陌玨如往常一樣笑著與宋子辰交談，絲毫異樣都沒表現出來。

宋子辰曾經從林陌玨身上察覺過的冷漠，就恍若是他的錯覺。

但，宋子辰心裡清楚，有什麼東西不一樣了，即便林陌玨此時表現得沒有絲毫異樣，可他曾經察覺到的東西絕對不可能會是假的。

「林兄說得是，你要再不好，我都要讓人去尋個神醫來了，區區一個小風寒鬧得你那麼久都不好全，定然是大夫用藥不對。」宋子辰斂起不斷翻湧而起的心思，對林陌玨回以一笑。不管林陌玨到底是怎麼想的，他只要林陌玨不在眾人面前疏遠他，與他斷了交好的關係就好。

林陌玨笑了笑。「這人生病啊，久久好不了是自己的問題，可怪不得大夫用藥不對，人不想好，你就是請來再厲害的神醫都無用。」

「有道理，所以先前林兄遲遲無法好，是自己不想好，不是大夫無用？」宋子辰狀似玩笑般看著林陌玨，眼底卻是彌漫著濃濃的認真，以及一絲陰鷙。

林陌玨若是遲遲不想好，可不就是不想見到他？

「噓！這話可不能讓先生聽見了，不然先生該覺得我是故意生病拖著不好，躲著課了。」林陌玨恍若沒察覺宋子辰這一問真正的含義，緊張兮兮地抬手在唇邊比劃，讓宋子辰不要再說他不想好的話。

宋子辰被這話堵得一噎。

裝！接著裝！他會查清楚林陌玨對他的態度為什麼突然變得這麼模糊不清！

「哎，林兄你這病好的可正是時候啊，明日就是咱們這兒的花燈節了呢！」吳浩完全沒發現兩人之間氣氛的微妙，硬生生擠進了兩人中間。

林陌玨眼睛一亮，拍手道：「極好極好，這花燈節啊，倒是識趣得緊，今年竟還等著我病好了才開始呢！往年早在前幾日，這花燈節就該結束了。」

「誰說不是呢？我來合泰這麼久，還是第一次遇上花燈節延期開始，也不知道為什麼。」吳浩的疑惑僅僅只是一瞬間，很快他的重點就落在了花燈節那日，他們要在哪個方位看花燈比較好的問題上。

林陌玨這些日子過得憋悶，正好在花燈節上好好放鬆放鬆，也就捨去了往日的嚴謹樣子，提出了自己認為最佳的觀賞花燈位置。

「我覺得連星橋上那個位置不錯。」

「連星橋是不錯，但明日連星橋上定然會有很多人，畢竟想要祈求自己與心悅之人可以長長久久的人不在少數，咱們不好站在橋上妨礙他們的祈禱。」

「說得也是。」林陌玨只能放棄連星橋，轉而提起未名居。「不能選連星橋，那未名居怎麼樣？未名居夠高，應該還行。」

「好主意！」

宋子辰沒加入話題，目光泛冷地從熱絡談天的兩人身邊走開，他知道花燈節為何延期，但現在林陌玨對他的態度，他不想說。

也罷，本也是利用林陌玨而已，這朋友情分並不深厚，如今林陌玨這般不知好歹，他不說也不能怪他，只能怪林陌玨自己。

合泰州的花燈節，在眾多人的期盼中，如期而至。

街上比以往要熱鬧了許多，舒燕對這樣的節日沒什麼執著，但這個節日的人流量，非常適合做生意，故而天還沒徹底黑下來，她就已經將自己準備好的東西擺在一早就做好的小推車上，推出了門。

臨走還不忘叮囑封景安。「不要總悶在家裡讀書，適時地出門看看也是有好處的，你看看要不要約上同窗一起去逛逛這合泰的花燈節。」

「不用。」封景安哭笑不得。

她出門做生意，而他去約同窗遊玩賞花燈？不說他暫時沒有特別交好的同窗，即便是有，他今日也不會出去的。

舒燕沒繼續勸，推著小推車就走遠了。舒盛像是跟屁蟲似的跟在舒燕的屁股後頭，一蹦一跳的，顯然心情很好。

「景安，咱們真的不出去看看嗎？」齊球球渴望地望著舒家姊弟離開的方向，他也想去看花燈。

封景安挑眉問：「辛先生讓你做的策論你做完了嗎？」

齊球球臉色一僵。「……不提這個咱們還是好朋友。」

「便是我不提，你沒做完的策論依舊存在，如果你不怕被辛先生責怪，那想去就去，我不攔你。」封景安說完轉身進屋，還真就沒管齊球球想如何。

齊球球就那點膽子，哪兒敢真的將辛先生交給他要寫的策論放著不管，前去看什麼花燈？他遺憾地搖頭晃腦，抬腳跟上了封景安。

「好可惜哦，合泰州的花燈節上少了小爺英俊的身姿呢！哎，不是，我說景安，你就這麼放心讓嫂子一個女人家在今天這個日子拋頭露面的去做生意啊？」齊球球突然想到舒燕那張招人眼的臉，有點替好友擔心舒燕會出事。

封景安極為平靜地瞥了齊球球一眼，不答反問。「你覺得她會是那等讓自己吃虧的人嗎？」

「不是。」齊球球唇角一抽。好吧，是他想多了，不該以貌論善良與否。

「那不就結了？」封景安不再看齊球球，拿起筆開始寫他自己的策論。

花燈節乃是合泰州最重要的節日，衙門那邊定然會派人好生盯著，舒燕不可能會出事。

舒燕推著小推車來到連星橋橋頭，開始了她今夜的生意之旅。

「賣紅繩，賣紅繩啦！紅繩一戴，不僅平安喜樂還能鎖住你心儀之人的心哦～～」舒燕一本正經地叫賣，賣詞堪稱胡說八道。

親眼見證這些紅繩是怎麼誕生的舒盛，有點不敢置信地看了自家姊姊一眼，他姊姊是認真的嗎？明明小推車上還有別的東西，姊姊為什麼如此吹噓一條在她手中輕而易舉就做出來了的紅繩？

神奇的是，在他姊姊那般吆喝後不久，居然真有人來問價錢？

「這紅繩怎麼賣？」

舒燕笑得跟朵花兒似的，朝著來問價的姑娘豎起一根手指。「一文錢一條。」

「倒也不貴，給我兩條。」姑娘俐落地拿出兩文錢遞給舒燕。她並不是真的相信了舒燕的賣詞，但今天是好日子，紅繩寓意好，編得也不錯，一文錢一條討個吉利還成。

舒燕收了錢，將兩條紅繩雙手送到那姑娘的手上，隨後熱情地推薦起小推車上別的東西。「姑娘您看看還有沒有別的需要？我這還有祈福的木牌等等，都是自己親自做了，送去廟裡開光過的哦。」

木牌是她隨意刻的，上面的紋路非常敷衍，但乍一看過去，卻令人覺得莫名地好看。那姑娘一眼便喜歡上了，等她回過神來，才發現自己不僅買了紅繩，還連帶著買了其他小玩意兒，都是帶了美好寓意又好看的東西，一時間有些後悔買多了。

可回頭一想這些東西的價格，卻又覺得這一通買下來，她也沒花多少銀子，便拿著東西、懷著喜悅而忐忑的心情奔向與自己心上人約好的地點而去。

有一就有二，很快，舒燕的小攤子前就圍了一大圈要買東西的人，且大多數是姑娘家。

這生意好得讓舒盛目瞪口呆，除了乖乖幫忙收銀子，他已經無話可說。

兩刻鐘過去，光顧的姑娘家漸漸減少，不多時，攤子前就變成偶爾才會有一人駐足停留說要買東西，但舒燕數了數，她做的那些東西都已經賣出去大半，也進帳了不少銀子。

儘管單價不高，但勝在賣出去的數量多啊！這積少成多的，也是一筆不少的錢財了。

「嘿嘿……」舒燕數著銀子，發出令人聽了心裡發毛的笑聲。

舒盛小臉變了變，伸手拉了拉姊姊衣袖，為難地小聲提醒。「姊姊，妳不要笑得這麼奇怪，有人在看妳了。」

「看就看，他們又不能把我怎麼著。」話是這麼說，但舒燕還是收了笑，謹慎且警惕地將手裡的銀子妥善收好。

第三十四章　鬧事

「少爺，你看連星橋橋頭那對姊弟，是不是封景安的妻子和妻弟？」全陽這幾日因著查不出林陌玨對他家少爺態度反常的原因，一直過得戰戰兢兢，生怕被拿來撒氣，這一發現舒燕姊弟的存在，當即就指給自家少爺看。

他知道少爺一直在連星橋附近徘徊是在等什麼人，並且這個人還很重要，重要到讓他家少爺都放棄跟在林陌玨身邊。

舒燕出現在連星橋，於宋子辰而言絕對不是一件好事。

幾乎是在順著全陽所指的方向看清了舒燕姊弟那張臉的瞬間，宋子辰就想到了當日在城外湖邊被舒燕攪和了他計畫的事，眸光一冷。

「找人讓她從那裡滾！」他絕對不允許同一個人兩次都壞了他的好事。

全陽忙不迭應聲前去找人，當然他也不蠢，找人時沒將自己的臉露出來。

每個地方或多或少都會存在一些混子，他們靠著替人找別人麻煩為生，只要給得出銀子，他們什麼都敢做。

不到半刻鐘的時間，這些人就吊兒郎當地將舒燕的攤子圍了起來。

「你們想幹麼？」舒燕臉色一冷，這些人一看就不是什麼好貨色，早不來晚不來，偏偏在她賣出去東西之後來，怕不是想來搶銀子的？

為首名為癩子的男人看著舒燕那張出眾的小臉露出了覬覦的眼神，他伸手過去欲要觸碰舒燕的手。「我們不想幹麼，只是想讓妳換個地方罷了。」

「說話就好好說話，手再伸過來就剁了！」舒燕毫不猶豫地掏出放在身上防身的匕首，朝著那只伸過來的手刺了過去。

癩子若不是反應快，伸出去的手這會兒肯定是被刺出一個窟窿來了。

「喲，性子還挺烈啊！」癩子回過神來登時怒了，他在這條街橫行多年，可還從未有人敢拿著匕首之類的利器對他動手的！

「來啊，給我砸了！」將東西全砸了，看她還能不能這麼烈？

「是！」癩子帶來的人應聲上前，抬腳將舒燕的小推車踹翻，然後將剩下那些沒賣出去的東西踩碎，一點也沒給舒燕留。

舒燕第一時間不是護著小推車不放，而是護著舒盛往後退，給他們讓出發揮空間。對方人多，要是跟他們硬碰硬，那是最愚蠢的做法。

「小盛，去找剛才咱們來時看到的那些衙役。」舒燕說完一把將舒盛往人群中推了出去。

舒盛雖然不放心留姊姊一人面對那些人，但他心裡更清楚，他用最快的速度去把衙役找來，才是眼下最好的選擇，所以一入人群，他立即撥開擋著的人，往記憶中衙役出現過的地方跑去。

「把那小子抓回來！」癩子臉色一黑，這要是讓那小子把衙役找來了，那他們還有什麼好玩？

跟屁蟲們自然也明白這個道理，當即分出兩人意圖鑽入人群中去逮舒盛。

舒燕揮舞著匕首阻攔。「想抓我弟弟，先過我這一關！」

兩人一時不察，被舒燕手中揮舞的匕首劃破了手臂，疼痛瞬間激起了他們的怒氣。「妳找死！」

「我呸！你才找死呢！」舒燕且揮著手中匕首，戰略性地往人群中退，給盛怒中的兩人製造阻礙。

兩人礙於被舒燕用來擋他們的人，一時不敢下狠手，傷了旁人。倒不是他們仁慈，有著不傷及無辜的偉大想法，是他們明白不能激起眾怒，這兒這麼多人，一旦激起眾怒，那就不是他們跟這臭娘們之間的小事了。

可是一直被舒燕牽著鼻子走，等他們能得手的時候，方才跑走的那個臭小子也該將衙役領過來了！

「聞爺爺，就是他們欺負我和姊姊！您看，我們的小推車都被他們踹翻了，做的東西也都被毀了！」癩子才那樣想，舒盛就拉著聞子珩突然出現。

舒燕一怔。小盛才跑走沒多久，這怎麼就拉著聞子珩回來了？

不對，光是聞子珩有什麼用？聞子珩身邊若是沒帶著人，對上對方的人那可半點勝算都沒有，誰知道這些人會不會賣聞子珩的面子，自行退去？

聞子珩一看舒燕怔然過後的糾結，便知這丫頭指定是在心底覺得他的到來沒有半點用處，登時就氣笑了。

「愣著幹麼？還不快動手將這些人拿下？好好的花燈節就因為他們變得烏煙瘴氣的，你們衙門的人難道全都是吃白飯的不成！」

被斥責吃白飯的衙役，當即撥開人群，目光不善地朝癩子等人而去。

原來，舒盛鑽入人群跑走要去尋這些衙役時，沒跑出去多遠，就一頭撞到了聞子珩的大腿，抬眸看見聞子珩身邊恰好就跟著衙役，他二話不說，直接拉著聞子珩回來，也就將衙役一同帶回來了。

癩子哪承想過自己今日運氣如此不濟，他只是為了擁有點銀子去吃喝玩樂，帶著人來找一姑娘家的麻煩，就惹上了他們平日裡都要繞道走的衙役？

「跑啊！愣著幹啥？」癩子扭頭就跑。他可不想進牢裡待著！

其他人回過神來，立即也跟著跑，一時間，來找麻煩的混子分成了好幾個方向逃跑，衙役要抓住他們，就只能分散開來去追。

舒燕抿唇看著衙役追著混子們的身影跑遠，這些人倒是聰明，還知道這個時候應該分開跑，躲不躲得過衙役，就全靠自己的運氣。

「景安人呢？」聞子珩左看右看，都沒在舒燕周圍發現封景安的身影，老臉瞬間就拉了下來。

今日可是花燈節，人多，什麼東西都出來了，封景安竟也放心讓舒燕姊弟二人出來擺攤子賣東西？那小子到底在想什麼？

舒燕挑眉答。「他在家中溫習，我看今日人多，就想將我做的一些小東西拿出來賣，賺點銀子。沒想到，會突然間有人來找麻煩。」

「哼！妳沒想到的多了去了！今日要是沒有老夫帶著衙役及時趕到，看妳這丫頭怎麼脫身！」聞子珩沒好氣地瞪了舒燕一眼。

女兒家家的，也不知道她的膽子到底為何那麼大，深湖說下就下，攤子說擺就擺，身邊還沒個頂用的男人跟著！

舒燕笑著招手讓舒盛過來自己身邊。「這簡單，無法脫身，那就跟他們同歸於盡便是，反正我不怕死。」

「好一個不怕死！」畢壽拍了拍手，讚賞地上下打量了舒燕一眼。

舒燕一愣，這才注意到聞子珩身邊其實還跟了一個人。「這位是？」

「妳叫他畢老就行。」提及畢壽，聞子珩神色間突然就有些嫌棄。都怪這人非要來，否則合泰的花燈節何至於會延期到今日才開始？也才惹出這般麻煩。

畢壽哭笑不得。「別聽他的，我可沒那麼老，怎麼能跟他是同一輩人呢？」

「跟老夫同一輩人，委屈你了是吧？」聞子珩涼涼地瞥了畢壽一眼。

這句話，說得畢壽與舒燕、舒盛都沒話回。

「該死！」宋子辰憤怒地看著不遠處的四人。「讓你想辦法把舒燕給本少爺弄走，你倒好，直接將人送到畢壽面前去了！」

全陽哭喪著臉替自己辯解。「小的也沒想到會這麼巧撞上。」誰知道他們來得那麼快，本來計畫中，是那些混子趕走了舒燕之後，他們才到這個地方的。

「哼！沒用的東西！」宋子辰氣得抬腳將全陽踹了出去，不管全陽如何，徑直轉身就走。

既然已經讓舒燕在畢壽的面前露了臉，那他只能改變原定的計畫，雖然不知道舒燕知道多少他與封景安的事，但他要是再跟舒燕面對面撞上，一定會給畢壽留下不好的印象！

還有聞子珩，為什麼哪兒都有他？聞子珩既然瞧不上他，那能不能不要妨礙他？

真是……恨不得聞子珩去死啊！

宋子辰眸底飛快地劃過一抹濃郁的狠戾，腳步越邁越快，前方的人也肉眼可見的變多了起來，他從無人處漸漸地走入人群中。

「去死吧！」突然，斜側裡衝出來一道小小的身影，拿著錚亮且鋒利的匕首狠狠朝著宋子辰腰腹刺了過去！

宋子辰下意識地躲避，可已經來不及了，那人手中匕首穩穩地刺入他的腰腹，動作就好像是曾經演練過多次一般熟練。

「少爺！」慢了一步的全陽滿臉驚恐，想也不想地衝上去一腳將行刺的人踹開，伸手扶住了自家少爺。

宋子辰垂眸看了眼正在往外流血的腰腹，忽而勾唇扯出一抹冷笑。「真是好大的狗膽啊，竟敢在眾目睽睽之下刺傷本少爺！」

「啊！殺人了！」離得較近的百姓回過神來，立即面色驚慌地散開，不敢靠近宋子辰三人。

夏毅趴在地上緩和了半晌，才從全陽那一腳給他造成的疼痛中緩過勁來，他緊握住手中的匕首，從地上爬起來，目光死鎖在宋子辰身上。

再補一刀，再補一刀，他就會給爹娘和姊姊償命了！

似是受到了蠱惑一般，夏毅無視周遭驚恐看著他的百姓，舉起手中的匕首，大喝了一聲再度朝著宋子辰衝了上去。

宋子辰臉色一變，迅速抓住全陽，將全陽從自己身邊拉至自己身前替自己擋著，急聲叱罵。「扶著我幹麼！還不快將他拿下，扭送官府！」

「是！」全陽心中一涼，卻不敢違抗多言，只能迎著行刺之人而去，試圖想要制伏住他。

夏毅也沒學過什麼武，抵擋的招法都是亂的，一點技巧都沒有，他有的，就是一腔想要了結宋子辰命的決絕。

就因為毫無章法，幾番交手下來，全陽沒能拿住夏毅也罷，還在抓夏毅之時，被夏毅胡亂揮動的匕首所劃傷，在身上留下了一道道劃痕，瞧著有些狼狽，更是引起了百姓們的陣陣驚呼。

他們都認出拿著匕首要殺人的，就是總是出現在街頭訛他人銀子的小乞丐。

誰也不知道小乞丐為什麼突然發了瘋似的要殺眼前這人，但他們瞧著小乞丐那殺人的架勢似是恨毒了眼前這人，與平常的無賴樣不同，也不知道是跟這人到底是有什麼深仇大恨。

這方的騷動很快引起了舒燕幾人的注意，聞子珩臉色一沈，前腳剛遇見混子欺負舒燕姊弟，後腳橋的那頭又出了事情，今日這個花燈節，是存心不讓他過好了是吧？

「走，過去看看！」聞子珩說完一馬當先過橋。

畢壽沈著臉，緊隨其後。

這平靜的合泰州，每年都順順利利的花燈節，怎麼他一來，就出事了呢？

「姊姊，我們要跟上去看看嗎？」舒盛很好奇那邊到底是發生了什麼事情，但在沒有姊姊允許的情況下，他還是乖乖站在姊姊身邊沒動。

舒燕點頭，牽著舒盛的手，抬腳跟上前頭的兩人，不知道為什麼，她莫名有種非常強烈的直覺，那裡鬧出事來的人可能會跟方才找他們麻煩的人有關。

不多時，四人一前一後過了橋，恰好這時，夏毅虛晃一招，繞過了全陽，舉著手中的匕首朝著宋子辰衝了過去！

宋子辰眸光一凝，當即飛速地躲開了夏毅朝他刺來的匕首，他是被夏毅刺傷了腰腹不假，但他並沒有全然失去行動力。

他對別人狠，對自己也不遑多讓，故而一咬牙，便要暫時無視腰腹間一波一波湧上來的疼痛，發狠與夏毅搏鬥。

「哼！」他還就不信自己對付不了一個還沒他高的小孩，全陽無用，那他就自己來！

見宋子辰腰腹間的傷竟然沒給他造成太大影響，夏毅藏在蓬頭垢面後的雙眼瞬間紅了。

「啊！你這個該死的罪人，為什麼還能活得如此心安理得?!」

「這個聲音……」舒燕一愣，有點熟悉啊這個聲音。

舒盛擰眉問：「姊姊，這個聲音，是不是有點像我們剛到小院時撞見的那個小乞丐？」

「對！就是他！我就說這聲音怎麼有點熟悉！」舒燕恍然，忙不迭地加快了腳步。

而，先行一步的聞子珩，卻在這時通過給他讓開的人群，到了引起騷亂的中心，他看見熟悉的人，本就不好看的臉色瞬間更加難看。

「住手！都給老夫住手！」他從未聽說過這小乞丐跟宋子辰之間有仇，為何這會兒小乞丐卻拿著匕首刺傷了宋子辰不罷手，還一副誓要殺了宋子辰的架勢？

宋子辰驟然聽見聞子珩的聲音，對付夏毅的動作下意識一滯，腦子裡在這一刻閃過了很多種設想，他要怎麼做才能將自己現在所受的傷利用到極致？

「你去死吧！」夏毅完全沒受聞子珩出現的影響，他的眼裡、心裡，都只有殺了宋子辰。

所以，在宋子辰對抗他的動作停滯的瞬間，他乘機抬起手中匕首，將之刺入了宋子辰的心口。

聞子珩看懵了，一時沒能反應過來，還是畢壽率先回過神，冷著臉上前，伸手扣住了夏毅的手一扭，迫使他鬆開匕首。

「哈哈哈，正中心口，你死定了！」夏毅似是完全沒感受到自己手腕上的疼痛一般，放聲大笑了起來。

終於，他在合泰州等了這麼多年，總算讓他等到了宋子辰落單的時候！

宋子辰臉色蒼白，指著夏毅說不出話來，下一刻，他兩眼一翻，暈厥了過去。

這個時候，什麼都沒有直接暈倒管用。

「少爺！」全陽跑到宋子辰身邊崩潰大哭。少爺要是真死了，那他的小命、他全家的性命也就都完了，他根本就無法跟宋家交代！

聞子珩沒好氣地呵斥。「哭什麼哭！你有這個時間哭，還不如儘快去給你家少爺請大夫！說不定你家少爺還有救。」

「對！請大夫！」全陽抬手一把抹掉眼淚，起身拔腿就往醫館方向跑。

夏毅臉色一變，大喊：「沒用的！就算大夫來了也救不回他的，一定救不回來！」

「你為何要殺他？」畢壽直勾勾看著夏毅，這個孩子眼裡的仇恨非常濃郁，這其中必然是藏著什麼隱情，是他們所不知道的。

「哈哈哈，你問我為什麼殺他，怎麼不問問他都做了什麼？」夏毅狠戾地瞪了躺在地上不動的宋子辰一眼，隨後用力去掰畢壽抓著他的手。

他要在宋子辰的走狗把大夫請回來之前，確定宋子辰真的嚥氣了，如此他今日的冒險才不算白費。

畢壽一時不察，讓小孩掙開了自己的手，眼見著小孩朝著地上的宋子辰衝了過去，他臉色一變。「住手！你不能一錯再錯！」

什麼一錯再錯？只要能替爹娘和姊姊報仇，就是錯又如何？

夏毅冷哼了聲，朝著宋子辰而去的速度半點沒慢，官官既然相護，那他就自己動手！

第三十五章　事情敗露

裝昏的宋子辰聽著越來越靠近的腳步聲，心都快提到了嗓子眼，如果他剛才沒有裝暈，這會兒面對那小孩的逼近自然可以爬起來躲避。

但，現在他若是睜眼醒過來躲避，那無疑是在打臉自己，他面上無光不說，還會引起畢壽等人的懷疑！怎麼辦？

「小孩，為這種人髒了你的手可不值得。」突然，舒燕熟悉的聲音響起，緊接著便是小孩的腳步聲停了。

宋子辰一怔。那小孩這是被舒燕攔下了？

「髒的是我自己的手我樂意，妳管不著！放開！」夏毅萬萬沒想到，就在臨門一腳的時候，他又被人攔了下來，氣得他張牙舞爪地就要將舒燕弄開。

可惜，舒燕一早就做好了準備，在夏毅動作間，舉起手刀，快狠準地劈在了夏毅的後脖頸。

「妳！」夏毅瞪圓了雙眼，不甘卻又不得不順應暈眩感的召喚，合眼暈了過去。

舒燕扶著夏毅，讓他平躺於地上，才轉身去查看宋子辰的情況，只一眼她就看出宋子辰心口上的匕首不對勁。

按理說，若是這匕首真的刺進心口，剩餘留在外面的部分不應該會這麼長才對。

所以，這到底是什麼原因呢？

舒燕抿了抿唇，扒開他的衣裳就知道了，不過不能她親自來，畢竟她是女人，得避嫌。

「小盛，過來把他心口處的衣裳扒開看看，小心些，暫時不要動到這把匕首。」

「好。」舒盛儘管不明白姊姊為何要讓他這麼做，但他還是很乖巧地上前，依言去扒開宋子辰心口處的衣裳。

那把匕首就那麼正好地插在宋子辰的心口上，換了誰，誰都會第一時間認為那匕首就是進了宋子辰的心口，實則不然。

舒盛小心扒開衣裳後，一眼就看見宋子辰的心口處有一塊一指厚的金牌子，上頭刻著平安二字，而那把匕首剛好就插在這塊金牌子上。外表看起來嚇人，實際上這匕首穿過金牌子後，只劃破了宋子辰的皮膚，壓根兒就不致命。

「姊姊，他的命好大！」舒盛先是一把將匕首拔了出來，緊接著就從宋子辰的心口處將發現的那塊金牌子拿了出來。

眾人還未來得及指責舒盛不懂事，就先被舒盛手中的金牌子吸引了注意力。

一指厚的金牌子中間破了一個洞，可不就是替這人擋了那把朝著他心口而去的匕首造成的？這麼說的話，他根本就沒致命傷！

「嘖，這命是挺大的，就是可惜了這塊金牌子了。」舒燕伸手從舒盛的手中拿過金牌子，眼裡都是心疼，這麼大、這麼厚的一塊金牌子，若是完整的，肯定能換不少銀子。

聞子珩眉頭一跳，這女娃說可惜那塊金牌子，那就是真的只是可惜金牌子被扎出了洞，對昏迷中的宋子辰完全一點可惜都沒有。

那可是一條人命，豈容她這般輕視？

「幸虧有這塊牌子擋著，否則他死了，這小孩也逃不過一死。」聞子珩冷聲提醒。

「這不是沒死成嗎？」舒燕不以為然地瞥了宋子辰一眼。

既然他心口處的傷根本就不重，那她可以合理懷疑，宋子辰根本就不是真暈，而是裝的。說不定，她剛才要是沒有跳出來阻攔小乞丐，宋子辰迫於無奈之下，只能從裝暈中醒過來躲避小乞丐的絕殺。大意了，她現在希望時間重來可以嗎？

「早知道……」

「早知道什麼？」聞子珩下意識地接話，接完了才後知後覺地反應過來，舒燕的未盡之語到底是什麼，臉色頓時變了又變。

一開始發現他們跟宋子辰之間不對付的時候，他就想問他們之間到底有什麼糾葛了，這會兒再加上小乞丐非要了宋子辰命來看，怕是宋子辰背地裡做了什麼傷天害理的事情，而他們這些人都被宋子辰蒙在了鼓裡。

「柯大夫你快點！人命關天的事情容不得你耽擱半分！」這時，突然傳來了前去找大夫的全陽的聲音。

話落沒多久，眾人就見全陽拉著一個鬍鬚花白的老先生而來，那老先生年紀大，根本就跟不上全陽的速度，幾乎全程是被全陽拉著過來的。

只見他整個人都喘得不行，看得舒燕都有些害怕，怕他還沒開始救人就先自己倒下了。

幸好喘歸喘，這老先生還是在緩了幾個呼吸後，勉強穩住了自己，在全陽的催促之下，開始動手替宋子辰止血，然後診脈。

「嗯，沒什麼大礙，就是腰腹的傷有點重，但不致命，這是哪個倒楣蛋，要行刺他人連致命點都找不到？」老先生一本正經地把脈，也一本正經地埋汰。

全陽臉色一綠。「身為大夫你怎麼能說這種話？」

「我這人說話就這樣，你不喜歡聽啊？那別找我來診脈救人啊！」柯有為沒好氣地白了全陽一眼，手上更是非常乾脆地鬆開了宋子辰。

全陽一噎，這要不是全合泰州醫術最好的就是這個柯有為，他何至於為了增加少爺被救回來的機率而費力將這人拉來？

「柯老別跟一介下人計較，氣壞了自己可不值當。」聞子珩習以為常的勸了一句。

這柯有為醫術是有，但為人脾氣有時候真的挺讓人受不了的。尤其是他那張嘴，你越是跟他認真，他越是能將你說得把腦袋埋進土裡去還抬不起來。

柯有為冷哼了聲。「我可沒有跟一個下人計較，只是實話實說。」

「是是是，所以，您老確定他這傷真的不致命是吧？」聞子珩笑呵呵地附和，言語聽著挺敷衍，但不管是臉色還是姿態，都透著認真。

柯有為還是賣聞子珩這個面子的，臉色稍稍好看了些。「當然確定，我什麼時候說過假話？哎，不是我說，難道是這兒的地比較好躺嗎？分明醒著呢，何必還要繼續躺著不動呢？」

「呃？大夫您說什麼？」畢壽眉頭一皺，看宋子辰的目光都不對了。

本來這是合泰，聞老才是這裡的人最熟悉、最有話語權的一個，所以他沒想開口，但他為人最討厭被別人欺騙，以及在他面前耍心機。

照這柯老所言，他怎麼越想越覺得，地上這人從一開始就是在裝暈？他腰腹間的傷不致命，血流得也還不夠多，心口處的傷也只是皮肉傷，怎麼想，好像都不應該在他們一來的時候就倒地不起。

柯有為不認識畢壽，更是不喜歡別人質疑自己，他不耐且不悅地正要開口從醫理上佐證自己所言非虛時，地上躺著的人卻在他開口前，一手捂著心口，一手撐地，從地上坐了起來。

他眼露茫然，狀似不知道發生了什麼事情的樣子看了看自己的心口，問：「方才扎在本少爺心口上的匕首怎麼不見了？」

「我的少爺哎，您可嚇死奴才了！」全陽臉色瞬間一變，衝上去，伸手小心翼翼地將自家少爺扶起來。

舒燕瞇了瞇眼，笑了。「男子漢大丈夫的，宋公子居然會在明知道自己心口放了平安牌的情況下，被往心口扎的一匕首嚇暈，您還真是挺出息的。」

但凡當事人都該清楚明白的知道，心口有一指厚的平安牌擋著，區區匕首壓根兒就不可能對他造成什麼實際性的傷害。

「事發突然，誰能想到那麼多呢？」宋子辰心裡憋了一口氣，面上卻不能表露出分毫來，他們一個、兩個都在拆他的臺，他若是沈不住氣，就什麼都完了。

不管旁人信不信，反正他自己一定要相信，即便是心口處被平安牌擋住了匕首，沒有傷到，但在事發突然的情況下，他就是被嚇到了。再加上腰腹間的傷，他就這麼暈了過去，這並不是不合理。

舒燕笑意一收，睜眼說瞎話也不過是如此了。

「既然你沒有大礙，那麼你能否告訴我們，你到底做了什麼，讓那孩子恨你入骨，非要殺了你不可？」畢壽不是聽不出來兩人的交鋒，但他更想知道那孩子為什麼要殺這個宋子辰。

宋子辰不解地搖頭。「本少爺根本就不認識他，怎麼知道他為什麼非要殺了本少爺不可？」

他表現出一副不知道畢壽身分，還自恃自己宋家少爺身分的倨傲模樣。

「哼，你真的不認識他？」聞子珩不信宋子辰說的每一個字，更不相信宋子辰不識得畢壽的身分。

一個可以將算計玩到極致的人，說他不知道畢壽的身分，誰信？狗都不信！

聞子珩自從查明了自己當初被歹人盯上是跟宋子辰有關後，對宋子辰就再也沒了任何師生情誼。

雖然他並未收宋子辰為學生，但他在合泰州學掛名時，也曾經教導過宋子辰，可他宋子辰是怎麼對他的？買凶假意追殺他！如果不是舒燕幾人恰好出現，打斷了他的計畫，最後成為他救命恩人的就是宋子辰。

若不是宋子辰將一切證據都抹得一乾二淨，他找不到證據證明宋子辰真的跟他被追殺落水一事有關，宋子辰早就該被下獄！

宋子辰無辜地再次搖頭。「真的不認識。聞老您懷疑我是應該的，畢竟方才那樣的情況確實是挺讓人誤會，但我不認識他是真的不認識。」

「嘖，咱們也不能光憑你說不認識，就認定你是真的不認識了。」舒燕說著將目光落在了被她劈昏的小乞丐身上。

宋子辰心頭一跳。

她這是什麼意思？難道她想將那該死的小乞丐叫醒，跟他來一場對峙不成？

「沒錯，我們不能只聽你的片面之詞。」聞子珩點頭贊同，轉眸看向柯有為道：「柯老可否將這小孩喚醒？」

柯有為看了眼髒兮兮的小乞丐，有些嫌棄。「這小孩怎麼了？」

「沒啥，就是方才被我劈暈了而已。」舒燕無奈。

她要是早知道宋子辰是裝的，就不會動手了。可惜，沒有什麼早知道，現在只能希望柯老能有辦法溫和地將小乞丐喚醒，不然她只能去尋一盆冷水來，直接將小乞丐潑醒。

柯老驚詫地上下打量了舒燕一眼。「妳？」

瞧著也沒比躺在地上的小乞丐大多少，她一掌下去，能將這小乞丐劈暈？

「咳，事不宜遲，柯老若是沒法子，我這就去找一盆冷水來，直接將他潑醒了！」舒燕作勢轉身要去找水。

柯有為冷哼了聲，邁步走到小乞丐身邊，撚住一根銀針就往小乞丐的人中扎了過去。

「一銀針的事，何必這麼麻煩？」

夏毅只覺人中一疼，便幽幽轉醒了過來，睜開的雙眼裡滿是茫然。

他怎麼了？對！他本來是要去確定宋子辰死了沒有，結果卻被舒燕一掌劈暈了！

「醒了就好好回答，說不得他們能替你做主。」舒燕毫不嫌棄地牽住了小乞丐的手，怕他見到宋子辰還活得好好的，衝動之下又做出什麼不得了的事情來。

夏毅第一反應就是譏諷。「他們能替我做主？妳是在跟我開玩笑吧？若有人能替我做主，我何至於淪落到現在這步田地？如果不是我聰明、命大，我早就被長埋於地下，誰也不知道還有我這麼個人存在了！」

這話說的……

宋子辰盯著夏毅那張髒兮兮、幾乎看不出本來面目的臉，努力去記憶中回想，他什麼時候讓人去處理一個人的時候，讓人逃了。

他讓人動過手的人實在是太多了，一時之間想不起來眼前這個小乞丐是誰，但身為執行人的全陽卻是瞬間想了起來。

夏家那個小子！

全陽只覺渾身一涼，他替少爺去處理那些少爺看不順眼的人時，倒也不是每一個都成功了，不過通常第一次沒成功的，後面他也有找到機會徹底解決了，唯獨夏家那個小子是個例外。

他第一次讓夏毅逃了，之後就再也沒有找到人。

當時的夏毅只有六歲，本以為那麼小的孩子，即便是成功從自己的手中逃脫了，也不一定能在這殘酷的世間活下來，結果他不僅活下來了，現在居然還出現在他們的面前，甚至傷了少爺！

全陽驚恐極了，他想過去提醒自家少爺，卻又不敢，甚至只敢在心裡惶恐，而不敢在臉上露出分毫來，生怕被誰發現了他的不對勁。

「只要你說得出，最後查出來的是事實，我就能替你做主。」畢壽鄭重其事地保證。

聞子珩為了打消小乞丐的顧慮，緊跟著附和道：「你放心的說，只要你說的都是真的，不管什麼，他都能替你做主。」

「是啊，只要你說得出為何要殺我，這裡所有人都會替你做主，你不必害怕。」宋子辰實在是想不起來這小乞丐到底是誰，索性直接放棄回憶，祭出自己一貫使用的暗威脅。

夏毅幾乎瞬間就想起了當初被這句威脅所支配的恐懼，整個人忍不住狠狠地打了個冷顫。

怎麼回事？舒燕眉頭一皺。宋子辰那句話有什麼不對？為什麼他聽完後，似乎很是害怕的樣子？

「你們都不要騙我了，我知道沒人能替我做主，沒有！沒有！」夏毅搖頭，猛地大力掙開舒燕的手，拔腿就往人群中跑。

快走！他得趕緊逃！他不要留在這裡！

「攔住他！」舒燕反應過來的瞬間就是追上去，他刺殺宋子辰，已然是將自己的存在暴露了，一旦就這麼讓他離開，那之後會發生什麼事情，誰也不知道。

百姓們紛紛讓開路，竟是無一人聽舒燕的，去伸手幫忙攔下夏毅。

別看夏毅瘦小，他那兩條腿倒騰著跑起來的速度可一點也不慢，不一會兒就要跑遠了。

畢壽和聞子珩兩人臉色非常不好看，一旦讓那小孩離開，這茫茫人海的，他有心躲著，他們可不好將人找到。

算這小乞丐識相，否則……哼！

宋子辰垂眸掩去眼底爬上的得意，壓下彎起的唇角。

只要小乞丐這會兒離開了，那麼之後他就有時間派人去將他悄無聲息地解決了！既然是隱患，那不管他有沒有想起來，他都沒有繼續存在的必要。

「聞小少爺！幫忙將那個小乞丐攔下！」舒燕追不上小乞丐，快要絕望之際，眼尖地發現了迎著小乞丐跑走的方向而來的聞杭。

第三十六章　後續

聞杭雖然不知道為什麼舒燕要攔一個小乞丐，但他還是第一時間動作起來，迅速朝著小乞丐抓了過去。

「滾開！」夏毅沒想到前路會有人抓自己，反應過來再想換方向時，已然來不及了，他只能故作兇狠地瞪著聞杭，希望能將聞杭嚇退。

聞杭怔然過後笑了，朝小乞丐而去的速度半點沒減，這麼個小東西的威脅，他還不至於放在眼裡。短暫地交手後，聞杭憑著身強體壯，牢牢將小乞丐控制住了。

見狀，舒燕鬆了口氣，放慢了追趕的腳步，走到小乞丐的面前後沒好氣地瞪了他一眼。「以聞老在合泰州的聲望，你覺得他會騙你？都說了只要你有理，他們就一定能替你做主，你跑什麼跑？想過你今日跑走了，往後要是被追殺，連骨頭渣子都留不下來的後果沒有？」

夏毅確實沒想過這樣的後果，意會過來後臉色慘白。

宋子辰心中暗怒，這個聞杭早不出現、晚不出現，怎麼就挑在這個時候出現，還這麼剛好是那該死的小乞丐要跑走的方向呢？

「就……」

「你閉嘴！」畢壽目光冰冷地斜睨了宋子辰一眼。

宋子辰未能說完的話不得不堵在喉間，不上不下，別提多難受了，便是他的臉色，都不禁變了又變。

「我乃是聖上派遣至合泰州新上任的州長，你有何冤屈大可說來一聽，若你所說皆是屬實，我定然為你討回你應得的公道！」畢壽可不管宋子辰，直接將身分亮了出來。

眾人譁然，這沒聽說現任州長要調任了啊，怎麼新州長就出現了呢？

夏毅錯愕地瞪圓了雙眼。「你說……你說什麼？」

「我說我是新上任的州長，你有何冤屈大可直說，我絕不姑息任何人！」畢壽耐著性子等小孩相信自己，他本是不想這麼早表明身分，但發現了不對，他就不能繼續藏著。

夏毅這回確定了，自己沒有聽錯。

「證據呢？我不能光憑你說你是新上任的州長就相信。」

「這是我的任命書。」畢壽從身上掏出任命書，展開後遞到小孩的面前，至於小孩能不能看懂，不在他的考慮範圍內。

夏毅所識得的字不多，但任命書三個大字他還是認識的，所以，這人是真的沒騙他。只要他將宋子辰做過的事情說出來，爹娘和姊姊的仇，他就可以報了！

宋子辰驀地有一種非常不好的預感，他幾乎考慮都沒有就使了個眼色給全陽，示意全陽在那小乞丐開口之前，讓小乞丐徹底開不了口。

「我……」

「你敢傷了我家少爺，納命來！」全陽突然衝了上來，先是用力撞開聞杭後，再一把掐住夏毅的脖頸，用盡力氣。

夏毅瞬間嘗到了窒息的滋味，他拚命地想要掙扎，可窒息感卻越來越重，他的掙扎沒起到任何作用。

「想殺人滅口也不看看我答不答應！」離得較近的舒燕反應過來後，毫不遲疑地從地上撿起了小乞丐掉落在地的匕首，眼也不眨地將匕首揮向了全陽掐住小乞丐的手。

那一副誓要砍了他手的架勢，驚得全陽心中生起了畏懼，沒能控制住本能地就先迅速鬆開了掐住夏毅的手躲開。

他鬆開了，舒燕也堪堪收了手，將小乞丐護在自己的身後。

預料之中的疼痛沒有上來，全陽頓時明白舒燕拿匕首要砍他雙手的架勢只是唬他的，根本就沒打算真的動手。

當著將要新上任州長的面，舒燕怎麼可能會傻到真的動手傷人？

思及此，全陽心裡產生了更大的恐懼。他失敗了，少爺會怎麼對他？

宋子辰臉色一白，全陽這次沒有得手，那麼再想動手，就不可能了。

夏毅得了自由，先是貪婪地呼吸，讓自己從窒息的感覺中脫離出來，等緩和過來後，伸手將擋在自己身前的舒燕扒拉開，痛恨地瞪著全陽。

「怎麼？你又想故技重施，殺了我滅口，這樣宋子辰曾經做過的那些事情就再也不會有人知道了是不是？」

「不是！什麼滅口？我不知道！我只是見不得你傷了我家少爺後，居然還能好好的活著！」全陽矢口否認，他必須將動手的一切原因都攬在自己的身上。他全家人的命都握在少爺的手上，他不能也不允許，自己動手的事情跟少爺扯上任何關係！

「真是一條忠誠的狗呢！」舒燕冷笑。

這兒有眼睛的，誰看不出來全陽動手跟宋子辰有關？什麼見不得自家少爺受傷？罪魁禍首分明還好好的，都是屁話！沒有宋子辰的授意，全陽會不顧自己的小命，當著新上任州長的面就動手殺人？

誰的命不是命？她還真不信全陽大方到可以為了宋子辰不要命，全陽之所以動手，一定是有什麼要命的把柄握在宋子辰的手上。

「宋大少爺的馭下之術，真是令人羨慕得緊呢！」越想越生氣，舒燕的冷嘲跟不要錢似的往外蹦。

方才若不是她反應快，那孩子說不得這會兒已經帶著他的冤屈死去了！

畢壽看向宋子辰的目光非常的不善。「宋子辰，你的人當著本官的面欲要殺人，難道你就沒有半點解釋嗎？」

「州長大人，全陽是一個獨立的人，他自己做下的惡怎能跟我掛鉤呢？您讓我閉嘴之後，我可什麼都沒再說了。」宋子辰一派無辜地迎視上畢壽眼中的不善，臉上竟是半點心虛都沒有。

全陽登時只覺一股涼意從四肢百骸湧了出來，快要將他整個人凍壞了，雖然早就知道了少爺會這樣撇清關係，但真的聽到，心中還是不可抑制地生出失望。哪怕少爺言語間稍微維護他一點，他還不至於如此失望。

聞杭眸光一閃，當即趁著幾人都沒注意的時候，上前扣押住了全陽，以防說到最後，全陽覺得動都動了，索性不死不休，再次對小孩動手。

「放開我！」全陽失望過後，是想過要一不做、二不休完成任務，這樣還能保全家人，可他還沒來得及行動，人就被聞杭押住了！

別看聞杭一副瘦弱書生的樣子，但他的力氣可不小，愣是讓全陽使出了渾身解數都沒能從他的手上掙扎開，氣得全陽的臉色一黑再黑。

掙不開聞杭的箝制，他還怎麼對夏毅動手？那他的家人怎麼辦？

「別作夢了，省省力氣吧，我是不會放開你，讓你再有機會傷人的！」聞杭求表揚似的看了自家爺爺一眼。

聞子珩滿意地點頭。「看來你爹讓你學一些防身用的招式還是有用的。」

聞杭臉色一垮，他爺爺寧願誇他爹都不願意誇他身手好、反應快。

「既然你說你的人所作所為皆由他自己承擔責任，那麼本官將他以殺人未遂罪下獄，想來你也是沒意見的吧？」畢壽遠遠地看見有一批衙役在靠近，便盤算著先將這個全陽關進大牢中，再尋時間逼問。

宋子辰笑得一絲破綻都沒有的樣子轉眸看向夏毅，問：「依大人的話，他傷了本公子，是不是也要被下獄？」

只要不讓這個小乞丐在大庭廣眾之下說出什麼來，等將小乞丐弄進大牢之後，他有的是辦法讓他悄無聲息地死去。

「不，我沒錯憑什麼要被下獄？」夏毅惡狠狠地瞪了宋子辰一眼，然後突然對著畢壽跪了下去，一個大大的響頭就磕了下去。「大人不是想知道我為什麼要殺他嗎？我現在就可以告訴大人，因為他宋子辰，玷污我長姊，還殺我爹娘！」

「你胡說八道！」宋子辰臉色大變。該死，還是讓他把話說了出來！

夏毅冷哼了聲。「我胡說八道？當時若不是我爹娘事先將年幼的我藏起來，我哪能活到現在？早就被你派人滅口了！啊……不對，你是派過人的，就是現在被抓住的這個，可惜我命大，讓我逃了！宋子辰，你每日夜裡，難道都沒看見那些被你害死的人化為厲鬼來找你索命嗎？」

「好笑！本公子從未做過任何虧心事，為何要看見那些不乾淨的東西？」宋子辰氣得幾乎想當場殺了全陽。

讓他處理，他處理成什麼樣子了？為什麼要漏掉了這麼個漏網之魚？

「沒有證據的指控，你休想將別人做下的惡事扣到本公子的頭上！」

「誰說我沒有證據？」夏毅紅著眼從懷中掏出了一塊碎成了兩半的玉珮，遞到畢壽的面前。

「這是我長姊奮力抵抗時，從凶手身上抓下來的玉珮，上頭就刻著宋子辰的名字！」

「不可能！那定然是有人冒充本少爺做的！本少爺的玉珮曾經丟了一個，整個宋家的人都能給本少爺作證！」宋子辰反應倒是挺快，直接一口咬定是別人偷拿了他的玉珮去做的壞事。

「全陽是不是你！是不是你偷拿了本少爺的玉珮去胡作非為的？」

「少爺你……」全陽驚愕地瞪大了雙眼，幾乎想控訴少爺怎麼可以誣衊他，卻一眼看到了少爺眼底的警告。
少爺是在警告他，想讓他的家人活著，那就替他將這次的罪名擔下，否則少爺若有事，他的家人也別想繼續安然的活著。
「少爺你說得沒錯，是小的鬼迷心竅，偷了你的玉珮。」全陽閉了閉眼，替少爺擔下這個罪名，他的家人應該就可以好好活著了吧？
夏毅不敢置信地死瞪著全陽，他被爹娘藏起來的時候，見過那個將他長姊拖走的人，那人根本就不是他，而是宋子辰！退一萬步就算是他，一個下人沒得到吩咐，哪有這般膽量做這種事？
「不對，你是想替宋子辰擔下罪名，那人根本就不是你！」
「你說錯了，那人就是我，不是我家少爺。」全陽麻木地看了夏毅一眼。
宋子辰眸底飛快劃過一抹得意。「本少爺都說了不是本少爺做的了，現在他也認下了是他偷走本少爺的玉珮去胡作非為，你不能因為結果不是你想要的，就一味地否認事實呀！」
「你放屁！」夏毅氣得不跪了，站起來指著全陽的鼻子問：「若事實真的像他所言，那請問，為什麼州長會護著他？他不過是你身邊的一條狗，何德何能可以讓州長對他的所作所為睜一隻眼、閉一隻眼，甚至暗中要把我解決了？」
「什麼！」眾人譁然，他們的州長不是向來以正直廉明著稱嗎？這怎麼還成了包庇罪犯的了？

合泰州州長緊趕慢趕到了現場，卻碰巧聽到夏毅的控訴，眼前頓時一黑。

完了！事情到底還是牽扯上他了，他千算萬算都沒算到，夏毅竟是真的靠自己活到了現在！他悔啊，悔得腸子都青了。

明明在此之前，他完全有機會將夏毅解決了的，為什麼他要因為夏毅扮的乞丐嘴裡提及過聞子珩而放任他在合泰州內囂張，從沒想過要去查一查他的身分呢？要是當初查了，今日就不會是這樣的結果了！

「州長來了！」不知道誰發現了陳衷的存在大喊了一聲，所有人的目光頓時不約而同地落到了陳衷的身上。

其中以畢壽的目光最為讓陳衷不安，他下意識擦了擦額上壓根兒就還沒冒出來的冷汗。怎麼辦？他該怎麼開始狡辯，才能讓所有人相信他是無辜的？

「你來得倒是挺快啊！」畢壽冷哼了一聲，怎麼看這個陳衷怎麼不順眼。瞧他那副賊眉鼠眼的樣子，還真是那種能做出受賄包庇凶手事情來的人！

陳衷勉強在臉上堆起了一絲笑容。「下官、下官聽說大人在這兒遇到了麻煩事，就馬不停蹄地趕過來了。」

現在，他要絕口不提自己到底有沒有包庇宋子辰，定要竭力裝作自己剛來，什麼都還不知道的樣子。

「喲，不知陳州長是從哪兒聽說了畢大人在這兒遇到了麻煩事的？老夫記得我們可誰都沒派人去通知你。」聞子珩涼涼地瞟了陳衷一眼。

誰都沒派人去通知，陳衷卻知道了，這不就是變相地暗指他陳衷派了人跟蹤他們？

陳衷臉色一白，立即連連擺手否認。「不不不，我沒有派人跟蹤畢大人，是衙役們怕畢大人出什麼事，他們不好交代，自己跑回去通知我的！」

「這個理由倒是勉強能說得通。」舒燕說著笑咪咪地看著陳衷，仗著有畢壽的存在，陳衷奈何不了她什麼，大著膽子指了指夏穀。「他說您包庇殺他爹娘、玷污他長姊的凶手，您對此有什麼要狡辯，哦不是，有什麼要解釋的嗎？」

他本想裝糊塗的，還讓他解釋？證據就擺在那兒呢！他怎麼解釋？

區區一個隨從，沒有那麼大的面子讓他堂堂一個州長睜一隻眼、閉一隻眼，除非這個凶手是宋家的少爺！

當初宋家送禮給他，拜託他將這件事情壓下的時候，並不是沒人看見的，一旦畢壽真的要查，他肯定清白不了。與其被畢壽查出來擔責，還不如他自己認了，再將過錯都推到宋子辰的身上，這樣他或許還有一線生機。

陳衷迅速把所有利害關係想得明明白白，立即就是撩袍實實地跪了下去，告罪道：「大人，宋家送了極為珍貴的禮，拜託我將這件事情壓下，我一時鬼迷心竅，收了東西。」

「陳大人！我宋家什麼時候給你送禮了，我怎麼不知道？」宋子辰死死瞪著陳衷。這個該死的陳衷！東西收都收了，這會兒居然想要將一切都推到他宋家的頭上，得了便宜還賣乖，他怎麼不上天呢？

「宋子辰，你即便是矢口否認也沒用，那禮物還是你帶著他親自送上門來給本官的呢！」陳衷冷哼了一聲，指了指全陽。他要是看不出來宋子辰想要抵賴，這麼多年的為官生涯就算是白過的了。「你還威脅本官，如果不幫你將這件事情壓下去，你就讓整個宋家跟本官為敵，讓本官在合泰州待不下去！」

宋子辰氣笑了。

他根本就沒有說過這些威脅陳衷的話！陳衷分明就是誣賴！

「本少爺倒是不知道，原來我宋家在陳大人的心裡是這麼厲害，輕易就能讓一州之長待不下去！」

陳衷一噎，雖然其中是有誇大的成分，但宋家不好惹，卻是事實，不然那時候他也不會收下宋家的東西，將那件事情輕輕放下。

況且，他要是知道未來有這麼一天，那時候他就不會說服自己，覺得宋家送的禮珍貴，他沒必要為了一個微不足道的人跟宋家過不去，而將宋家送的禮收了，將事情遮掩至今！

第三十七章　乞兒拜師

久久沒見陳衷開口，宋子辰自認陳衷心虛了，當即冷哼一聲。「陳大人無話可說了，就證明陳大人嘴裡所謂的威脅，根本是子虛烏有的事情，本少爺沒有給陳大人送禮，更沒有威脅過陳大人！」

「宋少爺送的禮，本官還好好地放在家裡，畢大人派人前去一驗便知下官沒有撒謊。」

陳衷回神，也懶得跟宋子辰多做辯解，直接把東西交出來。

沒有什麼能比實實在在的證物更有說服力，更何況，除了夏家這事之外，陳衷還想起了另外一件事情。同時，他的目光就忍不住落到了聞子珩身上。

宋子辰本來聽到陳衷把東西還留著，臉色就已經是沒了血色，再一看到陳衷的目光落在聞子珩身上，頓時就猜到陳衷接下來要說什麼，整個人都不好了。

不，絕對不能讓陳衷將那件事情說出來！

宋子辰往前邁了一步。只要讓陳衷無法開口，那就誰也不會知道那件事情了！

「宋公子這架勢，莫不是想要故技重施，藉著過於憤怒之名，用陰招讓陳大人開不了口吧？」舒燕涼涼地問。

畢壽眸光一凝，立即就毫不猶豫地下令。「來人，將他給本官抓起來！」

在他眼皮子底下傷人，一次就多了，再來一次，他的面子要往哪兒擱？

衙役聽命上前，在宋子辰反應過來之前，牢牢地將人控制了。

宋子辰被衙役反壓著雙手，氣得死瞪著舒燕。

她為什麼就不能好好看著別插嘴？明明什麼都不知道，卻每次開口，都命中最重要的點，她是不是覺得自己特別厲害？

「宋少爺可別瞪我，我害怕。」舒燕挪了一下位置，避開宋子辰的瞪視。

陳夷忍不住看了舒燕一眼。原諒他是真的沒從她的身上看出任何的害怕之意，這所謂的害怕，恐怕只是意思意思說一下而已吧？

「宋子辰，你還有什麼話要說？」畢壽給了宋子辰一個申辯的機會。

可惜，宋子辰只一昧地否認自己沒做過，卻拿不出證據來證明自己真的沒做。

接下來陳夷最後開口說的事情，成了壓垮宋子辰的最後一根稻草。

「畢大人，宋子辰除了屠夏家滿門之外，還曾經跟下官炫耀，說他很快就能成為聞老的學生，讓下官拭目以待。」陳夷盯著宋子辰，抿了抿唇，接著道：「一開始下官還不明白他是什麼意思，直到前段時間聞老在城外遇伏，還差一點被他救了的消息傳來，下官才明白他在打的是什麼主意。好在聞老沒事，也沒有被他救了，否則這會兒他的如意算盤就成功了。」

「你胡說！」宋子辰目眥欲裂。

他後悔了，不該在事情還沒成功的時候，就跟陳夷炫耀！可誰能想到後頭會發生這樣的事情呢？明明十幾年來他的行事方式都沒有出現過紕漏，為什麼唯獨在這兩件事情上翻船了呢？

接連的打擊讓他一時無法像往常般狡辯，否認本就是事實的事情，只能蒼白地不斷重複。「你胡說，你胡說，我根本什麼都沒做！」

陳衷對上聞子珩懷疑的目光，心尖登時一顫，忙不迭地表示。「聞老，我可沒有跟他宋子辰合謀要對您不利的事情。在知道了宋子辰的狼子野心之後，我就有派人去查，但就是慢了一步，不過最後、最後我的人將那幾個歹人中的一個抓到了，此時就關在大牢中。聞老想知道什麼，直接問他就行，他能證明我沒有撒謊。」

宋子辰的臉色更加難看了。他明明給了那些人一筆銀子，讓他們遠走高飛，為什麼還是有人落到了陳衷的手上？

「既是抓到了人，那肯定不是最近才抓到的，你為什麼到現在才將人交出來？」聞子珩冷哼了一聲，要是沒有今日這一齣，陳衷是不是就打算將人一直藏著，直到他都調任去其他地方了也不說？

陳衷不知道該怎麼解釋好，他總不能說他原本是打算將人留著，然後手頭上缺銀子的時候，就拿人來威脅宋子辰給他送銀子的吧？說了就相當於找死，還不如什麼都不說，讓聞子珩自己猜。

見他不開口，聞子珩哪裡能不明白這個陳衷葫蘆裡賣的是什麼藥？

「哼，一丘之貉！」

畢壽瞪了眼沒動的衙役。「都愣著做什麼，還不快將你們大人押上？別以為他官職現在還在，就可以免了這牢獄之災！」

衙役們面面相覷，最後還是動了起來，很快，陳衷也被控制住了。

陳衷心中忐忑，他交代的態度良好，有功也有過，畢壽為人公正，想來應該不會因為聞老而徇私吧？

「你們先將這三人押回大牢，路上要是讓哪個跑了，本官唯你們是問！」

「是！」衙役們高聲應了，心底剛剛冒頭的心思還沒怎麼樣就被掐斷了。

宋子辰當然不甘心就這麼被帶走，然而憑他一人的力氣，如何能抵得過訓練有素的兩個衙役？他所有的掙扎在衙役們的面前都是徒勞。

不多時，三人便被衙役帶走，消失在眾人的視線中。

夏毅眨了眨眼，不敢置信地掐了自己一把，疼痛很快從他掐的地方湧了上來。

「嘶……好疼！我不是在作夢？我不是作夢！」他終於替爹娘和姊姊報仇了！

舒燕忍不住抬手揉了揉小乞丐的腦袋，問：「你姓夏，那名字是什麼？現在總可以告訴我了吧？」

「夏毅，堅毅的毅。」夏毅不自在地避開舒燕揉他腦袋的手。

舒燕也不在意，自然而然就收回了手，讚道：「好名字。」

「妳……」夏毅突然想起她跟宋子辰之間似乎也有仇怨，眉頭忍不住一皺。

方才她為什麼關於自己跟宋子辰之間的仇怨，半句沒提？

舒燕挑眉問：「我什麼？」

「沒什麼。」夏穀搖頭，說不說是她的事情，跟他沒關係。

她不說，卻不代表其他人也會眼睜睜看著她不開口，比如一早就好奇他們跟宋子辰之間到底有什麼糾葛的聞子珩。

「丫頭，眼下妳沒什麼要說的？」

舒燕一怔，待明白過來聞子珩什麼意思，頓時哭笑不得地搖頭。「我能說什麼？這事也不該由我來說。」

「這倒也是。」聞子珩頷首贊同，這事確實該是封景安親自來說才對。

畢壽看著這一老一小打啞謎，眉頭頓時忍不住一皺。「你們在打什麼啞謎？」

「沒什麼，你以後會自己知道的。」聞子珩沒有多說的打算，一轉眼卻看見了正撥開人群而來的封景安，他身邊還跟著齊球球那個胖子。

這可真是巧了。

「咦，你不是說你不逛花燈節嗎？」舒燕看見封景安，當即便抬腳迎了上去。

封景安上下掃了舒燕一眼，確認她沒事後，才沒好氣地答。「我是來找妳，不是來逛花燈。」

「嫂子妳出來的時間也太久了，景安不放心，就出來找妳了。哎，嫂子，妳的小推車哪兒去了？」齊球球四處張望，都沒看見熟悉的小推車，莫名地就有股不好的預感。

這兒圍了那麼多人看熱鬧，嫂子不會是看著沒事，實際上是有事的吧？

想到相當於是被混子拆了，無法繼續使用的小推車，舒燕臉色僵了僵，眼神也不禁飄忽起來。她要怎麼告訴封景安，差一點她就又要負傷回去見他了？他肯定又會生氣吧？

「你們還好意思說！若不是老夫和畢壽帶著衙役到得及時，你們現在看到的就不是眼前這個沒缺胳膊沒少腿的舒燕了！」聞子珩沒好氣地白了封景安一眼。

舒燕眼睜睜看著聞子珩把事捅了出來，整個人忍不住就往後退了兩步，她原本是想找個合適的理由糊弄過去的，但萬萬沒想到她還沒想出合適的理由，事情就被聞子珩捅出來了。

「怎麼回事，嗯？」一見舒燕心虛往後退的樣子，封景安落在舒燕身上的目光登時就變得危險了起來。

舒燕避開封景安的目光，吞吞吐吐解釋。「就是、就是在東西快賣完的時候，突然冒出了幾個搗亂的人，小推車被他們踹壞了，連我親手做的那些東西也都被踩壞了，那些東西再簡單，也是我親手做的，他們二話不說就踩壞了，實在是太過分了！」

說著說著，她自己忍不住委屈，嘴還噘了起來。

賣剩下的那些東西要是沒被那群人踩壞，她還能多賣些銀子呢！

舒盛扶額。完了，姊姊又開始了。

「呃，那什麼，人沒事就好，你說是吧景安？」齊球球訕笑了一聲，打圓場，同時拚命地向舒燕使眼色。

一息後，舒燕後知後覺地反應過來不對，腳下又謹慎地往後退了兩步。

糟糕，太代入方才情景，情緒過於外露，景安肯定要罵她了！

「妳……」封景安深呼吸，上前不容反抗地抓住舒燕的手，卻沒再把未盡之語補完，而是轉眸看著聞子珩和畢壽頷首。「抱歉，家事需要處理，在下告辭。」

言罷，邁步帶著舒燕往小院方向走，連小盛都顧不及了。

齊球球只好對著聞子珩兩人笑了笑後，伸手招呼舒盛一起回去，低聲唸叨。「有人來搗亂，你怎麼就不知道跑回家叫我們呢？」

「等我跑回去叫你們來，姊姊早就被那些人撕了！」

「剛才那個人，似乎也跟宋子辰有著極大的仇怨。」聞子珩點到即止地瞥了畢壽一眼，就抬腳走到夏毅身邊，問：「你爹娘跟長姊的仇不日便可報，接下來你打算如何？」

夏毅悄悄攥緊雙拳，避開聞子珩的目光。「還能如何？親眼見到宋子辰去跟我爹娘和長姊賠罪之後，繼續活下去啊。」

這幾年過來，他都已經習慣了這樣的生活，反正夏家就剩下他一人，等仇報了，他就是一人吃飽全家不愁了，還有什麼好擔憂的？

聞子珩眉頭一皺。「怎麼活？繼續以乞討為生？你想過你爹娘對你的期望沒有？」

「我相信我爹娘會很希望我好好活著。」至於怎麼活不重要。

說罷，夏毅抿唇轉身就要離開。聞子珩哪能讓夏毅就這麼離開？立即就毫不猶豫地伸手抓住了夏毅的手，不顧他反抗地將他拉到了柯有為面前。

「聞老你這是做什麼？」柯有為突然覺得不妙，腳下一動，做好隨時離開的架勢。

可惜，被聞子珩一眼瞧破，下一刻柯有為懷裡就撞來了一人。

不是夏毅那個髒兮兮的孩子還能是誰？

柯有為臉色變了變，把撞進懷裡的夏毅扶正站好後，立即後退了好幾步，拉開兩人之間的距離，不善地看向聞子珩。

「聞老這是打算強買強賣不成？」

「瞧你這話說的，夏毅那可是活生生的人，怎麼能買賣呢？」聞子珩狐狸似的笑了笑。「老夫聽說柯老最近有意收徒，繼承衣缽，您看這小子怎麼樣？」

「他沒家沒親人，你沒成家也沒兒子、孫子，你把他收了，百年後你駕鶴歸西了，他還能替你摔盆子，給你送終，這多好的事，你說是不是？」

柯有為氣得咬牙切齒。

儘管聞子珩話裡話外好似都在替他著想，但他就是有種聞子珩是在嘲笑他沒成親、沒兒子、沒孫子，百年後無人給他送終的感覺。

「老夫的生前、身後事，不勞聞老操心，告辭！」柯有為俐落地抬腳離開。

想讓他負責安排夏毅的後半生，聞子珩他想得美，也不看看他願不願意！

聞子珩把夏毅往柯有為離開的方向推了推，鼓勵道：「愣著幹麼，還不快追上去？門，老夫已經替你叩開了，能不能進去，就看你自己的本事了。當然，若你想這一生都庸庸碌碌的活著，一事無成，也可當老夫什麼都沒說。」

夏毅眼睛亮了亮。如果能拜入柯老的門下學醫，爹娘該是高興的吧？

「小子多謝聞老大恩大德，來日聞老有需要，定當萬死不辭！」夏毅說著便乾脆給聞子珩下跪磕了三個響頭，磕完起身不待聞子珩再開口，就轉身追著柯有為而去。

目送著夏毅的小身影離開視線，聞子珩一轉眼，對上了自家孫子怎麼看怎麼都是幽怨的目光，他瞬間陷入沈思中。

這倒楣孫子是怎麼回事？

「爺爺，你對旁人倒是挺上心，就是不知道爺爺還記不記得有一次我想拜師，想讓您給我在老師面前引薦一番時，您都說過什麼？」聞杭心裡冒出來的酸水，簡直要將他整個人淹沒了。

聞子珩努力回想了一番，終於在記憶中找出孫子說的事到底是怎麼回事，頓時什麼沈思都沒了，只想好好揍孫子一頓。

「你那是拜師嗎？學習怎麼鬥蛐蛐算哪門子的拜師？我還幫你引薦？引薦你成為以後玩物喪志、為禍一方的紈袴子弟嗎?!」

「……雖然拜師對象不太對，但都是拜師，你對別人怎麼跟對我不一樣呢？我到底是不是您親孫子？」

「不是！你是我讓你爹娘在外頭撿回來的！」聞子珩沒好氣地要對孫子動手。長得跟他兒子一個模子刻出來的孫子來問他是不是親孫子，這不是找打？

聞杭身手敏捷地躲到畢壽身後，高呼。「畢叔救我，爺爺他瘋了！」

「我瘋了？」聞子珩氣笑了，一手把擋著他的畢壽扒開。「你個老小子別擋著老夫教訓孫子！」

聞杭又一手把被扒開的畢壽拉回來，擋住自己不讓爺爺的毒打落到他身上。

「停停停！」畢壽被這爺孫倆的交鋒弄得頭暈眼花，什麼都不能再繼續想，只好哭笑不得地一手一個，分開聞家這幼稚的爺孫倆。

「子寒，你快成年的人了，怎麼還和你爺爺過不去？要是把你爺爺氣出個什麼好歹來，畢叔看你怎麼跟你爹交代。」

聞杭頓時偃旗息鼓，他爹惹不起、惹不起。

「聞老，您瞅瞅您多大歲數了？還跟個孩子似的和子寒計較，丟不丟人哪？」

「哼！」聞子珩趁著孫子不注意，屈起手指在孫子腦門敲了一記。「不管我多大歲數，我都是他爺爺，教訓他合情合理。他想玩物喪志，那就是他不對！」

「是是是，你說得都對。」畢壽無奈，卻並不想就這個話題繼續多說，他更想知道那個叫景安的人，跟宋子辰之間有什麼仇怨。「聞老，你跟我說說那個景安的事唄？」

聞子珩搖頭拒絕。「不說，老夫又不知道發生什麼事，你想知道就自己親自去問，或者等他上門找你。」

「畢叔你要去不？我知道他們住哪兒，可以帶你去！」聞杭格外殷勤地自薦。

倒不是他閒得慌，主要是剛惹了爺爺，他心裡發虛，不太敢現在就跟爺爺回家。

畢壽想了想，還是打消了念頭。「不用，等我先查出宋子辰做的那些傷天害理的事情後再說。」

如果那個叫景安的真有什麼冤屈，在知道他將宋子辰下獄了之後，應該會自己找上門，他且耐心等著就是。

畢叔怎麼就不去了呢？聞杭的失落簡直是肉眼可見。

「小子，跟爺爺回家，爺爺好好的再給你上一課！」聞子珩毫不客氣地抬手擰著孫子的耳朵，要他隨自己回去。

明明耳朵上傳來的力道不大，聞杭卻偏偏要誇張地裝疼嚷嚷。「哎喲，爺爺，您輕點，我耳朵要掉了！」

聞子珩充耳不聞，手上半點沒有要鬆開的意思。

第三十八章　宋家

四人一前一後地回到小院，齊球球還未來得及勸封景安冷靜，主屋的門就被封景安大力關了起來，這猝不及防的一下，讓他差點就一臉撞到門板上。

「哎喲，小爺的臉唉，景安你關門怎麼也不說一聲?!」齊球球心有餘悸地摸了摸臉，還好還好，沒有真的撞上去。

屋裡，封景安直勾勾看著舒燕，完全沒管齊球球在外面的叫嚷。

光看不說話，舒燕被他看得渾身不自在，忍不住先開口。「那什麼，你別這麼看著我，小盛把聞老跟衙役帶來得及時，只是東西毀了罷了，我真的一點兒傷都沒受。還有啊，你還記得先前咱們遇見的那個小乞丐嗎？他叫夏毅，那孩子膽子大得很，竟敢當街行刺宋子辰呢！他……」

封景安突然伸手，將舒燕抱進了懷中，驚得舒燕的話戛然而止。

完了，封景安不會是被她氣出問題來了吧？

舒燕心中忐忑，卻也有一些委屈。

出攤之前，他們誰都不知道會有人來搗亂，而又陷入危險中了也不是她的錯。這跟她冒險進後山不一樣啊！誰知道人來人往的地方也能出事的……

「封景安，你別這樣，我害怕。」

「我以為妳天不怕地不怕。」封景安冷哼了一聲，鬆開舒燕，臉色坦然得好似他方才那一抱根本不曾存在過。

舒燕懵了。所以，到底封景安為什麼會突然抱住她？

「你……」

「他怎麼了？」封景安徑直為舒燕倒了杯水，放到舒燕手中。

舒燕的話再一次沒能說完，她麻木地就著杯子喝了一口水，這上下文前後完全不搭，誰能跟上封景安這過於跳躍的話題？

不過不管能不能跟上，她得先確定，封景安有沒有生氣才行。

「他沒事，還將宋子辰送進了大牢中，景安，你有沒有生氣？」

「當然有。」封景安氣自己對合泰州的衙役巡邏過於信任，導致有人去找舒燕麻煩的時候，他沒有在舒燕身邊，他還是太天真了。好在舒燕沒有受傷，舒燕要是受傷了，他指不定會做出什麼不理智的事情來。

「啊，你真生氣了啊，可那是他們故意找麻煩，不是我主動去招惹他們的，我甚至都不知道他們為什麼突然來找我麻煩。」舒燕臉色瞬間垮了下來。

分明不是她的錯，為什麼她還要承受封景安的怒氣，這也太慘了。

封景安一怔，隨後才反應過來自己的態度讓舒燕誤會了，頓時失笑地搖頭。「不是生妳的氣，是生我自己的氣。」

「咦？」舒燕傻眼。

生自己的氣居然這麼可怕？不是，封景安為什麼要自己生自己的氣？

「若是我隨妳一起去，妳就不會在有人來找麻煩時孤立無援。」封景安越說越後悔。

策論有舒燕重要嗎？晚一點做會少點什麼嗎？什麼都不會少，他應該隨舒燕一同出去的。

舒燕弄明白了封景安生氣的點，登時哭笑不得。「這不怪你，何況你即便是跟我一起出去也幫不上忙，你不知道，那些人可凶了。你要跟我一起，萬一被他們傷了手，我可就成為你們封家的罪人了，所以你不要氣自己，意外嘛，就是突然出現的才叫意外啊。」

這番話說得封景安的臉色又逐漸轉黑，見狀她連忙改口。

「翻篇翻篇，咱們不說這個，說說宋子辰，他如今已被下獄，你就沒什麼想法？」

「妳希望我有什麼想法？」封景安挑眉，配合地不再繼續先前的話題。

關於宋子辰被下獄一事，他知道的還不甚清楚，所以不會輕舉妄動。

舒燕握拳舉到面前，理直氣壯答。「自是在他頭上再燒一把火了。雖然我到現在也還不是很清楚，宋子辰到底對你、對封家做過什麼，但從宋子辰玷污夏毅長姊、殺夏毅爹娘來看，他做的定然不會是什麼好事！像他這種人呢，就該為他做下的所有惡付出應有的代價！」

封景安眸底劃過一絲笑意。

所有人，包括他娘都勸他不要跟宋子辰對上，勸他保全自己，唯有舒燕不一樣，她勸他要趁人之危，火上澆油。

不管這是不是因為宋子辰本身就已經有了可以被處死的罪名，舒燕覺得於他而言沒有危險了才勸，還是她本來就這麼想的，可他之前從沒聽過舒燕勸說他放棄，他就當這是她本身所想。

不過一個宋子辰進去了，宋家可不是就沒有別人了，只是在宋家，宋子辰是最優秀的罷了。

「此事之後再說，接下來的時間，我若不在，妳不許偷偷跟小盛出去！」封景安不放心地要舒燕保證，畢竟接下來定然不會太平。

萬一宋家的人把宋子辰被下獄一事遷怒到舒燕身上，舒燕落單就容易有危險。

「你放心，我有分寸，不會這時候出去亂跑的。」舒燕很是乖巧地點頭。

開玩笑，宋子辰被下獄雖然跟她沒有直接關係，但也有間接關係。如果誇張點說，甚至還可以說宋子辰會那麼順利地被下獄，她在其中推波助瀾、功不可沒。

宋家人但凡有心，找在場的百姓隨便問上一問就知道是怎麼回事，在這個空檔，她還大搖大擺出去，那不是蠢嗎？

「我說真的，你信我。」怕封景安不相信自己，舒燕不躲不避地跟封景安對視。

那副求信任的樣子，說不出哪兒吸引人，可封景安就是控制不住自己的手，等他回神時，他的手已經在舒燕的頭髮上揉了個來回，揉得她的髮髻都亂了。

「嗯，我信。」封景安裝作若無其事地收回手。

舒燕抬手摸了把自己顯然是被封景安揉亂了的髮髻，莫名惆悵，她先前好像沒發現封景安有喜歡將別人頭髮揉亂的習慣啊？

「景安，你們在裡面幹麼呢？快開門！再不開門，我可就直接將門撞開了啊！」飽受舒盛花式催促的齊球球不情不願地把門拍得震天響。那架勢，彷彿下一刻，只要封景安不開門，面前這扇門就會在齊球球的蠻力之下被撞破似的。

封景安抿了抿唇，轉眸不善地瞪著門，好似他的目光可以穿過門板，落到門板之外的齊球球身上一般，門外的齊球球突然覺得有點冷，腳下不自覺往後退了兩步。

有殺氣！

「把門撞壞了你賠嗎？」舒燕越過封景安，將門打開後，笑咪咪地看著齊球球。

齊球球先是謹慎地觀察了封景安的臉色一番後，才撇清關係道：「不關我的事，是小盛擔心妳，讓我這麼說的！」

「他胡說，我沒有。」舒盛無辜眨了眨眼。反正姊姊沒聽到，他是絕對不會承認他讓齊球球那麼說的。

齊球球「嘿」了一聲，捋著袖子就朝著舒盛走去。「我胡說，你沒有？嗯？小子，如此睜眼說瞎話，你良心不會痛嗎？」

「良心為什麼要痛？我就是沒說呀！誰不知道咱們倆不對付？你怎麼可能會聽我的話去做，對吧？」舒盛有條有理的分析。

齊球球一噎，愣是無言以對，儘管明知道舒盛說的都是假的，但他居然覺得舒盛說的不是沒有道理？他現在想回去拍死那個傻乎乎、真的動手敲門的自己，怎麼就那般輕易就被舒盛煩到了，向他妥協呢？

「算我蠢，以後請你不要跟我說話，謝謝。」

州衙內，畢壽閉目養神，等著自己派出去的人將自己想要查到的東西帶回來。不想，他派出去的人還沒回來，倒是先迎來了宋家的人。

「大人，宋潤求見。」

「不見！」畢壽眼都不睜，宋子辰被他下獄的消息，他就沒想能瞞住宋家，只是沒想到這宋家來得還挺快。

看來，這宋子辰對宋家而言，挺重要的。

「畢大人真是好大的官威！」通稟的衙役還未來得及出去傳達畢壽的意思，宋潤就讓家僕開道，倨傲地闖了進來。

沒能攔住宋潤的衙役惶恐地告罪。「大人恕罪，小的們沒能攔住他。」

畢壽驀地睜開眼，冷笑。「沒攔住不要緊，現在給本官押住他就是！」

「是！」衙役眼睛一亮，當即要對宋潤動手。

宋潤臉色變了變。「畢大人不聽聽宋某的來意嗎？」

「沒什麼好聽的。」畢壽擺了擺手。「你不經本官同意，就帶著家僕擅闖衙門，此一罪；你身後的家僕捧了個盒子，想來是要拿來收買本官的好東西，此二罪；見到本官不行禮，此三罪。本官不覺得讓人拿下你，有任何問題。」

衙役聞言動作更快了，不多時，就憑著人數優勢，將宋潤反手押住了。

宋潤臉色一青。

合著這些衙役方才只是還弄不清畢壽的態度，所以才故意放他們進來試試的？

「放開！」

「老實點！」衙役毫不客氣地朝著掙扎的宋潤膝彎狠狠地踹了一腳過去。

宋潤疼得瞬間彎了膝蓋，對著畢壽的方向跪了下去，膝蓋著地的聲音砸在心上，他泛青的臉色頓時猙獰了起來。

想他雖只是宋家分支的家主，但何曾被人這般對待過？哪一個人不是看在宋家本家的面子上，對他宋潤再三禮讓？何況他這次前來還是為了宋家本家嫡子宋子辰，畢壽怎麼敢？他怎麼敢如此？

「畢大人如此，就不怕得罪不該得罪的人嗎？」

「拖下去，都打個二十大板再扔出州衙。」畢壽直接用實際行動告訴宋潤，他到底是怕還是不怕。

宋潤張口還想說什麼，卻被畢壽不耐地擺手下令。「將嘴堵上了再拖下去，省得過於聒噪，擾了旁人清淨。」

下一刻就被死死捂住嘴的宋潤只能瞪著雙眼，罵不出聲。

「大人，他帶來的這些東西怎麼辦？」衙役拿起掉在地上散落開來的好幾個金錠，既是眼饞也手癢。

畢壽意味深長地瞥了那衙役一眼，問：「怎麼辦？你們陳大人之前是怎麼辦的？」

「當然是……」衙役順著答，卻很快反應過來不對，臉色瞬間大變，雙腿同時也是一軟跪了下去，大氣不敢出。

收下宋家好處的陳大人現在被關在牢裡，畢壽是在變相地告訴他，這金錠再好也不能貪，否則前頭就是牢獄之災在等著。

宋潤誠意滿滿帶著東西去州衙，結果卻被打了出來的消息不脛而走，淪為合泰百姓茶餘飯後的笑談。

四處都可聽到關於這件事情的談論，封景安就算是想裝作聽不見都不行，尤其是在合泰州學裡，那些曾經跟宋子辰坐在同一個院上課的同窗更是愛八卦。

「誒，你聽說宋子辰那件事情了沒有？」

「鬧這麼大，誰不知道呢？還好我們平時沒跟宋子辰走得近，不然說不定我們也要遭到他的毒手。」

「不過，聽說宋家有人脈，也許宋子辰不用多久就又被放出來了。」

「你這消息滯後了吧？咱們新上任的州長大人，昨日剛把宋家分支的宋潤連同他帶去的家僕都狠狠地打了一頓，扔出了州衙呢！」

「是啊！這樣，你覺得宋家再有人脈，能從咱們的州長大人手中把宋子辰撈出來？」

「你們的功課都做完了？」林陌玨突然黑著臉出現，不善地掃過方才說話的幾人。

幾人面色訕訕，一迭連聲答道：「沒，沒做完，我們這就回去、這就回去。」

話落，幾人就麻溜地轉身離開，速度之快活像林陌玨是什麼洪水猛獸似的。

封景安無意與林陌玨交談，轉身欲走。

「等等！」林陌玨將人攔下。

封景安皺眉後退，拉開自己跟林陌玨之間的距離，冷聲問：「林公子有何事？」

「你跟宋子辰之間的仇怨我都查清楚了。」林陌玨斟酌著怎麼樣才能讓封景安相信他。

封景安卻對此沒有興趣，他淡漠地繞過林陌玨，往丁字院走。「那又怎麼樣呢？」

「你難道就不想趁著宋子辰這會兒下獄了，再往他頭上添點油，讓他身上的火燒得更加猛烈一些嗎？」林陌玨咬牙切齒。

他話都還沒說完，這個封景安就不能給他點面子嗎？

「不想。」封景安頭也不回地離開。

他從不靠任何人，新任的合泰州長也好，還是誰都好，他們能公道的讓宋子辰付出應有代價，那麼在宋子辰被行刑時，他會去刑場送宋子辰一程。

如果不能，那就等他足夠強大的時候，他會自己親自來。

林陌玨愣是被封景安的態度氣得一噎。這人的脾氣為什麼就那麼不討喜呢？

「……算了，就當是我多管閒事了吧！」

林陌玨神色不悅地轉身離開，權當自己方才什麼都沒說過。

世上誰做過什麼事，都有跡可循，即便當時處理得再乾淨，只要有心要查，就總能查得出來。

畢壽等的時間不算長，在他讓人將宋潤一干人等打出去並表明態度之後，就陸陸續續有關於宋子辰曾經都做過什麼惡事的消息傳了來。

甚至，那些手上掌握著關鍵性證據的人更是直接匿名將東西送到了州衙。

收到的證據數量之多，把畢壽都看得心驚膽顫，他從來沒見過有人在這麼小的年紀就可以犯下這麼多傷天害理的事情。

「這宋家到底是什麼樣的地方，才能養出宋子辰這麼一個沒有良心的人？」畢壽唏噓地放下那些隨便拿出一樣就可以斬了宋子辰的證據，接著問：「聞老說的那個叫封景安的，可有來過州衙？」

第三十九章　定罪

「回大人，小的一直盯著，沒見聞老口中所說的那個封景安有來過州衙，便是路過都沒有。」

「是嗎？」畢壽不由得沈思，難道他擺出的態度還不夠明顯？

衙役悄悄看了畢壽一眼，試探地建議道：「大人要不要去他家走一趟？小的知道他住在哪兒。」

「你覺得本官該走這一趟？」畢壽挑眉，他倒也不是不可走這一趟，就是不確定合不合適。

「大人要去哪兒沒有什麼該不該，只有大人想不想，那封景安不來，大人又好奇他的事，可不就是只有親自走一趟才能了解嗎？」

「山不來就我，我去就山，有道理！」畢壽頷首示意衙役帶路。

衙役忙不迭地往外走，把畢壽往封景安等人暫住的小院方向而去。

兩人穿街走巷，目標明確，很快就來到了封景安所住的小院前，不用畢壽開口，衙役便自動敲響了小院的門。

「誰啊？」裡頭立即傳來了洪亮的應答聲，緊接著兩人就看到面前的門被人從裡頭打開。

齊球球胖乎乎的身軀幾乎將整個門堵住，疑惑不解地打量著眼前有些熟悉的人。「你們是？」

「放肆！見到大人為何不行禮！」衙役習慣性怒喝，上前就要押著齊球球給畢壽行禮。

畢壽臉色一黑。「退下！」

這些衙役以前跟著陳衷到底都學了什麼奇奇怪怪的做派？難道陳衷平日裡就是這麼教衙役們行事的不成？百姓見到他不行禮，就讓衙役給百姓摁頭？好大的膽子！

衙役後知後覺反應過來自己跟的人不是陳衷後，當即臉色慘白地飛速後退，閉緊嘴巴不敢言語，就怕畢壽一怒之下摘了他的職位。

齊球球撇了撇嘴。「大人來此有何事？若是來問景安跟宋子辰之間到底有何仇怨的，那可真不巧，景安不在。」

「不在？」畢壽眉頭一皺。「那他去哪兒了？」

「景安是合泰州學的學生，這會兒是上課時間，他當然是在州學裡頭了。」齊球球一臉理所當然，沒覺得自己有哪兒說得不對。

畢壽目光古怪。「既是如此，那你為何在家？難道你沒有考進州學？」

「……讓大人失望了，學生也是合泰州學的，之所以會在家沒去州學，那是因為學生身體不適。」話音剛落，齊球球的肚子就驀地「咕嚕」響了好大一聲，與此同時他臉色一變，雙手捂上肚子，立即轉身往茅廁狂奔。

「又來！沒完沒了啊啊啊！」

餘音繞梁，而聲音的主人，身影消失在小院盡頭的茅廁。
畢壽唇角一抽，他懂了。
這樣的情況，確實是不適合去州學，怪不得同為合泰州學的學生，他在，封景安卻不在。
「咦？你不是花燈節上的叔叔嗎？」舒盛本是聽到動靜，就好奇出來看看，沒想到在自家門口看到了熟悉的人。
一想到那日衙役都聽他的，而且他們說他是什麼州長大人，舒盛沒等畢壽開口，先轉身去找姊姊了。
「姊姊快出來！花燈節叔叔來了！」
畢壽不得不把到了嘴邊的話嚥回去，哭笑不得。
花燈節叔叔，這是什麼奇怪的稱呼？
「小盛，吃錯東西的是球球，不是你，不要胡言亂語。」舒燕無奈地想摁住莫名興奮的舒盛別亂蹦。結果沒能摁住，反倒是被舒盛拉著，跨出了廚房。
「姊姊妳看，我才不是胡言亂語！」舒盛抬手指著門外的畢壽。
舒燕順著舒盛手所指的方向，還真見到了畢壽，眸底登時劃過了一絲驚詫。
這畢壽怎麼自己上門來了？
「我能進來嗎？」畢壽瞥了自己腳下的門檻一眼。
舒燕回神，斂去心中疑問，笑答。「當然可以。小盛，去倒杯水給畢大人。」

「你在門外守著。」畢壽獨自踏入小院，把帶他來的衙役留在了門外。

舒盛乖巧地給畢壽倒了水後，便好奇地直盯著畢壽看。

「我臉上是有花兒？」畢壽忍不住抬手摸上自己的臉。要不是他臉上沾有什麼，這小孩為什麼一直盯著他看？

舒盛搖頭。「沒有花兒。」

「那你為什麼盯著我看？」畢壽這就不懂了，他什麼都還沒說，也什麼都沒做，按理不該這樣才對。

舒盛張嘴正要回答，卻被自家姊姊搶過了話頭。

「無事不登三寶殿，畢大人特意前來，想必是有什麼事吧？」舒燕猜，應該是州衙的動靜那麼大，卻沒見聽說跟宋子辰也有仇怨的封景安有任何動靜，畢壽好奇所致的。

畢壽笑了笑，並不否認。「妳說得對，我還真有事。」

「有什麼事您說，但凡我們能幫上忙的，定然不會推辭。」舒燕場面話說得毫無負擔，因為不會有機會實現。

畢壽笑意不減，卻說：「這事你們可幫不上忙，得是封景安本人來才行，你們不介意我在這兒等他回來吧？」

「當然不介意，您隨意。」舒燕皮笑肉不笑。

說得好像她要是介意，就能讓畢壽離開似的。那可是州長大人，她敢讓畢壽離開嗎？

於是，封景安下了課回到家，一眼就看到了等在院中的畢壽，要不是真確定這是自家，差點就退出去看看家門，懷疑自己是不是走錯了。

見到門外守著的衙役，他本以為只是來探消息，哪承想畢壽是親自來了？

「你可是讓我好等啊！」畢壽動了動坐得有些僵直了的脖子，先發制人。

封景安眸光沈了沈，卻還是禮數周全地向畢壽作揖彎了彎腰。「學生見過畢大人。不知畢大人登門拜訪，回來晚了，還望畢大人恕罪。」

「嘖！行了，本官也不跟你繞彎子。」等了大半天，畢壽受不了地抖了抖手指著他道：「本官問你，你為何不去州衙？」

「學生為何要去州衙？」封景安放下作揖的手，挺直腰背，直視著畢壽。

畢壽一愣。

為什麼封景安要去州衙？因為封景安跟宋子辰之間也有仇怨，如今宋子辰被下獄，封景安合該是要去給宋子辰補上一腳。難道，他想錯了嗎？

「你不是跟宋子辰之間有仇怨？」

「是。」封景安並不否認，因為仇怨是真實存在的，他即便是否認，只要畢壽想要知道，還是可以派人去查。

畢壽更加不解了。「既是有仇怨，那為什麼……」

「畢大人，假設您也跟旁人一樣，輕易被宋家送的好處收買，學生去州衙又能如何呢？」封景安臉色一冷。「您不作為，我去了就能改變宋子辰只是去大牢裡遊了一圈，就又被放出來了的結果嗎？既是不能改變，那請問畢大人，我為什麼要去州衙？去州衙的意義在哪裡？」

「這……」畢壽一噎，愣是被封景安質問得無言以對。

是啊，一旦他不作為，封景安即便是去了州衙又能如何？他自己知道他不會被宋家送的東西收買，卻並不代表封景安也知道。

「倒是本官想得理所當然了。本官向你保證宋子辰絕對不是進到大牢中遊一圈就出來，那你可願意跟本官分享你跟宋子辰之間的仇怨是什麼？」

「他設計陷害我爹，害得我爹被人打傷，傷重不治而亡。」封景安如今已是能平靜說出這件事情了。

但，唯有熟悉他的人，方能看出他心底實際上並不像表面上這麼平靜。

舒燕皺眉。宋子辰那個人渣，真是死萬遍都不足惜！

「你手上可有證據？」畢壽心中對宋子辰這個人的厭惡感再次往上拔高了一截。

「沒有。」封景安不是沒有證據，但他信不過畢壽。

畢壽看了封景安兩息時間，明白了。

「也罷，左右能定宋子辰罪名的證據已經夠多了，差你這一個也沒妨礙。」畢壽說著起身。

「今日是本官貿然拜訪，唐突了，告辭。」

「我送您。」舒燕接上畢壽的話，使了個眼色給封景安。

封景安抿了抿唇，有些勉強道：「學生也送您出去。」

「不必送了，本官又不是沒腳不會走。」畢壽失笑地擺了擺手，徑直抬腳往外走。

舒燕挑眉正要跟上去，畢壽卻像是背後長了眼似的，在她動腳之前再度拒絕。「別動！本官自己走！」

不然就要讓人在背地裡給他安排各種罪名了，他可是知道那宋潤啊，被他命人打了一頓之後，心有不甘，派人在四處不顯眼的地方盯著他呢！雖然他不怕這些，但是能耳根清靜些，何必要去聽那些難聽的話呢？

沒辦法，舒燕只能打消了將人送出去的主意，改為目送著畢壽離開。

很快，畢壽帶著衙役就在他們的視線中消失，小院裡的氣氛隨之從嚴肅變輕鬆了下來。

封景安掃了院裡一圈沒發現齊球球的身影，不禁疑惑問道：「球球不是不舒服？他人呢？」

「我、我在茅廁裡。」齊球球簡直要哭了，可算是有人注意到他的存在了，嗚嗚嗚……

封景安聽出齊球球聲音中的不對，臉色登時變了變，趕忙抬腳往茅廁走去，邊走邊問：「球球，你聲音不對，你沒事吧？」

「有事，我腿軟，起不來了。」齊球球委屈極了，他長這麼大從沒遇見過這種事情？明明他們都吃了那道菜，憑什麼就他一個人拉到腿軟？

封景安沒辦法，只好推開茅廁的門，走進去把齊球球扶出來。

可，剛走一半，齊球球就又不行了，猛地推開封景安，直奔茅廁，緊接著裡頭就傳出了不太好聽的聲響，可見齊球球又拉了。

「這樣下去不行，我去給你請大夫！」封景安怕齊球球再繼續下去，得拉死在茅廁裡，說著就要出門給齊球球請大夫。

舒燕眼睛一亮，忙不迭地張開雙手，攔下封景安。「大夫我去請，你在家裡看著，以防萬一球球出什麼事，小盛太小，沒辦法照顧球球。」

言罷，不給封景安反對的機會，轉身拔腿就跑。

待封景安回過神來，舒燕已經是一溜煙跑沒影了。

好在，兩刻鐘後，舒燕拽著大夫回來了，一路上什麼事都沒發生。

柯有為聽完齊球球在茅廁裡斷斷續續地描述，斷定他是食物中毒了，從藥箱中翻找出一個小瓷瓶，倒出一顆藥遞給封景安。

「去，把這個給他吃下去，就能止住了。」

封景安接過藥，快步走進茅廁中交給齊球球。

茅廁裡吃藥，這待遇，他齊球球也是世上「獨一份」的了。

齊球球臉色慘綠慘綠的，即便在茅廁吃東西讓他非常不適，可他還是把藥吞了下去，在封景安的幫助之下，試著慢慢往外走，就怕又像剛才那般，走到一半肚子又發作。

不想，直至走到了舒燕等人的面前，他的肚子都沒再造反，這樣的結果可算是讓他狠狠地鬆了口氣。

「還好還好，沒有再發作了。」

「柯老，我不是很明白他為什麼會食物中毒。」不懂就問，舒燕是真的好奇，畢竟齊球球吃的東西，他們也吃了，怎麼就齊球球有事，他們一點兒事也沒有？

柯老冷哼了一聲，抬手對著齊球球上下比劃了一番。「胖，看著健康，內裡虛耗，旁人能承受的，他不行。你們昨日吃什麼了？」

「豆角炒肉，蔥花蛋湯，青菜。」舒燕掰著手指頭算，因為豆角如果炒不熟容易中毒，她還特意加大火力，將豆角煮熟、煮透了的。

柯有為頷首。「那就對了，他豆角中毒。」

齊球球瞪圓了雙眼。「不是，憑什麼就因為我胖、我內裡虛耗，就豆角中毒？論起身體不好，舒燕跟小盛應該更嚴重吧？怎麼他們就沒事？」

「自是你身體比他們更弱了！」柯有為瞪了齊球球一眼。

齊球球無法接受這個判定。「不可能！小爺自小就好菜好飯吃著，身體怎麼可能比他們弱？」

「怎麼不可能？你虛不受補！」柯有為堅持己見。

舒燕哭笑不得，搶在齊球球將要再開口與柯有為辯解之前，把柯有為的說法變了下。「你不是身體弱，應該是你的身子與豆角相衝，這反應就是壞肚子，一直不停地拉。我很確定我把豆角煮熟了，絕對不可能讓人中毒，柯老您覺得對嗎？」

柯有為細想了一番舒燕的說辭，覺得挺有道理，便點了點頭。「這個說法也可以。」

「這麼隨便？」齊球球怎麼就那麼不信呢？

柯有為沒好氣地白了齊球球一眼。「愛信不信，藥你都吃了，還跟老夫扯這些有的沒的，你不覺得廢話嗎？你看看你，現在還鬧不鬧肚子？」

齊球球一噎。

藥有作用是有作用，可這診斷怎麼能是這麼隨便的呢？隨便得拿出去說，都沒人會相信。

「沒事就把出診費拿出來。」見齊球球無話可說，柯有為當即伸手索要出診費。

舒燕看齊球球，這大夫是給齊球球請的，出診費麼，自是應該由齊球球出。

「出診費多少？」齊球球不情不願地拿出荷包。

柯有為故意逗齊球球。「一兩銀子。」

「一兩？你搶錢吧！」齊球球瞬間抓緊自己的荷包，生怕柯有為衝上來把他荷包搶了。

見狀，柯有為冷笑。「老夫可是回春堂醫術最厲害的大夫，要你一兩銀子出診費怎麼了？要不是老夫新收的小徒弟不在，他肯定收得比老夫還狠！」

「你小徒弟是誰？」齊球球不知道為什麼，莫名有種不太好的預感。

「你也認識，你們之間還有糾葛呢，據說你綁過他是不？就是那個夏毅，老夫的小徒弟。」柯有為從一開始地嫌棄不想收到現在恨不得所有人都知道，他新收的小徒弟叫夏毅。

這樣大的轉變，自是因為夏毅用自己的誠心說服了柯有為收自己為徒之後，在短短的時間內，展現出在醫道上絕無僅有的天分。

齊球球差點被自己一口口水嗆到。別說，夏毅若真在這裡，收費定然是比柯有為還要高一倍，畢竟那個臭小子記仇。

「你收了夏毅為徒，沒少被人找麻煩吧？」封景安皺眉有些擔心，宋子辰是被夏毅送進大牢的，宋家人在沒辦法讓畢壽放了宋子辰的情況下，定然會去找夏毅麻煩。

尤其，宋潤還被畢壽命人打了，他要是不將這一口氣出在夏毅身上，就得憋死自己。

柯有為臉色一冷。「不過區區宋家罷了，算不得麻煩。井底之蛙，哪會知道什麼天高地厚？不用多久，他們就會自取滅亡。行了，看在你們曾經也算幫過夏毅的面子上，這次的出診費，老夫就不要了。」

言罷，柯有為作勢要走。

齊球球抿唇從緊攥著的荷包裡掏出一張百兩的銀票，不容拒絕地塞進柯有為手中，彆扭道：「告訴那小子，這是我借給他的，以後他發達了要加倍還回來。」

第四十章　危險

回春堂。

柯有為將齊球球塞給他的百兩銀票往正在努力背醫書的小徒弟面前一拍，驚得小徒弟手裡的醫書拿不穩，啪嗒一聲落到了地上。

「師傅，你嚇死我了！」夏毅心有餘悸地拍了拍胸脯，看著自己面前的百兩銀票有些不解。「這銀票，是師傅要給我的嗎？」

柯有為沒好氣地白了徒弟一眼。「你師傅像是這麼大方的人嗎？」

「那這個是？」夏毅更加不解了，這銀票不是師傅的，那是誰的？又為什麼會往他面前拍？

「齊球球給你的。」柯有為收手轉身就走。「他說，這銀票算是借給你的，以後要還，你若不想要，就自己去還，去的時候記得帶上人。」

話落，柯有為的身影也徹底在夏毅的視線中消失，只留下夏毅跟桌上的百兩銀票。

夏毅瞪著銀票，瞪著瞪著突然間就笑了。

死胖子！他是不可能會還的……

兩天後，宋子辰犯下的那些事全都罪證確鑿，被判以死刑，於今日午時在最熱鬧的街口行刑。
宋潤得知消息，嘴上都急得起了泡，也沒能想出可以救宋子辰逃出生天的法子來，更糟糕的是，門房下一刻就來報，門口處都是州衙的人守著。
這擺明了就是在防著他宋潤去劫法場！
宋家本家根本不在合泰州，宋子辰的父母現在就算是已經收到消息正往合泰州來，時間也來不及了。誰能想到，他都已經把話說得那般明白了，那畢壽仍是一意孤行地定了宋子辰的罪呢？
「完了，完了，全完了！」
如今他保不住宋子辰，等本家的人到，他這個分支家主的位置也就沒有了！
離午時還有一刻鐘時間，合泰州最熱鬧的街口卻已經圍了一圈又一圈看熱鬧的百姓。
他們手上都拿著臭雞蛋、壞菜梗等臭味難聞的東西，在衙役將宋子辰押出來之時，紛紛將手上的那些東西往宋子辰身上扔。
臭雞蛋瞬間糊了宋子辰滿身，獨屬於臭雞蛋的臭味直竄進宋子辰的鼻子，令他那本就不好看的臉色登時難看得嚇人。他陰狠地掃視著那些衝他扔東西的百姓，好似是要將他們都記下，之後再一一跟他們算帳。
好些百姓被宋子辰眼底的陰狠嚇到，手中所拿著的東西一時間不敢扔。就在這時，突然有人再度往宋子辰身上扔了臭雞蛋，並且是一顆接著一顆，都不帶停的那種。
眾人頓時驚詫地看向臭雞蛋來處，發現扔雞蛋的是苦主之一的夏毅後，心裡的驚詫徹底沒了。這孩子都狠到要親自動手刺殺宋子辰了，這會兒往宋子辰身上扔點臭雞蛋算什麼？

而宋子辰發現夏毅存在的瞬間，眸光一戾，掙扎著就要往夏毅衝過去，可惜下一刻就被身旁的衙役輕易控制住。

現在，他只能被動地承受夏毅扔到他身上的臭雞蛋，除此之外，什麼法子都沒有。

要不是因為夏毅！他宋子辰還是人上人，傍著林陌珏在合泰州學混得風生水起！

那封景安更是……對，封景安！他如今就要被行刑了，封景安現在肯定很開心吧？

封景安隱在人群中，在將要到午時的最後一刻，走出人群，站在了足以讓宋子辰一眼就能看到的位置，啟唇無聲道：「到了下邊，記得向我爹娘磕頭道歉。」

磕頭道歉……

宋子辰看懂封景安說的是什麼的那一刻，懸在他腦袋上的大刀落了下來，他沒能來得及對封景安說的話做出任何回應，就沒了氣息。

圍觀百姓已經很久沒見如此血腥的場面，有些不適地撇開了眼，唯有夏毅和封景安是從頭看到尾都不眨眼的。

終於，這個玷污他姊姊、害他爹娘的人罪有應得了！

「走了。」封景安突然走向夏毅，抬手蒙住了他的雙眼，不等他反應便將他帶離了法場。

直到走出法場範圍，再也看不見，他方才撤了蒙住夏毅眼睛的手，爾後什麼都沒說，也沒給夏毅機會開口，轉身就走。

見狀，夏毅只能將滾到了嘴邊的話重新收了回去，抬腳走向和封景安相反的方向。

宋家本家的人，也就是宋子辰的爹，趕到合泰州時，只能給宋子辰收屍了。

親眼看到自己的兒子頭身分離、氣息全無的樣子，宋鈞冷著臉，命人將兒子的屍身用上好的棺材，好生收斂。

「那個，家主，子辰的死真怪不得我。」見宋鈞遲遲不開口，宋潤忍不住抬手抹了把額上冒出來的冷汗。「我給畢壽送過禮，也說了咱們宋家不好惹，但……」

「下去！」宋鈞看都沒看宋潤一眼，他不想管過程如何，只看結果。

宋潤不敢多說，只能帶著心裡的忐忑，一步三回頭的離開。

「來人！」宋鈞冷笑，他不可能讓自己的兒子白白就這樣死了。

宋子辰的死，在諸多唏噓過後，漸漸泯滅在時間長河裡，偶爾被提及時，已經不是當初的心境。轉眼，封景安和齊球球已經在合泰州學裡上了一個多月的課了。

他們漸漸展露頭角，引起了眾多學子以及老師的注意，甚至一開始抱著再觀望觀望的聞子珩也有些按捺不住了。可，他又覺得自己開口讓封景安拜自己為師，面子有些掛不住，就一邊拖著一邊不許別的人跟他搶人。

聞子珩的面子，沒人會不給，於是稍遜封景安一些的齊球球就成為了這些人的寵兒，一天三個找他說著不重樣的拜師邀請。

剛開始，齊球球就飄了，可惜他沒飄多久，就被封景安毫不留情地一把拽了下來。

「知道他們都找你的後果是什麼嗎？你想想，被所有人眼紅孤立是什麼感覺。」齊球球頓時覺得自己遭受到了會心一擊，得意的臉色瞬間垮下來。「景安，你就不能讓我再開心一會兒嗎？」

「再讓你繼續飄，你要上天了，到時候想再拽你下來，可就來不及了。」封景安將手裡抱著的書往齊球球懷裡一塞，抬腳就走。

那些書都是他從藏書閣借出來的，對齊球球在策論上的不足有很大的幫助。

齊球球一看懷裡這些書名，就哭笑不得，他忙追上前頭的封景安。「哎，景安你等等我，這些書你是為我借的嗎？」

聞子珩這一拖，就拖到了秀才考試的前三天。

合泰州學給所有進學的學子都放了假，讓他們在這三天裡好好準備三天後的秀才考試。

舒燕雖然不知道秀才考試有多困難，可這種關鍵考試前，總怕有什麼意外，故而從封景安不用去州學那天開始，她就替他提心吊膽的，在日常吃用上都小心了不少，生怕哪兒做得不對，讓封景安臨近考試了卻出事。

秀才考試的前一天，舒燕如同往常那般揣著銀子出門去買新鮮的蔬菜和魚，打算幫封景安補身子。

走在路上，她不禁感嘆合泰州不好就不好在這個地方了，不管是要吃什麼，都得花銀子買，不像在小元村，想吃什麼自己種，想吃魚直接下河捕就好了。不過這也是她還沒找到賺錢的路子，待到那時，這點不好也就不是問題了。
舒燕剛剛靠近魚攤，就莫名被人撞了一下，緊接著沒等她反應，斜側突然伸出一隻手，猛地將她拽了過去。
「救……」舒燕下意識呼救，卻沒能將呼救聲完全喊出就被死死捂住了嘴，半點聲音都沒能再發出來。
誰？是誰膽子這麼大，當著這麼多人的面就敢動手將她擄走？
舒燕瞪大了雙眼看著擺魚攤的百姓，拚命掙扎，希望他們能救自己，可她眼中所看到的，竟全是他們的無動於衷。
難道，他們都瞎了不成？
「別白費功夫了，乖乖跟我們走吧，他們不會救妳的。」九指說完怕路上人還是不安分，索性就想將人打暈。
舒燕眸光一凝。
絕對不可以讓他將自己打暈，否則等她再醒來，可就不知道自己在哪兒了！
這麼想著，她立即毫不猶豫地張嘴，心裡嫌棄卻不得不狠狠地一口咬在男人捂住她嘴的手上，再趁著他吃痛鬆了點力道時，奮力掙開他的箝制，頭也不回地尋了個方向跑。
九指氣惱地捂著自己被咬的手，大喝。「快！追上去！別讓她跑了！」
沒想到這小小姑娘家，手裡頭還有點功夫，大意了！
身後追來的腳步聲不斷逼近，舒燕抿了抿唇，登時顧不得再注意逃跑的方向，結果七拐八彎後，眼前就是陌生的地方了。

「呸！最好別讓我知道那些人是誰派來的！」跑了這麼久，舒燕的呼吸有些不穩，心裡更是氣不過。

這魚攤要不是離小院較遠，她方才在掙脫了那人的箝制後，就可以直接跑回小院了，那些人定然是知道這一點，所以才選了在魚攤對她下手。

「她在這邊！」九指的人左顧右盼了一息，就敏銳地發現了舒燕的所在，忙不迭地拔腿朝舒燕追了去。

舒燕臉色一變，當即就又跑了起來，試圖想要徹底地將身後那些緊咬著不放的人甩開。可惜，他們對舒燕勢在必得，根本就不吃舒燕各種虛晃一招的戲碼，仍是牢牢地追在舒燕的身後。

舒燕不知道自己跑了多久，只知道自己現在跑起來，連呼吸都有些發疼了。

突然，舒燕看到她跑動的前方有一幢花樓，瞧著非常富貴的樣子，她腦子一熱，直接就奔著那幢花樓跑了過去。

花樓不是什麼好地方，但花樓裡為了防止姑娘們逃走，一般都會養著打手。

她要求不高，只要能將追在她身後的那些人都打發走了就行，至於之後怎麼脫身，那就再說。

「喲，小姑娘先前不是說不來？今日怎麼自己來了？」羅晚沁瞇了瞇眼，表情肉眼可見地高興起來。
剛剛衝進花樓裡，舒燕迎面就見到了一個熟人。
舒燕臉色變了變，要是可以，她也不想來。真是萬萬沒想到，她會在花樓這種地方遇見這個女人，原來她出自花樓，怪不得那會兒她會聞到那般濃烈的脂粉味。
「妳……」
「她在那兒！快！抓住她！」九指的人追舒燕追急了眼，一看見舒燕的身影就看都沒看她站的是誰的地盤，便直接衝了進去。
舒燕臉色再度一變，沒說完的話也不說了，直接就大跨步往羅晚沁身後躲。
「救我！」
「我要是救了妳，有什麼好處？」羅晚沁挑眉，完全沒將那幾個衝進來的人放在眼裡，只關心自己出手後能得到的好處。
九指的人從來沒受過這等忽視，更何況他們眼裡就只有拿下舒燕，完全就沒看擋在舒燕身前的是誰，故而張牙舞爪地就要將礙事的人推開。
眼見著那些伸過來的手就要觸碰到她，羅晚沁眸光一冷，轉身拉住舒燕，往後退了好幾步，拉開跟他們之間的距離。
九指的人伸出的手落了空，還沒反應過來，就聽見她開口。
「都死了嗎？沒見到有人鬧事呢？」
羅晚沁對樓裡養的那些打手非常不滿，這些人都快要動到她的身上了，他們卻還縮著，半點動靜都沒有，她難道養的是一群廢物？

花樓裡養的打手當然不可能是廢物，他們只是事出突然，未能及時反應過來罷了，一反應過來，九指的人還處於發懵狀態，就被他們步步逼退了。

九指恰好在這時趕到，見狀臉色登時一變。

該死！這女人怎麼那麼會跑？

「喲，我還以為是誰的人膽子那麼大，居然敢闖我的花樓呢！」羅晚沁不等九指開口，率先發難。

九指變臉變得飛快，訕笑著解釋。「羅姑娘誤會了，給我們十個膽子，我們也不敢擅闖您的花樓啊，我們哪，是追著您身後的人來的。羅姑娘與她應是沒什麼關係吧？還望羅姑娘能與我行個方便，讓我們將人帶走。」

舒燕被羅晚沁拉住的手不自覺收緊了幾分。這，她不會真要給這些人面子吧？

「我不認識他們！」言外之意是，別把我交給他們。

羅晚沁笑了。九指見狀攥緊了雙手。

「我們認識妳就足夠了。」九指幾經衡量後，決定速戰速決，搬出靠山。「羅姑娘，她得罪的可不是一般人，您完全沒必要摻和進來，您說呢？」

舒燕心一沈，她近來唯一能算得上得罪的人只有宋子辰，但宋子辰已經死了，那麼，他們難道是跟宋子辰相關的人派來的？

「說得有道理，小姑娘妳覺得呢？」羅晚沁並不急著做決定，畢竟長得好看的姑娘，在她面前可以有別人沒有的優待。

舒燕想也不想地搖頭。「問我覺得，那就是沒道理，正常應該是路見不平拔刀相助。」

「嘖，我跟妳可沒關係，我為什麼要為了妳，去擔得罪身分不得了的人的風險呢？妳能給我什麼呀？」羅晚沁掩唇輕笑，她已經把能讓她護下她的答案給出來了，就看這小姑娘願不願意了。

舒燕緊緊皺著眉。這女人怎麼就這麼致力於想要她加入花樓呢？

「我成親了，妳想要的我不能答應，但我可以欠妳一個人情，日後妳有什麼需要幫忙，我能辦到的絕不推辭。」

這是眼下她能想到的最好辦法了，也不知道這女人能不能接受。

羅晚沁笑意逐漸消失，似是被舒燕的話戳中了痛點般問：「誰說成親了就不能答應？」

「當然不能，我夫君不允許。」這不是很正常的事情？舒燕敏銳地抓到了奇怪點，一般人都會覺得不行，這羅姑娘怎麼好像覺得可以的樣子？

羅晚沁的臉色徹底冷了下來。「男人都是最不可靠的東西，嘴上說著不允許，實際上背地裡不知道打了什麼妳不知道的壞主意。說不定妳被賣了，還高高興興替他數錢呢！」

第四十一章　信賴

「那是別人，我夫君不會。」舒燕探究地上下掃了羅晚沁一眼，這樣一棍子打死所有男人，會有這麼大的敵意，難道……

「看我也沒用！」羅晚沁一惱，拂袖就要甩手不管舒燕的死活。

既然她那麼堅定她的夫君不會，那就讓她付出代價吧！只有嘗過痛，她才會知道自己錯得有多離譜。

見狀，九指鬆一口氣，擺手讓自己人趕緊上前拿人，她們再繼續說下去，他都要按捺不住地開口打斷她們了，幸好舒燕自己把羅晚沁惹惱了。

舒燕想也不想再次躲到了羅晚沁身後。「我不看妳，但妳不能見死不救，看在咱們好歹相識一場的分上，妳幫幫忙，日後我定會報答妳的！」

「本姑娘不缺妳的報答。」羅晚沁無情地將舒燕從自己的身後拉出來，推到九指等人的面前。

九指的人忙不迭地動手控制住舒燕，邊跟羅晚沁道謝邊推搡著舒燕往花樓外走。

「等等！羅姑娘！我們來打個賭怎麼樣！」舒燕急了。她絕不能被這些人帶走，否則後果一定會比她進花樓還糟糕！

九指直覺不好，忙使眼色。「把她的嘴捂上，別擾了羅姑娘的清淨！」

可惜，晚了。

「怎麼個賭法？」羅晚沁挑眉，突然來了點興致，儘管她對小姑娘那麼信任自己夫君的樣子還是很生氣，但那並不妨礙她好奇。

舒燕一喜，連忙答道：「賭我夫君若是知道我在這裡，一定會來救我離開！」

捂嘴捂遲了的九指臉色陰沈，後悔自己沒能第一時間讓人捂住舒燕的嘴，讓她再次引起了羅晚沁的注意。

「羅姑娘可千萬別上當，她狡猾著呢，說是這麼說，但會不會遵守可不一定。」九指只能盡力挽救，最好能說服羅晚沁不要相信舒燕。

舒燕忍不住冷哼了聲。「論狡猾，誰能比得上你們？幾個大老爺們針對我一個弱女子，你們可真是好意思。」

「妳！」九指臉色變了變，他們收人錢財，替人辦事，這麼多人對付她一個怎麼了？

「隨妳怎麼說，反正羅姑娘心中有數，絕不會遂了妳的意。」

「呵呵，說得好像不遂了我的意，就會遂了你們的意似的。」舒燕心中再沒有把握，也絕不會在臉上表現出來。

羅晚沁深思之下，覺得雙方所言都有他們的道理，便想出了另外一個法子，既不會讓自己虧了，也不會讓小姑娘占便宜。

「要不這樣，只要妳在本姑娘的地盤上，他們就無法把妳帶走，咱們就來看看，妳嘴裡的夫君，能用多少時間才找到妳。」

「不是應該直接派人去通知我夫君說我在這裡嗎？」舒燕不解，直接派人去通知封景安，結果很快就能出來了，為什麼要等？

羅晚沁白了舒燕一眼。「是妳傻還是我傻？想得倒是挺美，妳夫君若是察覺妳不見了也沒有要出來找妳的意思，那妳先前說的賭約還有什麼意義？」

舒燕一噎。竟然有道理到令她無法反駁？可這樣子，封景安要怎麼找到她的位置啊？

九指當即反對。「羅姑娘，何必費這麼大的力氣呢？多浪費時間啊，妳……」

「閉嘴，就這樣！」羅晚沁瞪了九指一眼，就命人將九指連同他帶來的人一起轟出去。

九指沒法子，只能讓人守在花樓外，不讓舒燕有機會收買人離開花樓前去通知封景安，同時也派人去給宋鈞報信。

「姊夫，姊姊都出去這麼久了，怎麼還沒回來？」舒盛左等右等都沒見姊姊回來，頓時急了，推開門去找封景安。

封景安眉頭一皺，抬眸看了眼天色，舒燕說要去買菜的時候天色還是大亮，這會兒天色卻已經有些暗了下來。

「姊姊會不會出事了？」舒盛知道自己不該說這種晦氣的話，但他就是忍不住，好像冥冥之中，就是有種姊姊出事了的感覺。

封景安臉色一沈，毫不猶豫地否定。「不會，你姊姊絕不會出事。」

「既然沒出事，那為什麼姊姊還不回來？」舒盛不明白，甚至覺得姊夫單純就是在安慰他，事實根本就不是這麼一回事。

「許是回來的路上遇見什麼好玩的，一時忘了時間，我去找找，你在家等著，別亂跑。」說罷，封景安在舒盛肩膀上輕拍了拍，而後抬腳越過他往外走。

舒盛忙不迭地抬腳想跟上。「姊夫，我跟你一起去！」

「不行！」封景安想也不想地拒絕，並叫出齊球球。「球球，看好小盛，天快黑了，別讓他出去亂跑。」

「你放心去，我一定會看好他的。」齊球球為表自己所言非虛，伸出手牢牢地抓住了舒盛的手。

封景安朝著齊球球頷首，接著頭也不回地出了門，往舒燕可能去的地方而去。她行事看似魯莽，但一向有分寸，按理說，不管遇見什麼好玩的，都不該會忘了回家的時間才對。

其實，他遠沒有在舒盛面前所表現出來的那般鎮定，離了舒盛的視線，心裡藏著的慌亂漸漸地就爬上了眉眼。

舒燕為什麼沒能準時回家？她是不是在外面遇見了什麼危險？

封景安抿著唇，腳下步子越邁越快，不多時，他便到了合泰州魚攤。他記得今日舒燕出門前，說了她想要買條魚做魚湯，替他補身子。

「請問你有沒有見過一個長得很好看，大概到我這裡這麼高的姑娘？她穿著一身墨綠色羅裙。」封景安比著自己的肩膀往下一點，挨個詢問那些賣魚的攤主。

沒有人理會封景安，甚至在封景安開口詢問時，非常不耐地擺手讓封景安走開，他們不想給自己惹麻煩。是的，在封景安開口那一刻，他們就知道了他要找的人是誰。

接連問了好幾個，都得到了一樣的態度後，封景安察覺到了不對。若是這些人沒見過舒燕，大可直接告訴他沒見過，為什麼都支支吾吾，恨不得他趕緊走的樣子？

「你們知道我要找的人出了什麼事，人在哪兒！」封景安非常篤定地一一掃過這些人，他們都知道，卻不肯說，那必定是怕說了，自己會惹上麻煩。

眾人心虛，不自覺避開封景安掃視他們的目光，不吭聲。

無人吭聲，封景安沒那麼多時間跟他們耗，登時不耐地威脅。「你們若不肯說，我也不在意報官，屆時大人會怎麼問你們，我可就不知道了。唯一能保證的，就是你們一定不會好過。」

「這……不是我們不說，是我們真的不敢說，你還是到別處去尋吧。」即便是明知不說的後果，可他們還是想掙扎一下，就為了讓自己不惹上麻煩。

畢竟，他們要是不怕麻煩，一早就在那個姑娘被擄走的時候，出手幫忙了。

封景安知道多說無益，逕直轉身離開。

眼見著他的身影在視線中消失，他們還以為他是被他們說服了，結果沒想到，一刻鐘後，他又來了。這回不只是他一個人來，身邊還跟著他們熟悉的州長大人畢壽。

民不與官鬥，乃是亙古的道理。

面對封景安一人時，他們還可以不說，但到了畢壽的面前，那是一個比一個孬。

很快，封景安就從他們的七嘴八舌中知道了舒燕的去向，他連向畢壽道謝都顧不上，立即就朝著他們指出的方向而去。

畢壽沒有猶豫地帶人跟了上去，以防一會兒用得上他時，封景安找不到人及時幫忙。

因為舒燕逃跑的方向都是隨機，所以封景安即便是一開始鎖定了方向，也費了好大一番功夫，才找到舒燕最後逃進的地方——煙花之地的花樓。

入夜後，花樓裡的姑娘們著裝清涼地站在樓裡各個能讓人看見的位置，揮舞著手中錦帕攬客，各種黏膩、令人面紅耳赤的大膽之語措不及防地闖入耳中。

舒燕怎麼就挑了這麼個地方逃呢？

此疑問暫無解答，封景安緩過神來後，先發現了混在人群中鬼鬼祟祟的幾個人，新疑問就來了。

這些人明知道舒燕就在這幢花樓裡，為什麼不進去，反而在這幢花樓周邊轉悠呢？

「咦？封景安你怎麼在這兒？」林陌玨確認了很多遍，才確認自己沒認錯人，他本以為封景安不會來花樓這種地方的。

「林兄怎麼也在這兒？」在花樓這種地方遇見林陌玨，封景安也很意外。

畢竟以林陌玨在合泰州學裡的名聲，怎麼看都不應該會出現在花樓才對。

林陌玨臉色一僵。糟糕，他光顧著好奇封景安為什麼會出現在花樓而忘了他自己了，這會兒他要怎麼解釋，才能不讓封景安對他出現在這兒產生誤會？

「呵呵，這、這個，我路過、路過。」

封景安不信，但此時他也顧不上去深究，索性不再多言，邁步就往花樓裡走，他原先還想著，若林陌玨對這裡熟悉，就是放下面子去求林陌玨幫忙他也可以。

現在既然林陌玨都隨便找了個那麼不可信的理由搪塞他，那想來是不想讓他開口尋求幫忙。

「那個就是封景安，攔住他，別讓他進花樓！」九指擺了擺手，眸底劃過陰狠。

反正宋鈞想要的就是這個叫封景安的無法參加明日的秀才考試。那麼他們不管是動誰，只要目的達成了就行。

封景安在花樓大門前被幾個長相凶狠的人攔住了去路，他定睛看了看，確定這些人就是方才他所注意到的那幾個形跡可疑的。

他們在這花樓大門前攔住他，定然是因為舒燕就在這花樓裡頭，不想讓他進去壞事！

「讓開！」封景安目光冰冷。

幾人措不及防被封景安迸發出來的冷意嚇了一跳，他們下意識地面面相覷，這人瞧著就是一副弱書生樣，沒想到出口的架勢還挺足。

林陌玨在封景安的冷聲中堪堪從自己被封景安丟一邊的驚愕中回過神來，見封景安在花樓大門前被攔下來，忙不迭地湊上前去。

待看清了為難封景安的是什麼人，林陌玨臉色一黑，氣笑了。「九指？嗯？你們好大的膽子，上次本少爺對你們的警告，你們都給本少爺當成耳邊風了是吧？」

「林、林少爺誤會了，我們可沒有幹回老行當。」九指不得不站出來賠笑，這林家小少爺剛才不是說自己路過嗎？怎麼轉眼就要管上閒事了呢？

林陌玨冷哼了一聲。「本少爺可不管你們是不是幹回老行當，你們出現在這裡就是沒把本少爺的警告當成一回事！還不給本少爺叫你的人讓開？」

「這，林少爺，您不要強人所難啊！您看，我們也沒不讓您進去啊。」九指故意裝作不懂林陌玨的意思，依舊讓人牢牢地擋住封景安的前路，只給林陌玨讓出一條足以他一人走過的路。

見狀，林陌玨本就不好看的臉色瞬間更加難看了幾分，他抬手一把抓住封景安的手腕，邁步就要從九指給他讓開的那條路走。

「本少爺倒要看看，你們誰敢繼續攔著?!」

九指哪想到林陌玨會這麼做？一時陷入了為難的境地，繼續攔也不是，不攔也不是。

於是，拿不定主意的九指，只能眼睜睜看著林陌玨拉著封景安走進花樓。直到兩人的身影消失在視線中，九指才咬牙招呼著自己帶來的人跟上去。

既然攔不住，那就跟上去，伺機動手！

離了九指等人的視線，封景安便動手掰開了林陌玨抓著他手腕的手。

「多謝。」

「不必言謝，不過，我很想知道你為什麼要進這個花樓。」林陌玨挑眉，倒是沒介意封景安毫不留情掰開他手的行為。

封景安沒答，抬眸掃視了周圍一圈。

這裡什麼人都有，卻唯獨沒有他想要找的人。不應該啊，這花樓外既然有人守著，舒燕該是在這裡頭才對，怎麼會沒有呢？

「你在看什麼？我問你的問題你聽見了沒？」林陌玨順著封景安的視線看去，目光所及不是妖嬈姑娘，就是來尋樂的恩客。這裡不管是哪一個，都不像是封景安會找的人，所以封景安這是怎麼回事？

封景安擰眉，驀地轉眸定定地看著林陌玨。「你對這裡是不是很熟悉？」

「啊？封兄你怎麼會這麼問呢？」林陌玨下意識想否認，卻看見了封景安眼底的認真，接下來的話就怎麼都無法說出口來。

「……封兄想做什麼？」

「有人看見燕兒被剛才那些人逼進了這幢花樓，但我剛才看了一圈，都沒發現她的身影，你能不能幫我找找？」封景安鬆了一口氣，他就等著林陌玨這句話。

若林陌玨繼續裝傻，他就要狀告這幢花樓私藏他媳婦兒，讓畢大人派衙役直接搜了。

林陌玨臉色一冷，封景安不是會開玩笑的人，所以他的話肯定都是真的。「我這就去找羅姑娘問問。」

很快，封景安就見到了林陌玨口中的羅姑娘，她很美，但封景安絲毫不為所動，只想知道舒燕的所在。

「你就是小姑娘的夫君？」羅晚沁挑剔地把封景安渾身上下打量了一遍，企圖想要找出可以說服自己，他也是臭男人一個的證據。

「是，敢問姑娘，我娘子在何處？」封景安不喜歡羅晚沁的目光，但還是耐住了性子。眼神清澈，沒有與旁人見到她時的那種噁心的樣子，哼！他肯定是裝的！

「你來晚了，她已經在跟客人風花雪月了。」羅晚沁微微探出舌，舔了舔唇瓣，惡劣地道。臭男人聽到這個，心裡一定會想，怎麼樣才能讓自己不吃虧吧？

封景安臉色一變。「她在哪兒？」

「我為什麼要告訴你？」羅晚沁眸底的不屑更濃重了幾分，裝得可真像。「這會兒她怕是已經……公子不如放棄她吧？她已經不乾淨了。」

「我問妳，她在哪兒？」

「誰不乾淨？妳不要胡亂造謠！」

兩道不同的聲音同時響起，引得羅晚沁忍不住低咒，早不出來晚不出來，偏偏這個時候出來，莫不是這小妮子跟她夫君還心有靈犀不成？

第四十二章　落空

「舒燕？」封景安循聲望去，見舒燕完好無損地向自己走來，心裡生出的暴躁漸漸平息。

「我不過是去了趟茅廁，妳居然就在我夫君面前編排我不乾淨？」舒燕走到封景安身邊，不善地瞪著羅晚沁。

九指被羅晚沁命人轟出去後，舒燕不能離開花樓，就只能在花樓裡百無聊賴地等著封景安什麼時候發現她沒回去，出來尋她。這待久了，人就有三急，她就找人問了一下茅廁在哪兒，結果去解決完個人問題回來，她就聽到羅晚沁在跟封景安信誓旦旦地說她不乾淨了。

「來，解釋解釋，妳為什麼要跟我夫君說我不乾淨了？」

「妳讓我解釋我就解釋，我難道不要面子的嗎？」羅晚沁收拾好心情，回瞪舒燕。

「妳不可理喻！」舒燕瞬間手癢，這女人怎麼那麼欠收拾呢？

「彼此彼此。」羅晚沁下逐客令。「妳可以帶著妳夫君滾了，別說我沒勸妳，希望妳不會後悔。」

舒燕挑眉，大大方方伸手牽住封景安的手。「不勞妳操心，我不會後悔的。」

「不會後悔什麼？」封景安不僅不躲著舒燕伸過來的手，還在她牽住他的手後，自己反手把她的手握得更緊了幾分。

舒燕警告地瞥了羅晚沁一眼，打著馬虎眼回答。「沒什麼，就是不後悔離開這裡而已，說起來，我得感謝這花樓裡養的打手幫忙，不然你現在可就見不到我了。」

「原來是這樣。」封景安即便知道舒燕肯定是瞞了什麼事，這會兒也沒表現出來，反而是一副極為信任她的樣子。

看著兩人恩愛的模樣，羅晚沁覺得自己的眼睛受到了冒犯，當即越發不耐地趕人。「走走走，趕緊走，省得在這兒礙我的眼！」

「不管如何，今天都謝謝妳。」舒燕朝著羅晚沁彎腰道謝，她原本可以不理她提出的賭約，可她卻順著她的意思應下，從那些人手中暫且保下了她。

這一點，即便是她說的話再不好聽，也不能抵消。

羅晚沁移了移自己的位置。「嘴上道謝有何用？也不見妳聽進去我的勸，哼！」

舒燕表情一僵。她要是聽進去了那還得了？

「咳，我們走吧。」林陌玨隱隱猜到羅晚沁跟舒燕說了什麼，想帶著他們離開花樓後，找機會將關於羅晚沁的那些傳言告訴他們。

封景安頷首，牽著舒燕的手率先抬腳往外走，舒燕亦步亦趨地跟上，對花樓半點留戀的樣子都沒有。

見狀，羅晚沁再一次嘗到了心梗的滋味，這小沒良心的，真是白救她了！

林陌玨向羅晚沁禮貌告辭後，才抬腳忙不迭地朝兩人追過去。

變故，就在此時突然發生。

幾個人氣勢洶洶地往前頭的封景安和舒燕快速撞了過去，主要目標在封景安的身上。

林陌玨阻攔不及，只能驚恐地出聲提醒。「小心！」

封景安第一時間察覺不對，立即毫不猶豫地把舒燕往前推，想讓她離開那幾個人撞擊的範圍，自己一個人承受接下來的危險。

怎麼回事？

封景安沒等來預期中的疼痛，反而是聽到了旁人的痛呼，以及四周此起彼伏的抽氣聲。

他放下護著腦袋的手，抬眸，入眼只見他的左右兩側躺了兩個正抱著自己胳膊慘叫，並且臉色扭曲的男人，顯然他們是被什麼東西打了出去。

「景安，你有沒有事？他們沒碰到你吧？」舒燕將手上拿著的長凳隨手一扔，便大步上前，雙手抓住封景安的雙手，上下查看他有沒有被傷到。

她神色焦急，生怕自己的反應還是慢了，讓那兩個人傷到了封景安，封景安明日可是要參加秀才考試的人，如果現在受傷，那明日的秀才考試可就危險了。好在，上看下看，她都沒發現封景安身上有受傷的地方，最重要的雙手也還是好好的，絕對不會影響到明日的考試。

「既然沒事，我問你的時候，你倒是應一聲啊，害我以為你是不是傷到了哪兒。」舒燕鬆了口氣後，忍不住對封景安發出不滿的控訴。

封景安回神，往舒燕身後，被舒燕隨手扔了的長凳看了一眼。

她就是拿那個長凳，將那兩個不懷好意的男人打出去的？如此短的時間，身為被他推開的人，她是怎麼做到這麼迅速，抄起長凳就將那兩個男人打出去的？

「敢在本姑娘的地盤上鬧事，你們膽子還真大！」羅晚沁黑著臉叫出花樓的打手，在那兩個疼懵了的男人還未來得及反應時，把他們從地上提了起來。

差一點他們就成功了，誰能想到舒燕看著嬌小，實際上反應力是這麼強的呢？

隱在人群中的九指見勢不妙，立即毫不猶豫地悄悄往外挪，可惜還是慢了一步。

「縱容你的人在本姑娘的地盤上蓄意傷人就想跑，九指，你當我羅晚沁是死的嗎？」羅晚沁目光泛冷地盯住正往外走的九指。

守在花樓門口的打手反應迅速，當即便站出來攔住了九指的去路。

九指平常都是借助自己帶的人耍威風，本身壓根兒沒有武力值，他自然不可能強行闖出去，只能裝傻，訕笑著回頭。「我就是進來看看，什麼都沒做，他們的行為可與我無關。」

「與你無關，你跑什麼？」林陌玨不善地瞪著九指。

羅晚沁被林陌玨搶了先開口的機會，忍不住瞥了林陌玨一眼。

「我……」九指一噎，他就是裝傻，隨口那麼一說，能是真的？那兩人就是他的人，他不跑難道等著被抓嗎？

「這兩個人我認得，就是今日死追著我不放的，你還有臉說你跟他們無關？」舒燕氣得轉身再度抄起長凳，打算讓九指嘗嘗什麼叫下地獄。

封景安眼皮一跳，忙伸手將舒燕攔下來。「別把自己的手弄疼了，乖，把長凳給我。」

一旁目睹事情發展的眾人無語腹誹：難道不是挨了長凳砸的人更疼？

舒燕被封景安言語間的溫柔所騙，順從地鬆開了手中長凳。「我就是氣不過他睜眼說瞎話，明明就差點讓人傷了你，還有臉狡辯。」

「我知道。」封景安從舒燕手中接過長凳，就用力地將手中的長凳朝著九指扔了過去。措不及防，誰能想到封景安攔下了舒燕是要自己動手呢？

九指也沒想到，他只能在看見長凳朝著自己來時，瞪大雙眼，憑著本能躲閃。然而，他身後的打手卻是一個比一個壞，竟是在他進行躲閃時，不約而同地朝著他的膝彎，狠狠地踹了一腳。

於是，本來的躲閃沒能完成，九指甚至跪地不起，原本奔著腰來的長凳這一下子就對上了他的腦門，不用想也知道，這一下要真的砸實了，他得丟掉半條命。求生的本能瞬間被激發到極致，九指愣是在最緊要的關頭，將自己硬生生往一邊側倒，避開要害。

「唔！」儘管避開了要害，但失去了去勢的長凳還是毫不留情地砸在了他的身上。

舒燕眨了眨眼。封景安的準頭還真厲害，他是怎麼做到讓長凳就在九指身上落下的？

「巧合。」封景安看出舒燕的驚奇，覺得自己有必要解釋一下，之所以造成這樣的結果，是多方行為造成，不是他一個人的原因。

舒燕笑了，管它是巧合還是有意為之呢？只要結果是好的就行，不只是九指需要教訓，他底下的那些人同樣需要有一個深刻的教訓。

「不知能否借羅姑娘的人一用，將他們送往官衙？」

正企圖從被砸的疼痛中緩過來的九指欲哭無淚，砸都砸了，還要將他送官？

「不，你們不能這麼做！」

「我為什麼要給妳借人？」

九指和羅晚沁同時開口，前者是真的怕進了官衙，自己小命不保，後者是想讓舒燕欠她人情，好在以後討點好處。

忙，不是白幫的，得付出對等的代價。

舒燕幾乎是瞬間就想起了羅晚沁先前跟她說過的話，臉色變了又變。

「咳，那什麼，羅姑娘若是不想借人也沒關係，本公子帶了幾個家丁，足夠將這幾個不長眼的扭送官衙了。」林陌珏自動站出來打圓場，他並不想讓舒燕跟羅晚沁結下冤仇。

羅晚沁不滿地瞪了林陌珏一眼，原本是想說什麼，但轉念想到林陌珏的身分，還是將話嚥了回去，換成了不痛不癢的酸話。「林公子倒是很有同窗愛。」

封景安並不認為他跟林陌珏之間有這個東西。「不用，在下可以去將衙門的人叫來，姑娘讓他們看住這些人，別讓他們跑了就成。」

「你憑什麼認為本姑娘會聽你的？」羅晚沁忍不住冷笑，不想欠她人情，還想要她出人，天底下哪兒有這麼便宜的事情？尤其說話的還是這個臭男人！

封景安蹙眉。「妳不願？」

「自然，沒好處的事誰樂意插手？除非你把她交給我，我就幫你，不僅是幫你，還會給你白銀五十兩，怎麼樣？」羅晚沁抬手指向舒燕。

瞧他穿著的衣裳也不像是很好的樣子，想來出身於寒門，白銀五十兩的誘惑力應該很大。

「想都不要想！」封景安黑了臉，立刻拒絕。這分明就是在叫他賣媳婦兒！

羅晚沁詫異地轉眸看向封景安。

這麼果斷，都不需要考慮一下的嗎？那可是白銀五十兩，不是五十個銅板，她都不知道用了這個誘惑多少次，就沒有哪個臭男人能拒絕，他是裝的吧？

「我記住他們的臉了，我們回去。」封景安抬腳走到舒燕身邊，牽住她的手就往花樓外走。即便是他們被放走了，事後他也可通過畫畫像，讓畢大人派人搜捕，合泰州就這麼大，他們便是躲，也躲不到哪兒去。

舒燕順從地跟上封景安的腳步，她已經明白過來封景安的打算了，自然不會有任何的意見。

見狀，林陌玨趕忙抬腳追了上去，徒留下羅晚沁一人在原地，眼看著三人一前一後地就要離開她的花樓，驀地就氣笑了。

油鹽不進！虛偽！她倒要看看他們能堅持到什麼時候？當好事者將事情添油加醋地宣揚出去，小姑娘的名聲逐漸被敗壞，身邊流言蜚語越來越多的時候，她就不信封景安還能坐得住！他一定會覺得丟臉，一定會為了那五十兩白銀再次回來這裡找她！

封景安突然毫無預兆地打了個噴嚏，把走在他身邊的舒燕嚇了一跳。

「怎麼突然打噴嚏了？你不會是著涼了吧？」舒燕說著，也不顧還在行進中，抬起另外一隻手就要去試封景安額上的溫度。

下一刻，手被封景安抓住，他停下腳步不贊同地看著舒燕。「走路時不要做別的事，摔了怎麼辦？」

「我、我就是想知道你是不是發熱了。」舒燕垂眸試圖想要抽回自己的手，卻沒能抽回來。

封景安無奈，主動將舒燕的手往自己額頭上貼。「沒有發熱，之所以打噴嚏，多半是有人在背地裡罵我。」

「誰會閒得沒事罵你？」掌下正常的溫度令舒燕鬆了口氣，她下意識問完才突然想到，還真會有人罵封景安，比如目的沒達成的羅晚沁，尷尬的咳了聲。

「可算是趕到了，不過看樣子，似乎是用不著本官了？」

畢壽帶著人緊趕慢趕，到時還是已經見到封景安牽著舒燕了，他沒能派上用場。不過，沒能派上用場有沒派上用場的好處，證明事不大，讓路上因著遇見了搶錢而耽擱了點時間的畢壽好受了點兒。

封景安倒是沒想到畢壽還帶著人找了來，但畢壽的到來倒是正好，裡頭被羅晚沁扣住的人還沒能脫身呢。

「畢大人來得正好，裡頭有幾個人意圖綁架學生的娘子，還差點傷了學生，還望大人能讓他們還學生一個公道，說出是誰指使他們幹的。」

畢壽臉色一冷，立即擺手讓衙役進去拿人。「竟還有這種事情，你放心，本官定會讓他們好好交代！」

「多謝大人。」封景安跟畢壽道完謝，便沒再管後續，牽著舒燕繼續往小院走。

林陌玨看了兩人相攜離開的背影一眼，決定留下來幫助畢大人，好好地審一審那些人。

九指本來見封景安就那麼走了，一口氣剛鬆，就被突然湧進來的衙役拿住了。

羅晚沁沒興趣跟官衙的人打交道，自是不會攔著衙役不讓他們拿人，於是，她的人放手得極為乾脆。於是不管九指怎麼喊，他跟他的人都被衙役押往官衙審問了。

林陌玨清楚的知道九指的弱點在哪兒，也就沒讓畢壽花費太長的時間，就知道了九指等人是受了誰的指使對舒燕下手。

「宋鈞給了我們一大筆錢，讓我們想辦法讓封景安不能參加明日的秀才考試，最好是能徹底廢了他，所以我們就想將他媳婦兒舒燕綁走、威脅他罷了，沒想傷害舒燕。」

「你在開玩笑？都要將人綁走了，叫什麼沒想傷害？」畢壽氣笑了，處理了一個宋子辰，又出來一個宋鈞，這宋家是不是仗著背後有人，有恃無恐，覺得他即便是在他的眼皮子下動手也會安然無事？

林陌玨的臉色也有些不好看。他怎麼也沒想到，宋家竟是這樣的宋家，明明錯的是宋子辰，宋家卻是將過錯都推到了旁人的身上，難怪宋子辰會是那個樣子。

「你老實說，除了對舒燕下手之外，宋鈞是不是還派人去找夏毅的麻煩了？」

九指臉色一僵，還想裝傻，畢壽二話不說，命人開打，直至打得九指受不了，開口說實話為止。

不出半刻鐘的時間，九指就受不了求饒。「別打了，我說，我說！宋鈞沒讓我們去，但我偷聽到，他還找了另外的人，那時候我還挺不高興的。」

「來人，去回春堂問問夏毅如今可安好！」畢壽臉色大變。那孩子要真出事，宋鈞這個主使者也別想好過！

「明日就是秀才考試，林公子回吧，回去好好歇著。」

「是，學生告辭。」林陌玨恭順地作揖，退出了衙門，畢壽說得沒錯，他得回去好好歇著，只有歇好了，明日秀才考試才能拿出百分百的精神來。

宋鈞的事情，有畢壽的插手，他相信一定會處理得很好。

第四十三章　秀才考

封景安和舒燕回到小院，不約而同地對舒盛隱瞞出了什麼事情，只說自己是不小心迷路了，才會沒有準時回來，下次不會了。

「還好只是迷路了。」舒盛鬆了口氣，幸好幸好，他差點就以為姊姊在外頭遇見什麼危險了。

齊球球沒舒盛想得那麼樂觀，不過當著舒盛的面，他也沒戳破，只一手摸著自己的肚子道：「既是無事，那是不是可以做飯了？

「咱們吃完了好休息，明日一早可就要開始殘酷的秀才考試了。」

「有道理，我這就去做，你們等著。」舒燕扭頭就鑽進了廚房。

隨後，舒盛這個姊姊的跟屁蟲也跟了進去，好似怕他姊姊一個人在廚房裡忙不過來。

沒了舒家姊弟，齊球球立即湊到封景安的面前，低聲問：「事情絕對不是迷路這麼簡單，景安，你告訴我，到底是發生什麼事情了？」

「無事，你別多想，安心準備明日的秀才考試。」封景安不欲多說，瞥了齊球球一眼後，抬腳進屋。

齊球球不死心地追上去，然而不管他怎麼追問，封景安的嘴都閉得極為嚴實，就是一副不說的架勢，他口都說乾了還是半點有用的都沒問出來。

「你這樣，我一直惦記著，明兒的秀才考試一定會考不好的。」

「惦記什麼？說來我聽聽，看我能不能滿足你。」舒燕端著做好的飯菜而來，恰好聽到了齊球球最後一句話，頓時就著急了。無論什麼都不能影響明日的秀才考試，這秀才考如果沒考過，那可是要再等很久才能重新考的。

齊球球看見緊跟在舒燕身後進來的舒盛，噎了噎。

他能實話實說？那必須是不能。

「沒啥，我就是想借景安寫的策論瞧瞧，可他死活就是不肯。」

舒燕不贊同地皺眉，將手上的飯菜放上桌的同時開口。「景安不給你看是對的，臨近考試，你看了之後想幹麼？抄嗎？」

「我像是那種人？」齊球球不可思議地瞪圓了雙眼，他在舒燕的眼裡會是這種人？

舒燕挑眉，不答反問。「既然不是，那你為什麼非要看？」

他那是非要看嗎？他明明是想知道舒燕的晚歸到底是怎麼回事！

「不看不看，當我什麼都沒說。」齊球球委屈極了，偏偏還不能明說。

封景安眸底隱晦劃過一絲笑意，動手將筷子塞進了齊球球的手裡。「你方才不是嚷著肚子餓？吃吧。」

齊球球拿著筷子，唇角一抽，雖然話聽著是在寵他，但他怎麼覺得封景安是將他當成豬崽子看了呢？詢問無果，齊球球只能化悲憤為食量，將舒燕做的飯菜努力掃光。

一夜無夢，天色剛亮，一股肉包子香味就鑽進了封景安的鼻子中，將他喚醒。

「好香啊～～」

齊球球瞌睡蟲還未完全跑走，就已經在聞到肉包子香味的瞬間，憑著本能從床上爬了起來。在舒燕將蒸好的肉包子出鍋時，他穿戴整齊地出現在了舒燕的面前，兩眼放光地看著舒燕手上端著的肉包子。

「流口水了。」舒燕揶揄地笑了。

齊球球反射性地抬手抹了唇角一把，結果發現自己唇角乾乾淨淨。

「咳咳，那什麼，我去叫景安，這都什麼時候了，景安怎麼還沒起來。」齊球球想化解尷尬，說完轉身就要進屋去叫封景安，結果轉身就看見封景安從自己屋裡走了出來，壓根兒就用不著他叫。

這就更尷尬了。

封景安忍不住笑了，球球有時候還真的是開心果一般的存在。

「好了，都起了那就來吃早膳，吃完就該出發去考場了。」舒燕斂笑招呼兩人吃東西，今日一入考場，就是一整天出不來呢。

「你們先吃，我去把你們的午膳裝好。」言罷不等兩人開口，轉身就去忙她自己的了。

兩人相視了一眼，到底是順從的什麼都沒說，拿起熱呼呼的肉包子開吃。

很快，兩人就填飽了肚子，拿上考具和舒燕準備好的午膳奔赴秀才考試的考場。

舒燕沒有去送兩人，而是和舒盛留在小院裡等待，她絕對不讓封景安人在考場裡還擔心她的安危，這也是昨夜裡，她跟封景安商量過後得出來的結果。

考場外，封景安和齊球球進去之前，恰好遇上了林陌玨。

林陌玨本以為封景安會關心一下那些人最後都落得了個什麼樣的下場，都已經做好了要給封景安回答的準備了，沒想到封景安看見他之後，竟是很快移開了視線，半點沒有要開口問的意思。

他傻了。不是，封景安難道一點兒都不想知道那些人最後是什麼下場嗎？

「還沒進入考場的儘快了啊！」

林陌玨有心想開口，卻被考官的催促逼了回去，只能先顧眼前的秀才考試，等考完了再去找封景安。

不知道林陌玨心思的封景安，直接將自己準備的東西都交給考官檢查，確定沒問題後，率先進入了考場中，而齊球球緊隨其後。

不多時，考場關閉，為時一天的考試開始。

眾人為了這次的秀才考試都做了萬全的準備，然而等題目發下來，看清出的是什麼題後，各個都心涼了。如果說他們的準備是中級的難度，那真正的秀才考試就是高級難度，稍有不慎，那就是從頭再來的後果。

封景安沒有其他人那麼慌，但也說不上好，畢竟考題就擺在眼前，會做就是會，不會就是不會，沒有任何可商量的餘地。

他足足思考了半個時辰的時間，才謹慎地下筆。

伏案疾書，時間一點一點地流逝，當封景安寫完了兩大題，覺得手泛酸，停下筆，才發現時間已然過去了一個半時辰。

但這還未到用午膳的時間，因此他歇了會兒，便又繼續答題。

有考官巡邏，走過封景安案桌前，看見封景安卷上所書，暗暗點了頭。

終於，到了可以用午膳的時間，眾人緊繃著的神經稍稍放鬆了些，一個接一個用最快的速度用完午膳，便又再次投入答題中。

等全部考完，走出考場的考生都宛若行屍走肉般兩眼呆滯，好似都不知道自己此時此刻身處於何處。

齊球球亦如是，他一見到封景安就往封景安身邊靠，虛弱地問：「你考得如何？」

「不知，盡了全力。」這是實話，封景安沒有避開齊球球，反而還伸手虛扶住了他，生怕他一個堅持不住往地上趴。

幸虧齊球球對自己的體格怎麼樣很清楚，再勉強也沒有將自己全然往封景安身上靠。

林陌玨更是完全想不起來自己要找封景安說什麼，在家丁的攙扶之下離開。

一場秀才考試，全員皆傷，每一個回到家都是一樣往床上一躺，睡了個昏天黑地。

封景安再醒來，就對上了舒燕擔憂的目光，他怔了怔，爾後迅速半坐而起，問：「什麼時辰了？」

「第二天巳時。」舒燕鬆了口氣，可算是醒了，他再不醒，她就要忍不住使用冷水叫醒法了。「睡了這麼久，你肯定是餓了，等著，我這就去拿吃的過來。」
言罷，舒燕作勢起身，不想趴在床邊太久，腳麻了，在她起身瞬間雙腿一軟，整個人頓時不受控制地往封景安撲了過去……
「小心！」封景安在舒燕實打實地撲到自己身上前，抬手扶住了她。
舒燕尷尬地借助封景安的力道站直。「咳，抱歉，我不是故意的，是趴太久，腳麻了。」
「無礙，妳坐下緩緩，吃的我自己去拿就好。」封景安說完掀開身上的被子，作勢下床。
舒燕覺得發麻的雙腳確實很難受，索性依言坐下，目送著封景安往外走，反正封景安四肢健全，他自己去找吃的還是可以的。
封景安先自己洗漱完，將吃食都端出來後，才去了偏屋叫醒齊球球。
是的，他都弄好了一切，齊球球還沒醒，可見經過一場秀才考試後，他們的身心到底是有多疲憊。
偏屋裡的齊球球被叫醒時，臉上滿是不情願。「我還沒睡夠，讓我再睡會兒。」說罷，翻了個身，閉著雙眼繼續睡。
封景安挑眉，語氣涼涼地開口。「你不起來可就別怪我了。」
齊球球敏銳地察覺到危險逼近，即便是再不情願，也只能掙扎著從被窩裡爬了起來。
「我起了、起了。」

「先起來吃了東西，而後想繼續睡我也不管你。」封景安也是擔心齊球球那麼久不進食，身子會受不了。

齊球球明白了，頷首乖巧地掀被子下床。

反正就是不吃不給他繼續睡就是了，他吃還不行嗎？

一刻鐘後，齊球球帶著未消的睡意坐在了封景安對面，第一次被人盯著吃飯，畢竟以他的體格，向來是別人盯著他，不讓他多吃，何曾有過被人盯著必須吃飯的時候？

不過，一碗熱粥喝下去後，他確實是精神了不少。

「現在沒旁人，秀才考試也已經考完了，景安你是不是可以告訴我，前天嫂子到底是出了什麼事了吧？」齊球球放下手中碗筷，直勾勾盯著封景安。「我可不是舒盛，小孩子心性，那麼好騙。」

「誰小孩子心性好騙？」好巧不巧，舒盛聽見了齊球球的最後一句，當即推門而入，不滿地瞪著齊球球。

出師未捷身先死，齊球球好不容易堆起的嚴肅瞬間崩塌。這小孩早不來，晚不來，怎麼就偏偏在他好不容易豎起嚴肅強勢的時候進來了呢？

「沒說誰小孩子心性好騙，你聽錯了。」封景安面不改色地撒謊，並轉移話題問道：「是不是有什麼事情？」

舒盛狐疑地從齊球球的身上移開目光。「我都聽見了，怎麼可能會聽錯？」

「說你聽錯了就是聽錯了，哪來那麼多懷疑？」齊球球沒好氣地白了舒盛一眼。要不是他來得那麼不是時候，他早就問到自己想要知道的了！

「你還沒說是不是有事呢，倒也真是好意思糾結自己有沒有聽錯？」

「你！」舒盛氣得不自覺握緊了雙拳。啊，這個胖子好欠揍！

「那個，不好意思，我在外面等了很久，都沒人告訴我能不能進來，我就自作主張自己進來了。」林陌玨突然出現，訕笑地看著幾人。

舒盛這才想起自己把這人忘了，頓時尷尬撓頭。

「姊夫，方才我就是想說有人找你，但是聽到齊球球說我好騙，我就忘了這事。」

「都說你聽錯了，你這孩子年紀輕輕的，怎麼就耳背了呢？來，跟爺來，爺給你掏掏耳，省得以後你再聽錯。」齊球球說著不顧舒盛的反抗，攬著舒盛的肩，就將人帶了出去。

林陌玨在這個時候來找景安，定然是有重要的事情要跟景安說，可能不太願意讓旁人聽，於是齊球球帶著舒盛出了門還不忘貼心地幫他們把門關了起來。

沒了旁人，林陌玨不用封景安招呼，徑直在他的對面落坐。

「你都不好奇那些人都落得了個什麼樣的下場嗎？」

「即便我不好奇，你不也上趕著要來告訴我了？」封景安不為所動，甚至極為冷靜。

宋子辰都被斬了，他知道以畢壽的為人，畢壽絕對不會放過那些人。他們的下場也就可想而知了，他為什麼還要好奇？倒是林陌玨，他沒想到他竟會直接找上門來說了。

雖然事實如此，但林陌玨總覺得封景安的話，他怎麼聽都不得勁。就好像是封景安在看不起他明知道自己不被待見，還硬是往人家身邊湊似的。

本來想說的話瞬間就哽在喉間不上不下，別提多難受了，他甚至後悔自己剛從考試的折磨中緩過來就立即跑來找封景安。

他不開口，封景安也不知道該說什麼好，氣氛頓時就凝滯了起來。

一股無言的尷尬蔓延開來，林陌玨緊抿著唇，儘管不自在，但他就是不想先開口。

突然，緊閉的屋門被人從外面打開，聽說林陌玨找上門來了的舒燕大步走了進去，第一時間先看封景安有沒有事。

見封景安好好安坐著，她才發現兩人之間的氛圍不太對，腳下一頓。

突然有種她不該進來的感覺是怎麼回事？

「你們這是？」這氣氛實在是太奇怪了，在她進來之前，他們到底是說了什麼？

「啊，在下就是受畢大人之託，來告訴景安那些人的下場。」林陌玨想了想，到底是順著舒燕碰巧遞來的梯子往下走。「他們皆是被收押在牢，一時半會兒別想出來了，至於主使者宋鈞，畢大人已經派人去捉拿了，但宋家很強橫，直接就將畢大人派去的人都趕了出來。畢大人說有點棘手，但問題不大，讓宋鈞付出應付的代價只是時間的問題。」

「夏毅有沒有事？」舒燕耐心聽完，發現林陌玨沒有提及夏毅，忍不住開門見山地問。

林陌玨愣了愣，半晌才反應過來，笑答道：「沒事，他在回春堂裡未曾出門，沒讓那些打算對他下手的人得逞。」

「那就好。」舒燕鬆了口氣，還好沒事，畢竟她這樣的人都逃得夠嗆，換成夏毅指不定小命真就沒了。

「除此之外，你沒別的要說了？」封景安涼涼地瞥了林陌玨一眼。見到舒燕就這麼多話，方才怎麼沒見他話這麼多？

林陌玨眸底飛快地劃過一絲茫然，是他的錯覺嗎？為什麼他會覺得封景安看他的目光有點不善呢？

「你似乎跟花樓裡那位羅姑娘很相熟？」舒燕經封景安這麼一問，就想起了那日他們在花樓裡的景象，頓時就忍不住好奇。

林陌玨恍然，封景安肯定是因為他遲遲沒說到羅晚沁為什麼執著於想要舒燕入花樓，才對他懷有不善，讓他察覺到了！

「咳，說是相熟也不對，我只是恰好聽說過這位羅姑娘的事情罷了。」他需要在不被他們誤會他是個常逛花樓的人的情況下，把羅晚沁的事說出來。

第四十四章　流言

「羅晚沁原先並不是我們合泰州人士，她所在的那幢花樓也沒有如今的規模，是在羅晚沁來了之後，在幾年之內發展成如今的規模。聽聞，她是被自己的夫君賣進花樓裡的，所以她就仇視上了所有的男人，認為男人都不是什麼好東西。」林陌玨沈吟一陣。「她……大概是覺得妳長得好，定然會步上她的後塵，所以才想要在事情還沒發生之前，先將妳收入她的花樓裡護著吧。」

「這麼說，她還是個好人了？」舒燕挑眉，她倒不是第一次聽說這種被男人傷了一次就認定天下所有男人都是壞東西的人，但親身遇見，是第一次。

林陌玨面色訕訕，不太確定。「這，也說不好，畢竟事是這麼個事，都是聽聞，不知真假，傳得多了，大部分人便默認是這麼一回事了。不過，這些年確實是沒聽說，她有勉強為難過誰，樓裡的姑娘若想贖身離開，也沒見她不許。」

花樓靠的就是那些姑娘們賺錢，能輕易放姑娘走的人，即便事實並不像林陌玨所言，也壞不到哪兒去，舒燕決定不跟她計較了。

「算了，事情都已經過去了，左右以後也不會有交集。」

「這倒也是。」林陌玨頷首，完了想到一個問題。

既然是以後不會有所交集了，那他這趕著來解釋是為了哪般？似乎不管是宋鈞派人，還是羅晚沁的事，封景安夫妻都沒怎麼在意，反倒是他自己一直惦記著要跟他們解釋？

意識到自己好管閒事這一點，林陌玨坐不住了，立即起身告辭。「事情我已經說完，就先告辭了，不用送了，我自己走。」

言罷，一刻也不想停留地轉身往外走，步履之快，活像是背後有猛獸在追他似的。

「我剛剛有說錯什麼嗎？」舒燕茫然無措地看向封景安，這人怎麼說走就走，半點讓人挽留的餘地都沒有給呢？

封景安失笑地搖頭。「妳什麼都沒說錯，許是他突然想起來還有事沒辦，所以二話不說就走了吧，別想多了。」

雖然，林陌玨可能是被他跟舒燕前後相差無幾的態度氣走的。

畢壽說問題不大就真的問題不大，秀才考的結果還未出來，宋家宋鈞就先被衙役押回了州衙。可笑的是，宋家上下都嚷著他們背後有人，結果出來後卻是宋家背後之人屁都沒放，就任由畢壽派人將宋鈞帶走了。

宋鈞即便是被關進了大牢中，也沒能想明白自己到底是哪兒做錯了。

對於上位者而言，像宋家這等附庸，有用之時用著還成，但無用還給他惹麻煩，那就不好再收著了。可惜，自視甚高的宋家是永遠也明白不過來這個道理。

封景安沒再過多的關注後續，他更在意的是舒燕。

從知道舒燕逃進的地方是花樓那一刻，封景安就已經知道他就算是平安地將舒燕從花樓裡帶出來，市井之間也難免會傳出一些難聽的流言。

果不其然，秀才考剛過沒多久，就已經有一些不太好的言論傳出了，甚至旁人落在他身上的目光都變得有些古怪。

那些古怪的目光好似是在憐憫他，娶了那麼個不安分的媳婦兒。

「誒，你聽說了嗎？就是他，他娘子曾經進過花樓！」

「真的嗎？我看他甚是正人君子的模樣，娶的娘子怎會是那等喜歡去花樓的？」

「當然是真的，好多人都看見了呢，你要不信，就去問問那些常去花樓的，定然能得到你想要的消息！」

諸如此類的交談，在很多人之間發生，即便封景安已經盡力去避免讓舒燕聽見了，但還是不可避免讓舒燕聽到了一些。

「他們嘴碎，妳別放心上。」封景安生怕舒燕聽到了那些說辭後心裡不好受，只好無措且有些乾巴巴地試圖安慰。

舒燕好笑地湊到封景安面前，指著自己問：「你看我像是放在心上的樣子嗎？」

「妳沒放在心上就好。」那張臉突然湊得那麼近，封景安眉峰跳了跳，下意識地往後退了兩步，拉開自己跟舒燕之間的距離。

舒燕當沒看到，只笑意不變地接著道：「如果事事都放在心上，那我豈不得被氣死？你放心，耳朵長在我身上，聽不聽得進去是我的事。他們愛說啊，就讓他們說個夠，畢竟嘴長在他們身上，我也沒那麼大本事將他們的嘴縫起來是不？」

坦。」

封景安失笑。得，是他多慮了，以舒燕的性子，還真不會有多在意那些流言。

只要行事無愧，坦然在心，旁人如何說又有什麼影響呢？是他著相了。

「這幾日妳就先不要出門，雖說不在意他們說了什麼，但聽見了，心裡多少還是會不舒坦。」

「好呀！」舒燕應得痛快，半點都沒有勉強，正好她可以在家裡好好規劃一下今後。

齊球球的銀子是齊球球的，他們能借一時，卻不能借一世，賺錢是無論如何都要提上議程的。一旦封景安考中秀才，接下來還有的是需要用上銀子的地方呢，更別說若是封景安封官後，各處的打點需用了。

「景安你說，我能不能支個小攤子賣點別人沒吃過的吃食？」想來想去，舒燕還是覺得賣吃的最有可能盈利，畢竟是人就得吃飯，誰能抵擋得了從未見過的美食誘惑呢？

封景安是知道舒燕的手藝，自然也非常認真地在考慮可行性，等那些流言退去，應該能行。故而他答道：「妳想怎麼做就怎麼做，我不攔著。」

「這可是你說的，不許後悔！」舒燕眼睛一亮，她怕的就是封景安覺得她那般做會丟他的面子，既然封景安不會攔著，那事情就好辦了。

封景安眸底劃過一絲笑意。「不會後悔，妳放心。」

「那就這麼說定了，我去擬菜譜！」舒燕高興地轉了個圈圈，然後腳步輕快得像是一隻花蝴蝶似的飛走。

封景安就站在原地目送著她進屋，唇角掛著他自己都沒發現的笑意。從一開始的因為救她而娶，到如今，似乎是有什麼東西不太一樣了。

「怎麼笑得這麼蕩漾？景安我問你哦，你跟嫂子何時打算要個娃娃？」恰好看見封景安笑的齊球球突然好奇，忍不住湊到封景安的面前，露出一副非常想知道的樣子。

娃娃？封景安措不及防被嗆住了，猛地咳嗽了起來。

「你在問什麼問題？嗯？是不是你也想成家了？這個好辦，改日見到你爹，我替你說！」言罷，不給齊球球開口的機會，封景安抬腳就走。

背影瞧著有些落荒而逃的意味，轉眼間就在齊球球的視線中消失。

齊球球一臉懵。

不是，他那不是一個很普通的問題嗎？為什麼景安會是這樣的反應？景安的心，他不懂。罷了、罷了，看來他想當景安兒子的乾爹這件事情還得繼續往後延。

得益於白日齊球球的驚人一問，夜裡封景安非常榮幸地作了一個不可言說的夢，驚醒之後，整個人都傻了。

封景安扶額，他怎麼會作這種夢？一定是齊球球問得太過了！

翌日早晨，見封景安眼底似有青色，齊球球還毫無所覺地關心。「景安昨晚沒睡好嗎？怎麼看著很沒有精神的樣子？」

封景安涼涼地瞥了齊球球一眼，不是很想理他，要不是因為他問的那個問題，昨晚他至於因為那個夢而睡不好嗎？

「……景安你怎麼這麼看著我？」齊球球謹慎地往後退了幾步，總覺得景安看他的目光裡藏了危險。

封景安垂眸。「無事，吃你的早膳，今日不是要去學院？」

「啊！對，我差點忘了。」齊球球反應迅速地拿起自己的碗筷，吃了起來。

忘是不可能會忘的，只是他明智地選擇了順著封景安，畢竟直覺告訴他，再繼續下去會很危險。

然而，兩人並未能成功出門，因為秀才考的結果出來了。

兩人剛踏出大門，就見一行人動靜甚大的往他們這邊而來，領頭的衙役更是一見到兩人，眼睛就發亮。

這是，中了？

齊球球搓搓手，忍不住緊張地抬眸去看身邊的封景安，不想目光所及卻見封景安面色不改，好似根本就沒猜到前頭那些人的到來意味著什麼一般。他有心想問，但見那行人卻已經來到了近前，只能將疑問嚥了回去。

「請問這是封景安和齊球球所住的地方嗎？」前來道喜的衙役其實認得封景安和齊球球，這麼問只是例行的詢問，也是讓周遭的人都知道這成為了秀才的兩人到底叫什麼。

封景安也知此流程，自是配合地點頭回答。「正是。」

衙役不禁在心中大讚封景安鎮定，多少人在這一刻都緊張興奮非常，何曾有人像封景安這般從容？看看他身邊的小胖子，那副緊張又興奮的樣子，才是正常人該有的反應。

「幾位這是？」封景安左等右等等不來他們接著開口，只好自己出言詢問。

衙役這才回過神來，咧開嘴笑道：「恭喜你們，封景安、齊球球二人皆中了秀才。」

「中了，真中了？」齊球球怕自己聽錯，忍不住出言再次詢問。

衙役見多了這種反應，倒是不覺得意外，他笑呵呵地點頭肯定，並將手中證明秀才身分的木牌遞給兩人。

封景安和齊球球接過木牌，再鎮定的封景安在此時也忍不住喜上眉梢。

門外的動靜那麼大，小院裡的舒燕自然不可能不知道，她不僅知道封景安和齊球球都考中了秀才，還知道他們倆這會兒正高興，定然是想不起來應該要給來報喜的衙役賞錢。

只能她親自出面打點，誰讓她是眼下唯一還冷靜著的人了呢？

「來來來，收著收著，煩勞你們親自跑一趟了。」舒燕將小碎銀子一一塞到了衙役的手裡。

衙役掂了掂手上的碎銀子，笑意更深了。「不煩勞、不煩勞，這是我們該做的事情，沒什麼事，我們就先回了。」

「好嘞，您慢走。」舒燕擺出一副要送他們的架勢。

衙役們哪會讓她送，這指不定以後就是狀元娘子。故而，舒燕沒能送成衙役們，只好在衙役們離開後，轉身去張羅慶祝的菜譜。

秀才有了，舉人還會遠嗎？這必須得好好慶祝！

封景安也不攔著，任由舒燕準備，而他們則去州學走了一趟。

「妳剛才說了什麼，我沒聽清，請妳再說一遍。」舒燕冷著臉，這才哪兒到哪兒，就有人開始惦記封景安這塊肉了？

媒婆半點不怕舒燕的冷臉，當即重複道：「妳一個曾經出入過花樓的姑娘不配做封秀才的秀才娘子，要是妳為了封秀才好，就該自請下堂，給更合適的人騰位置。這城西蘇家的姑娘，琴棋書畫樣樣精通，最適合做封秀才的秀才娘子不過的了。」

「放屁！」舒燕忍無可忍指著媒婆鼻頭罵。「出入過花樓怎麼了？又沒吃妳家大米，那些個也出入花樓的男人，妳怎麼不去說他們不配家裡青青白白的正室夫人呢？」

「那怎麼能一樣？他們是男人！」

封景安怎麼也沒想到下學回來後，會讓自己聽到如此荒謬的交談，更沒想到舒燕會直接抄起擀麵杖，將人直接轟了出來。

「男人怎麼了？男人就可以區別而論嗎？他們誰不是女人生、女人養的？怎麼到了妳的嘴裡，他們就高人一等了呢？滾！」舒燕手舉著擀麵杖，冷臉斜睨著被她轟出來的媒婆，這要不是不想讓封景安這個新晉秀才惹上不好的言論，她非得將這媒婆的嘴撕了不可。

她沒注意到門外的封景安和齊球球，但措不及防就被趕出來的媒婆卻是第一時間注意到了封景安的存在。

媒婆眼睛一亮，當即挪到封景安的面前，義憤填膺地開口控訴。「封秀才，你都看到了吧，她拿著擀麵杖打人！她這般不講理，還阻止我給你說一門更好的親事，你可得好好管管。」

「管？」封景安譏嘲地上下打量了媒婆一眼。

她哪來的自信覺得他會站在她那邊，去指責舒燕？

媒婆敏銳地察覺到不對，可她還沒想到哪兒不對，就聽封景安開口。「我覺得她說得沒錯，並不需要我管，至於打人這件事，她沒有犯七出之條，妳卻來勸她自請下堂，不打妳難道打自己嗎？」

「她曾出入花樓，不就是不守婦道？」

媒婆下意識反駁，她覺得自己沒有說錯，但對面三人臉上的神色卻是如出一轍的一副「妳在胡說八道」的樣子，她突然就有些懷疑自己是不是作夢夢見的這事，實際上根本就沒有發生。

「慢走，不送。」封景安不覺得有必要跟媒婆過多解釋舒燕為什麼會曾經出入過花樓，只想讓礙眼的人儘快離開他的視線。

「告訴城西蘇家的姑娘，封景安的妻子只有舒燕一個，就別惦記了，找別人吧。」

媒婆傻眼。「不是，封秀才你真的不考慮考慮嗎？我跟你說，這城西蘇家那是頂頂好的人家，錯過可就沒有了呀！再者，又不是我一個人那麼說，是很多人都在說你夫人她出入花樓，不守婦道，可惜封秀才才高八斗卻娶了個那麼不甘寂寞的女子……」

「滾！再接著說，我撕了妳的嘴！」舒燕上一刻被封景安言語上的維護暖心，下一刻就被媒婆的臭嘴氣到了，立即黑臉直接強勢地用手裡的擀麵杖將媒婆推搡到門外。

在媒婆想繼續開口之前，大力地將院門當著她的面關了起來。

「呸！什麼東西！」

寧拆一座樓，也不壞一樁婚的道理都不懂，這媒婆的職業操守可不怎麼樣！要說她跟封景安之間的婚約有什麼問題，媒婆出於好心來規勸還好說，她跟封景安之間的婚約根本就半點問題都沒有，媒婆憑什麼對他們之間的婚約指手畫腳？

即便是要另娶，那也得封景安自己親口說，只要封景安有那個意思，她舒燕絕對不會死賴著不走。

第四十五章 後悔

「夫君，我的好夫君呀，這才秀才而已，便已經有人尋上門來為你重新做媒，我看你配我確實是委屈了，不如我把那二十兩還給你，你給我一張和離書，咱們分道揚鑣，各自安好怎麼樣？」

若只是閒言閒語也罷，媒婆居然跑上門來讓她自請下堂？

舒燕忍不住委屈，出入花樓又不是她願意的，若沒有那九指，她何至於為了保命跑進花樓裡？反正一開始跟封景安成親，也只是為了不讓封景安救了她姊弟二人，卻還要在背地裡讓人戳脊梁骨，現在只要封景安順著她的話說，他就可以擁有更優秀的妻子。

齊球球自覺眼下的場合，自己有點多餘，便悄然進自己屋，將空間留給他們。

封景安抬手按了按額角。「別胡說，什麼我配妳委屈了根本就是無稽之談，沒有妳，在鍾大嬸不願意再管我飯的時候，我早就餓死了。」

「哦，合著我就是一個可以做飯給你吃，讓你不至於餓死的廚娘唄～～」舒燕心裡莫名覺得悶，明明不該計較，可她就是想計較。「天下廚娘千千萬，我這個名聲不好的廚娘你還是別要了，另外找吧。我相信那媒婆嘴裡的城西蘇家姑娘，你若是娶了，她定然會帶來比我好的廚娘。」

封景安哭笑不得。那是廚娘的問題嗎？他哪句話把舒燕當成廚娘了？明明他想要表達的是沒有舒燕的照顧，他根本就無法安穩地活到現在。

「你那是什麼表情？」舒燕皺眉，她沒覺得自己說的有哪兒不對，本來有底蘊的姑娘家，出嫁時的陪嫁裡頭就有用慣了的廚娘、丫鬟啊之類的。

封景安先是伸手不容拒絕地將舒燕手裡拿著的擀麵杖奪了過來後，才直勾勾盯著舒燕道：「我本是覺得妳還小，又曾經一度被苛待，身子不如旁人，才一直沒與妳說圓房一事。現在，我突然覺得，唯有圓房才能表達我心裡到底是怎麼想的，擇日不如撞日，就今夜如何？」

「圓、圓房？」舒燕驚愕地瞪圓了雙眼，腳下更是忍不住後退了兩步，拉開自己跟封景安之間的距離，她懷疑自己聽錯了。「你別開玩笑，這一點兒都不好笑。」

不然好端端的，怎麼就扯上圓房這事了？

封景安搖頭，極為認真地否認。「我沒開玩笑，說的都是真的。」

真……真的?!不不不，圓房是不可能圓房的，至少不會是現在。

「那什麼，我、我突然想起來慶祝的吃食還沒處理好！」

言罷，舒燕不給封景安再度開口的機會，轉身就往廚房裡鑽，連在封景安手上的擀麵杖都不要了。

那副堪稱是落荒而逃的姿態惹得封景安眼裡滿是笑意，他還真以為她是真的什麼都不怕，原來不是不怕，只是還沒人提及這件事情罷了。畢竟從成親到現在，他們雖然都是睡在同一間房，但一直都是一個睡床上、一個睡地上，並未有任何親暱接觸。

不過雖然事是暫時壓下了，但外邊那些流言還是得想個法子澄清才行，不然諸如今日之事，還會再發生。

「燕兒，我出去一趟。」封景安思來想去，決定去找畢壽一趟。

舒燕耳根有些發熱，卻還是忍不住回頭問：「出去幹麼？」

難道，他突然覺得她剛才的話有理，所以要出門一趟，追上那還未走遠的媒婆不成？

「別亂想。」封景安一眼就看穿舒燕心中所想，儘管忍不住被氣笑了，但還是耐心解釋。「妳不是要替我慶祝考上了秀才嗎？我要出去請一請聞老。」

「原來是這樣，聞老是該請，畢大人那邊也去一趟吧。」舒燕不自在地移開目光。

咳，真不是她想亂想，只是沒忍住。誰讓這會兒，剛才那個媒婆還沒走遠，而封景安才剛回來沒多久就說要出去一趟，她相信不管是換了誰都會亂想的。

封景安沒跟舒燕計較，頷首應下舒燕的話後，便抬腳往外走。

如舒燕所想，媒婆確實是還沒走遠，封景安這會兒出門，走得快了些，就能在半道上跟媒婆擦肩而過。

媒婆發現封景安趕上來，還以為他是後悔方才那般對她說話，這會兒追上來是要跟她道歉的，因此她的腰桿子不自覺就挺直了。

在舒燕面前時裝得還挺像是那麼一回事，結果現在還不是……

封景安越過媒婆，看都沒看她一眼，恍若這條路上沒有媒婆這麼個人的存在。

道歉呢？表面一套背地裡一套呢？

媒婆瞠目結舌，只能看著封景安毫不留戀地離去。

一個時辰後，封景安領著聞子珩和畢壽回到小院，恰好這時舒燕將慶祝的吃食都已經做完，就差搬上桌了。

濃郁且勾人的味道飄遍了整個小院，三人剛踏進院門，就忍不住吸了吸鼻子，光是聞著這個味道，他們也知道那些還未見到的菜品，實際味道肯定差不到哪兒去。

「貴夫人的手藝可真好。」畢壽有些羨慕。

聞子珩儘管心裡認同，但面上卻是故作矜持。「只是味道聞起來不錯而已，還沒吃呢，你就先誇上了，小心把她吹上天下不來。」

「那聞老可以先嚐了，再誇也不遲。」一字不落聽見了的舒燕，故意端著紅燒肉從聞子珩眼前走過去。

聞子珩瞬間被舒燕手上那色澤通透的紅燒肉吸引去了全部的目光，下意識嚥了口水而不自知，偏舒燕還使壞，接下來每端出一道菜，她都要從他眼前過。

他秉著驕傲，菜沒上齊，人沒到齊，不可動筷，愣是硬生生忍了半刻鐘的時間，才等到舒燕將所有做好的菜品端上桌。

「多謝畢大人百忙之中來參加景安考上秀才的慶祝宴，宴不大，希望畢大人別嫌棄。」舒燕笑咪咪地舉杯敬畢壽，故意把聞子珩撂一邊。

宴小，他不也來了嗎？聞子珩這可就不樂意了。「嘿！妳這丫頭怎麼還厚此薄彼呢？」

舒燕無辜地眨了眨眼。「沒有呀，我這不是打算敬完畢大人，再敬聞老您嗎？哪兒厚此薄彼了？」

話是這麼說不錯，但他就是覺得不對，憑什麼畢壽要排在他前面？

「妳……」

「有人在家嗎？開個門！」

聞子珩話未完，就被門外突然傳來的敲門聲和女聲打斷了，他本就不樂意被舒燕撂一邊，這下更是直接黑了臉。

誰那麼不懂事在這個時候來敲門？

這個聲音，怎麼有點兒熟悉呢？舒燕表情一僵，不會是她所想的那個人吧？

「我去開門。」封景安看了舒燕一眼後，起身往院門走。

舒燕下意識抬腳想跟上，手就被一邊的舒盛拉住了，她下意識開口。「小盛你拉著我幹麼？鬆手。」

「我不，姊夫都已經去開門了，姊姊妳還去幹啥？嫌自己忙活得還不夠累是不是？」舒盛極為不解為什麼姊姊要跟上去。

舒燕一噎。她想跟上去，那還不是因為怕門外的人說了什麼不該說的，將封景安惹怒了嗎？

可是被舒盛一攔，這會兒顯然是已經來不及了。

封景安將門打開的瞬間，就跟門外已經準備好看好戲的羅晚沁照了面。

「怎麼開門的是你？」羅晚沁臉色一變，忍不住伸長了脖子，企圖越過封景安去找舒燕的身影，不是說有媒婆上門給封景安說親城西蘇家了嗎？

封景安這個城西蘇家的乘龍快婿，這會兒不應該是在城西蘇家？怎麼來開門的會是封景安？舒燕那個小丫頭呢？

「開門的是在下真是讓妳失望了。」封景安眸底飛快劃過一絲冷意，他還沒去找這個羅晚沁麻煩，她倒是自己送上門來了。

羅晚沁敏銳地從眼前人身上察覺到了冷意，腳下不自覺往後退了一步，失望是挺失望的，但比起失望，她更想知道這是怎麼回事？難道，她從一開始就想錯了？

「我是來找舒燕的。」

「她沒時間見妳。」封景安掃了眼躲在自己家中，卻一副豎長了耳朵企圖聽什麼的鄰居，眸底冷意更盛了幾分。「羅姑娘明知道燕兒並不是故意跑進妳的花樓，只是當時有人追著她，想要她的命，她才不得已跑進去，我們也明確拒絕了妳，妳現在還來幹麼？」

羅晚沁眼皮子不禁一跳，瞧這話說的，莫不是這封景安打算藉著她來澄清舒燕進入花樓一事？

「本姑娘不知道你在說什麼。」雖然她不確定封景安是不是在打這個主意，但這個時候她只要裝作什麼都不知道就好，還沒人能利用她澄清自己身上的污名。

反正三人成虎，只要他們不信，封景安就是藉著她為由說破了天也無濟於事。

封景安也不惱羅晚沁的裝傻，只道：「不知道沒關係，我已經跟畢大人商量好了，過幾日就會讓九指遊街。」

遊街幹麼？

除了讓九指當眾承認是他帶著人將舒燕逼進她的花樓，而不是舒燕自己主動進了花樓之外，羅晚沁根本想不到別的。不得不說，封景安這一招足夠高明。

「你面對城西蘇家的誘惑，真的就沒有一時半刻的動搖？」

屋子小，門口的對話眾人聽得一清二楚，聞子珩忍不住好奇地看向舒燕。

「什麼城西蘇家？」還有跟畢壽商量好了這事，封景安什麼時候跟畢壽商量過，他怎麼不知道？

「城西蘇家就是讓媒婆來向姊夫說親的，還說我姊姊配不上姊夫！」舒盛口快，他一早就對這個不滿。如今聽到有人問，想也不想地便將自己的不滿表達了出來，卻忘了那會兒媒婆上門來時，他是躲起來偷聽到的。

舒燕瞪了舒盛一眼。難怪那時候沒見舒盛有動靜，她還以為他出去了沒聽見，沒想到他根本就沒出去，居然還藏起來偷聽?!這小子什麼時候學壞了？

「竟還有這樣的事？這城西蘇家的名聲還不錯，怎麼明知道封景安已成親有妻子的情況下還找媒婆上門？」畢壽甚是驚訝，他命人調查出來的城西蘇家可不是這樣的。

舒燕無奈。「那媒婆就是那麼說的，至於真假，那我可就不知道了。」

不待幾人再接著說什麼，封景安那頭已經是毫不留情地將院門關了起來，轉身往回走。

見狀，舒燕眼露迷茫。

怎麼幾句話的工夫，封景安就關門了？方才她沒細聽，沒聽清楚他們後面說的話。感覺，羅晚沁不該是會這麼輕易就放封景安關門的性子才對。

「不是很重要的人，我都已經將人打發走了，開席吧。」封景安面色如常地在自己的位置上落坐，他不是沒看到舒燕眼底的迷茫，但說過的話他不想再重複。

就算是要重複，那也不是現在這個時候。

聞子珩眉峰一挑，心底的惡劣因子壓制不住的冒出來，封景安越是不想說的，他就越是想讓他說。「小子，門外那個人真的不重要？」

「當然。」封景安抬眸對上聞子珩的目光。「再不開席，菜該涼了。」

涼了，那再美味的佳餚，都將會失去它本該有的美味。

聞子珩在佳餚跟逗封景安之間，果斷地放棄封景安，世上千萬事，唯有美食不可辜負。

「咳，那就先吃。」反正吃完了也可再問，不耽誤什麼事。

畢壽忍不住笑了。「我還以為聞老你有多想知道呢，結果也不過如此。」

「說得好像你自己不想開席似的。」聞子珩沒好氣地白了畢壽一眼，旁人不知道，他還能不知道自己這個損友的臉皮下是什麼樣的人？

畢壽笑容僵了僵，有心想駁斥回去，又怕他們真吵起來，會在這些小輩面前暴露出更多不該暴露出來的事情，最後只能結束這個話題。

「是是是，你說得對。」

「哼！」他本來就對。聞子珩拿起筷子，率先挾起一塊紅燒肉送入嘴中。

嗯，這紅燒肉是真的不錯，味道和它的外觀一樣的好。

畢壽搖了搖頭，也拿起了筷子。

兩個輩分高的人已經動筷，其他人自然不用再拘束，尤其是一早就饞了的齊球球，更是狼吞虎嚥，不多時，桌面上的菜就下去了一大半。照趨勢來看，剩菜幾乎是不可能的。

舒燕身為掌廚者，得到這個結果自然是很開心，世上沒人會不希望自己的某一個長處得到他人的認可。

他們其樂融融，心情都不錯，相對的，被封景安撂下一句話就關在門外了的羅晚沁心情就不是那麼美妙了。

「城西蘇家於我而言，從來都不是誘惑，想要什麼我自己會去努力爭取，不必靠別人。羅姑娘，不是天底下的男人都是一個樣，妳該放下了，否則會給旁人帶來許多不必要的麻煩。」

「哼！」羅晚沁搖了搖頭，努力將封景安說的話搖出腦海外。

男人的嘴，永遠都是只會說好話，根本就不能信，封景安如今之所以能說出這樣的話來，純粹是因為不想自己長久以來建立起的形象崩塌罷了。

她倒要看看，封景安到底能將他如今這副面孔維持多久！

羅晚沁始終相信自己沒錯。

幾人用完膳，封景安自動起身收拾碗筷，而舒燕也沒動，一副早已經是習以為常了的樣子。

聞子珩意外地挑眉。「喲，你一大男人居然會收拾？」

「做飯的人不洗碗，聞老竟是沒聽過嗎？」封景安動作不停，這話是出自燕兒之口，聞子珩不知道很正常。

沒錯，他就是故意的。

聞子珩老臉一綠，偏偏他還沒來得及說什麼，封景安就已經端著碗筷快步走向了廚房，他一口氣堵在喉間上不去下不來，甭提有多難受了。

「何必去招惹他呢？」畢壽幸災樂禍，沒見他儘管也驚訝，卻什麼都沒說嗎？

聞子珩本就氣著呢，畢壽這幸災樂禍簡直是撞在了槍口上，讓他有理由、有機會將沒能發在封景安身上的氣撒出來。

他斜睨著畢壽，陰陽怪氣。「是啊，我為什麼要招惹呢？我可不不像有些人，精得跟隻狐狸似的！」

狐狸畢壽一噎。

這要不是在別人家裡，他能跟聞子珩掀桌信不信？拐著彎罵他狡猾也就罷了，竟還在言語間抬高了自己，哼！他要是狐狸，那他聞子珩就是豺狼！

第四十六章 如願

「封夫人妳來評評理，我跟他誰說得對？」畢壽突然將目光落到了正看戲的舒燕身上。

措不及防就被捲進去的舒燕怔了怔，反應過來後登時哭笑不得，這根本就是一道送命題，她選誰都不合適，只能試圖轉移話題。「二位今日最滿意哪道菜？」

「別轉移話題！」聞子珩惡狠狠地瞪了舒燕一眼，既然畢壽想讓舒燕評理，那不管說什麼，舒燕都必須要給出一個答案來。

「你們都有理，是我沒理，這就去代替封景安收拾。」行吧！惹不起，她躲還不行嗎？

聞子珩和畢壽沒來得及反對，舒燕已經幾個箭步鑽進廚房不見了蹤影，可想而知她到底是有多不想回答他們的問題。

「啊，小盛，你之前不是說想做只木蜻蜓嗎？走，我幫你做一只去！」齊球球趨吉避凶的本能極其強悍，說完不給小盛反對的機會，拽著他的手就走了。

於是，不過短短的工夫，就只剩下聞子珩和畢壽大眼瞪小眼了。

兩個加起來超過百歲了的人，即便只是大眼瞪小眼，也沒能堅持多久就紛紛敗下陣來。當然，聞子珩是絕對不會承認是自己先敗的。

「哼，都怪你，這下好了，人都走了，就把咱們倆扔在了這裡！」

畢壽扶額，真該叫京都那些人親自來看看，他們心中高攀不起的人如今到底是個什麼樣子？

「罷了，說正事，你來這裡，不只是替封景安考上秀才那麼簡單吧？」

「景安啊，你先前說要憑藉自己的本事成為老夫的學生，如今可還算數？」聞子珩直勾勾看著走出來的封景安，他來此一趟，當然不只是給封景安慶祝考上秀才那麼簡單。

更重要的是，收封景安為學生，這才是他真正的目的。

幸好，舒燕進了廚房沒多久，就將封景安趕出來招呼他們兩人，聞子珩便順勢開了頭。

畢壽看了看兩人，雖然他是有些意外，但仔細想想，倒是覺得此事不錯。「聞老這一問，是要主動收你為學生了，小子造化不小啊！」

儘管聞老現在是年紀越大，脾氣越古怪，但誰也不能否認他在京都之中的地位。

京都中的讀書人都對聞老有一種超然的尊敬，再加上他那兩個青出於藍的學生，可想而知，一旦封景安真的成為了聞子珩的學生，到了京都之後就會有什麼樣的待遇。

封景安對聞子珩的突然之問並不意外，畢竟他自信以自己的能力，絕對能讓聞子珩主動收他為學生。不過——

「我自是記得自己說過的話，只是今日匆忙，怕是不太適合拜您為師。」

「老夫有說現在就讓你拜師了嗎？」聞子珩臉色一黑。

這封景安說得好像是他很迫不及待讓他現在就拜師了似的！

「你當拜我為師是那麼隨便的嗎？沒有吉日吉時香案休想，老夫明明只是問你還記不記得自己說過的話！」

封景安給說得無語，只能無奈頷首。

聞老，你這樣非常容易失去看好的學生，真的。

「嘖嘖嘖，人家景安也沒說現在拜你為師，今日不合適的意思，可不就是說要挑個好日子？」畢壽暗笑。

那模樣，很有一種「我都聽明白了，你為什麼沒聽明白」的嘲笑意思。

聞子珩默然無語，抬手就往畢壽身上招呼，畢壽沒料到聞子珩會突然動手，反應不及給結結實實地挨了一記打，整個人登時就懵了。不是，為什麼突然就動手了？

「聞子珩，敢問您今年貴庚？」他如此合情合理的話哪兒說錯了？

「哼！」聞子珩按著畢壽又是一記打。居然敢暗諷他一把年紀了還像個孩子一樣？畢壽不討打，誰討？

封景安猶豫，這會兒他是不是該上前拉開兩人，勸一下架？

「啊！」畢壽吃痛，終於忍不住慘叫。

「怎麼了？怎麼了？」舒燕被慘叫聲驚動，忙不迭地從廚房中衝出來，以為發生了什麼，結果出來第一眼看到的是聞子珩按著畢壽在揍。

她懷疑自己的眼睛出問題了，不然畢壽明明比聞子珩年輕，為什麼會敵不過聞子珩，被聞子珩按著揍？

「你快鬆手！他們都還看著呢！」畢壽急了。他們這都多大了，還當著小輩的面互毆，不對，是聞子珩對他的單方面毆打，像什麼樣子？

聞子珩也覺得丟臉，但在鬆手之前還是給畢壽補了一拳，畢壽敢暗諷他，那就必須承受他的拳頭報復。

「你們有看到什麼嗎？」聞子珩將因著動手而有些發縐的衣袖撫平，直勾勾看著封景安和舒燕。

兩人下意識相視了一眼，立即識相地順著聞子珩的意思答。「剛才有發生什麼嗎？我們什麼都沒看到。」

「嗯，什麼都沒發生。」聞子珩滿意地頷首，要不是畢壽過於欠打了，他也不會當著他們的面朝畢壽動手。

畢壽雖然挨了一頓揍挺不開心，但他也不想此事傳出去，見封景安和舒燕如此識相地表態，他也就沒再說什麼。

左右這頓揍，他以後一定會從聞子珩的身上討回來——在沒有旁人在的時候。

「拜師一事非同小可，老夫回去讓人將好日子算出來以後，會派人來通知你，你把拜師所需的東西都先準備好。」聞子珩眸裡精光閃爍，似是已經看到了封景安拜自己為師的場面。

封景安對此沒有意見，乖巧地點頭答應下來。

「聞老你放心，景安拜師的東西，我定然會全都準備好，絕不會有任何東西漏掉！」舒燕頓時明白方才短短的時間裡發生了什麼，兩眼忍不住放光。

雖然封景安念書是很厲害，但能拜一個學識淵博的人為師，對他而言是非常有用的。

這些日子，她外出行走時也是有打聽過關於聞子珩的事情，所以她知道聞子珩看著儘管不太靠譜，但學識上的造詣遠超他人。

封景安拜他為師定然不會錯，再說他們一開始本來就也是奔著聞子珩來的，如今終於能拜師，也算是他們不虛此行了。

聞子珩不懷疑他們對拜師一事的重視，想了想，他應該是沒別的事了，便不再多留，告辭說：「沒事了，老夫先回了。」

「我送您。」封景安側身讓聞子珩先走。

聞子珩看都沒看畢壽一眼，徑直抬腳從封景安讓出的路先走，好似當此處沒有畢壽這個人的存在似的。

見狀，畢壽氣笑了，這個越活越回去的臭老頭子！

「畢大人……」

「我跟他一起走。」畢壽打斷舒燕後，抬腳追上了先走的聞子珩。

沒辦法，舒燕只好把本來想說的話嚥了回去，畢竟人都要走了，她總不能追上去，一定要把沒說出口的話說出來。

封景安將聞子珩和畢壽二人送走後，並不知道兩人還尋了個沒人的地方，特地打了一架。而且兩人都好面子，打架時自然都一致沒往對方臉上招呼，自然沒人知道這個祕密了。

兩天後，聞子珩派管家來通知封景安，後天是個適合拜師的日子，讓封景安將該準備的拜師禮都準備好。

畢壽的身分，讓他做這個拜師的見證人最合適不過，故而打歸打，聞子珩還是命人給畢壽遞了邀請他做封景安拜師的見證人。

拜師這天，封景安穿了舒燕特意讓成衣鋪子新做的衣裳，向聞子珩送上拜師禮，又敬了拜師茶後，在畢壽的見證下，正式成為聞子珩最小的學生。

他們都沒刻意瞞著拜師的消息，很快，整個合泰州就都知道了新晉秀才封景安成了聞老最小的學生。

有些人的心思登時就活泛了起來，畢竟聞子珩學生這個頭銜能帶來的好處那可是無法估量的……

城西蘇家本來因為封景安毫不猶豫地拒絕而憤怒，想著要給封景安使絆子，結果封景安拜師的消息一出，使絆子的心思登時就消了。

秀才封景安，以他們蘇家的能耐，自然是可以隨便給他使絆子，但聞老的學生封景安，他們動不得。不僅動不得，還必須想法子跟封景安處好關係。

按理來說這種情況，成為姻親才是最好的，可偏偏封景安已經成親了。

雖然娶的姑娘差了點，但名義上也是有夫人的了，誰樂意自家閨女嫁過去做小？

「再觀望觀望，我相信不只我們一家盯著封景安這塊肥肉。」蘇家當家的最終拍板先不動，畢竟他們是要跟封景安交好，不是結仇。

此事稍有不慎，那就是不死不休的結果，他們蘇家可承擔不起聞老的怒火。

封景安一躍成為閭子珩的學生，州學院裡的學生嫉妒的、羨慕的，能繞整個合泰州一圈，他們看封景安的目光都不一樣了。

甚至，有些急於得到往上爬機會的學生，頻頻往封景安眼前湊，話裡逢迎拍馬，就是想要得到機會，擾得封景安不勝其煩，差點發火。

許是發現了封景安臉色不好，他們方才訕訕地離開，不敢再招惹封景安，省得機會沒得到先把人得罪了。

封景安鬆了口氣。人總算是散去了，否則他都不知道會做出什麼事情來。

「封兄，原來你在這兒啊，可讓我一頓好找，還以為你沒來呢！」林陌玨一臉高興地走向封景安，可算是讓他找到人了。

走了一群，來了一個更不好打發的，封景安臉色變了變，想也不想地轉身就走，當沒聽見也沒看見林陌玨。

林陌玨眼睜睜看著封景安轉身就走，整個人瞬間就傻了，不是，封景安怎麼見他就走？

「哎，封景安，你等等！」

封景安擰眉，加快了步伐，等是不可能等的，誰知道等了之後，林陌玨會說出什麼話來？

見狀，林陌玨沒法子，只好自己加快了速度，追上封景安，張開雙手，將封景安攔了下來。「我在叫你，你沒聽見？」

「現在聽見了。」封景安抬手按了按額角。這都叫什麼事？

「林兄有何事？」

「恭喜你成為聞老的學生。」林陌玨眸光閃了閃，他該怎麼說，才能讓封景安答應他去赴宴呢？

伸手不打笑臉人，封景安儘管心中狐疑，但面上卻沒有表露出分毫來，甚至一心想走。

「謝謝林兄的恭賀，在下收到了，若無其他事，在下就先走了。」

言罷，不等林陌玨反應，繞過他就走。

林陌玨反應迅速地再度將封景安攔了下來。「我可沒說無事，封兄為何這麼急著走？莫不是封兄怕我會對你不利？」

「你想多了。」封景安無奈，他只是怕麻煩，並不怕林陌玨會對他不利。

這些日子，他也看得明白，林陌玨只是被宋子辰所矇騙，方才會與宋子辰深交，其人並不壞。

林陌玨這就不明白了。「既不是我所想的那般，那你為何這般急著走？」

「我有些疑問，想去藏書閣找答案。」封景安當然不能實話實說，就隨便胡謅了個聽起來還算合理的藉口。他急著去藏書閣總是沒錯的吧？

林陌玨當然不能說封景安不對，只能直接將自己的目的說出來，不再拐彎抹角，他算是看明白了，跟封景安拐彎抹角是沒用的。「我找你，是想邀請你去未名居，慶祝你成為了聞老的學生，不知你可否有時間？」

「沒有。」封景安拒絕得極為乾脆。他並不覺得拜了聞子珩為師有什麼好慶祝的，有那個慶祝的時間，他多寫幾篇策論不好嗎？

林陌玨臉色一僵，他怎麼也沒想到封景安會拒絕得這麼乾脆。

難道成為聞子珩的學生，在封景安眼裡是一點都不值得慶祝嗎？

「是沒有還是不想？」他不能理解封景安的拒絕，忍不住問。

封景安挑眉，不答反問。「沒有如何？不想又如何？」

「沒有就證明你對聞老收你為學生一點兒都不重視，不想就是眼裡沒有聞老，不覺得成為聞老學生有多好。」反正左右都是沒把聞老當回事，不然他出銀子幫忙慶祝，封景安為何要拒絕？

「林兄，恕我直言，口頭上的慶祝意義在哪兒？你覺得聞老會高興看到我去赴約嗎？」

封景安扶額，林陌玨想太多了，也不知道腦子是怎麼長的，他不去怎麼就是不重視了？

聞老的性子，要是知道封景安赴約，說不得要怪封景安不好好念書，反而藉著他的名頭到處交友。

「……抱歉，是我思慮不周，你就當我什麼都沒說。」他的本意是給封景安慶祝，可不是給封景安添麻煩。

封景安理所當然地點了點頭。「還望林兄以後不要再說慶祝一類的話，好好學習，爭取早日高中狀元。」

「封兄說得對，不知封兄在跟聞老學習時能否捎上我？你放心，我保證安分，不惹事。」林陌玨希冀無比地看著封景安。

既然不慶祝，那就直接道明自己的目的吧，彎來繞去也達不到目的。

封景安恍然，怪不得林陌玨這麼殷勤地想要給他慶祝，地點還是選在未名居。

「我無權過問老師給誰授課，你若能說服老師允你旁聽，我捎上你也無妨。」封景安斟酌再三，將決定權送到了聞子珩頭上。

林陌玨臉色又僵了。他要是能說服聞老，還至於來找封景安？

「封兄，你這是在為難我，我哪兒敢去說服聞老啊，怕是剛一照面，我還沒來得及說話就被聞老轟出來了。」

封景安抿唇不言。難道他提出那樣的要求來，就不是在為難他？

半晌沒得到封景安回應，林陌玨後知後覺地領會過來封景安那般說的含義，頓時面色訕訕。「……我不是要為難你的意思。」

「林兄心裡明白就好，在下先走了。」封景安頭也不回地往藏書閣走，沒再給林陌玨開口的機會。

幾日下來，面對各方的種種利誘，封景安都不為所動，漸漸的，眾人也就明白封景安不是那麼容易被收買的人。收買不了，那就只能放棄，畢竟他們總不能一直拿熱臉去貼封景安的冷屁股，達不到他們想要的不說，還丟臉。

少數看得開、明事理的，放棄也就放棄了，不會在背地裡傳封景安什麼，但多數能在合泰州學院裡念書的都是世家出來的，從小都是天之驕子，哪裡能忍封景安幾次三番的漠視？

很快，一些不怎麼好聽的流言就在學院裡發散了出來——封景安成為聞老學生以後目中無人，面對昔日同窗皆是不搭不理。

第四十七章　風起

「太氣人了，你什麼時候目中無人了？不就是不肯替他們在聞老面前引薦，他們至於在背地裡這麼詆毀你的聲譽嗎？」

齊球球越想越生氣，就忘了自己先前本來打算不讓封景安知道流言的決定。

封景安哭笑不得。「我都沒說什麼，你跟他們生什麼氣？嘴長在他們身上，愛說就讓他們說去。」

「……這話怎麼聽著有點熟悉呢？」齊球球眨了眨眼。哦，他想起來了，景安這話說得跟舒燕曾經說過的那句話意思差不多！

「嘖，真不愧是夫妻倆，說出口的話真有異曲同工之妙呢！」

封景安挑了挑眉，伸手將齊球球往他自己的位子上推了推。「有這閒心在意那些有的沒的，你還不如多看幾本書。上次我給你挑的書你看完了沒有？」

說到這個，齊球球瞬間孬了，灰溜溜回到自己的位子坐好，再隨手拿本書擋住自己，就景安給他挑的那些書，看完是不可能看完的。

十本兩指那麼厚的書，誰來看也看不完，他又不像景安可以一直不停地看。

封景安定睛一看，發現齊球球拿來擋臉的書正是他給他挑的十本書裡的其中一本，登時就忍不住氣笑了。

如果他沒記錯，這本書應該在他挑的那些書裡排第三，換言之，這麼久了，他要求齊球球看的書，齊球球方才看到第三本。可見這些日子裡，齊球球的大部分精力都放在那些流言上頭，沒用心去看他給他挑的那些書。

思及此，封景安看著齊球球的目光瞬間冷了冷。「七日之內你若是不把我給你挑的書看完，日後你就自己解決三餐。」

齊球球臉色一僵。什麼玩意兒？七日之內看不完不給他飯吃？

「不是，景安，你怎麼能這麼說？嫂子都沒不讓我吃飯！」

「我會跟她說的，正好她最近忙著賺銀子，少你一人吃飯，她可以輕鬆點兒。」封景安煞有介事，好似半點兒不覺得有什麼不對的模樣。

齊球球頓時急了，忙不迭從位子上竄起來。「不行不行，嫂子忙，我可以去幫忙，扣我吃食那不行！」

「看不完就自行解決，你嫂子她聽我的，沒得商量。」封景安不容置疑，且沒把齊球球的急切看在眼裡。

有他在，球球再急，也翻不了天。

胳膊肘擰不過大腿，別看齊球球胖，但封景安一瞪，加上先前那番話，他就心裡發毛，乖乖去把封景安挑給他的書看完。

舒燕說要擺個小攤子賣吃食，原沒有想過要跟未名居對上，奈何她做的東西味道太好，又多數百姓沒怎麼見過，意外的生意興隆，直接讓未名居的客人都少了。

幾天前，未名居的掌櫃就盯上了舒燕，試圖想要偷師。

然而即便是他讓人照著舒燕的做法去做，也完全沒辦法做出和舒燕做出來的味道一致，總覺得缺了點什麼。

舒燕不是沒注意到未名居掌櫃的鬼鬼祟祟，但只要他沒上前對她做出什麼來，她就當沒看見，反正他看他的，她賺她的錢，互不相礙。

無奈她能那麼心寬的想，不代表未名居的掌櫃也能如此想。

雖說嚴格意義上，舒燕的小攤子並不算是開在未名居對面，只是在斜側五十步的地方，但斜側五十步，那也架不住出自舒燕手中的東西樣式新穎又好吃，讓許多饕客心甘情願地多走這五十步。

未名居那麼大個酒樓，自從舒燕開始擺小攤子之後，客人就漸漸地少了半數之多，可想而知，他們要是不想法子解決，酒樓的生意必定會一落千丈。

掌櫃想盡了辦法偷師都沒能成功後，到底是按捺不住，主動湊到舒燕面前表明了自己的身分和來意。

「在下未名居掌櫃，有一筆生意想跟夫人談談，不知夫人可否賞臉一敘？」

舒燕早在自家小攤子的生意熱鬧起來時就料到了會有這麼一天，眼下倒是不覺得意外，只是有些為難，畢竟在這位未名居掌櫃湊上來之前，還有好幾個客人點的東西沒有做呢。

她總不能因著他一人，就晾著剩下在等著的客人不管。

「不是我不賞臉，掌櫃你也看到了，我這兒還有幾位客人在等著呢。」

掌櫃臉色瞬間難看了。「夫人這是不肯賞臉了？」

「哎，你這人是聽不懂人話嗎？都說還有客人在等著了，當然是等我給他們做完了再說其他的啊！」舒燕邊說邊做，動作極為麻利。

並且，她為了看起來衛生，還特意在臉上蒙了面紗，當然了，這種防口水飛濺的面紗，不是尋常姑娘家為了遮蓋容貌而戴的那種輕紗，而是厚布製成。

基本上戴上了以後，舒燕就只剩下一雙眼漏在外頭了。

見狀，掌櫃還想說什麼，可早就等著了的客人就不樂意了。

「先來後到，就算你是未名居掌櫃，也不能不講理地跑到我們這些先來的人面前啊。」

掌櫃一噎，話是這麼說不錯，但誰能跟他保證，舒燕解決了剩下的這幾個人之後，就真的會跟他離開，好生相商？

「煩勞讓讓，不要擋著客人取吃的。」舒燕很快將一碗色澤紅通通的麵食做好，抬手趕了趕。她這裡地方本來就不大，未名居掌櫃那麼大塊頭還杵在面前擋著，讓後頭的人怎麼拿吃的？

掌櫃倒是不想走，然而他不動，身後的人替他行動，不多時，他就被幾個本來在等著的客人推到了一邊。這便算了，他們還有意無意地擋在他前面，好似是在防著他上前去，影響了舒燕一般。

自從成了未名居的掌櫃，張淼就沒受過這樣的氣，他臉色青青白白變換了一通，卻礙於不好在眾人前將不滿發出，只能憤而拂袖離開。

等舒燕將剩下幾人點的東西做完抬頭，才發現未名居掌櫃已經不在原地，眸裡頓時爬上些許茫然。不是說等她忙完了再談嗎？

「夫人不必看了，張掌櫃已經回去，您不必再擔心張掌櫃繼續找您麻煩。」

她有擔心張掌櫃找她麻煩嗎？

「……諸位誤會了，張掌櫃不是來找我麻煩，只是想找我探討探討廚藝上的問題罷了。」

「夫人說得對，只是探討廚藝。」

眾人嘴上順著舒燕，可每一個人的臉上卻都寫著不信。他們認定了張淼的出現就是要找舒燕麻煩的，畢竟常去未名居酒樓的客人，如今多數都光臨了舒燕的小攤子。

有時候，他們吃著碗裡的，還想問舒燕何時置辦下一個鋪子，開成酒樓，他們就不用擔心舒燕什麼時候就不幹了，他們想吃都找不到人。

舒燕哭笑不得，卻也不好說什麼，誰讓未名居名氣過大，它的掌櫃屈尊降貴地來到她的小攤子面前，可不就是打著要對她怎麼樣的主意嗎？所以，也不能怪這些食客們不相信她說的話。

罷了罷了，等收攤了，她再親自去未名居找張掌櫃一趟吧。可不能真將人惹惱了，背地裡給她出什麼陰招來，她小本生意，禁不起任何陰招的算計。

兩個時辰過去，太陽西斜，攤子上也沒剩什麼人了，舒燕便開始著手收拾，等最後一位客人吃完，天色也擦黑了。

舒盛來接姊姊，卻被姊姊打發著先將東西拿回去，且不允許他有任何的反對，舒盛拗不過姊姊，只好先行將東西拿回去。

目送著舒盛走遠後，舒燕抬腳往未名居走。

盯梢的小二揉了揉眼，確定自己沒看錯後，忙不迭轉身往回跑，還一邊喊：「掌櫃的掌櫃的，人來了、人來了！」

聲音之大，確保只要不是耳聾和離得太遠的人都能聽見。

張淼一口氣差點上不來，眼前黑了黑。

他怎麼就養了這麼個缺心眼的小二？他這麼大嗓門一喊，可不就是明擺著告訴包括舒燕在內的所有聽到的人，他從回來後就一直在等著舒燕自己找過來？

「咦？人都快來了，掌櫃的，你的臉色為什麼突然就不好了？」

「你，現在，馬上，立刻，從我面前消失！不然你明日就不必來了！」張淼氣急敗壞地抬腿欲踹。

小二趕緊躲開，往遠處跑遠。儘管，他還是沒明白自己到底哪兒做錯了。

舒燕笑容滿面地登門，語氣平常地問：「張掌櫃的，先前您是要跟我談一筆什麼生意？」

見舒燕渾身上下都沒有半點撞破他人小心思的窘迫，要不是張淼非常確定小二的大嗓門一定讓舒燕聽進去了，他差點就信了她這好似什麼都沒聽到的模樣是真的。

「張掌櫃？」舒燕久等不來張淼開口，並且張淼還對著她冷笑連連，心中忍不住有些發毛。

張淼斂笑，冷眼斜睨著舒燕。「夫人方才可得意威風了，那些食客可都站在夫人那邊，與我這未名居抵抗呢。」

「抵抗？不不不，張掌櫃這你可就誤會了，他們只是為了他們自己還沒能入口的東西罷了。」舒燕失笑地搖頭，她可沒有這麼大的面子。食客們最在意的就是美味，自然是容不得旁人一星半點的耽擱阻撓。「但凡張掌櫃肯多等那麼一會兒，食客們定然不會站出來開口。」

「合著這還是我的錯了？」張淼眸光一沈。

舒燕想了想，點頭道：「是，不過這也不能怪你，畢竟你沒站在食客們的角度上考慮過。張掌櫃，你仔細想想，今日若是換成了我來你這未名居找你談生意，也是不等你招呼完食客就要你跟我走，你的食客們是不是也會像等著我的食客們反應一樣？」

這話準確地說到重點，張淼他能否認？不能。誰讓舒燕說的確實是這個道理呢？

見張淼不開口，舒燕眉頭一皺。「張掌櫃莫不是不認同這個說法？」

「那倒也不是，我只是意外於夫人的能說會道罷了。」張淼面上掛不住，索性轉換話題。「夫人能自行上門來，想必是已經做好了要與我合作的準備了。」

舒燕笑著搖頭更正。「錯！我來可不代表就一定答應與你們的合作，這還得看你們想要的合作是什麼，我不可能什麼都不知道就先將自己賣了。」

「夫人多慮了，我們之間的合作若是達成，那對夫人絕對是百利無一害。」張淼有一點點心虛，畢竟食譜是舒燕自創的。

不過，他們也沒說白拿，一定會給出一個跟食譜相對應的價格讓舒燕滿意的，怕就怕舒燕胃口大，想要一人憑著自創的食譜做出成績來。

舒燕其實並不是很相信張淼，商人無往不利，縱然有例外，那個例外也絕對不會出現在她頭上。

「空口的百利無一害誰都會說，具體還得看張掌櫃怎麼說，您說是不是？」舒燕挑眉。

「夫人說得是，既是如此，我就不跟夫人繞圈子直說了，我們未名居想買下夫人手裡自創的食譜。」張淼開門見山，讓舒燕沒有一點兒裝傻的餘地。

舒燕微瞇了瞇眼，反問道：「買下我手裡自創的食譜？不知張掌櫃能出到一個什麼樣的價格呢？」

「瞧夫人這話說的，好似我說了，夫人定然就滿意了似的，這食譜訂價，自然是您說了算。」張淼也精明，就是不透露出自己能給出的價格。

舒燕瞬間明白了張淼的打算，他不先亮出自己的底，而是讓她自己訂價，如此一來，他能給出的價格就能很靈活的上下浮動，也不會因為自己出的價高而虧了。

打算很不錯，可惜她並不想順著他的意思來走。

「張掌櫃，這個食譜呢，我一開始就沒打算要賣呢。」那是未來她要在這個世界立足的東西，怎麼可能允許他人一口將它買斷？

張淼臉色一沈。「妳不打算賣食譜，妳來幹麼？逗我玩嗎？」

「自然不是。」舒燕眸底飛快劃過一絲精明，她之所以會來，除了給未名居面子以外，還想將未名居當作跳板。「和張掌櫃想跟我談一筆生意一樣，我來也是想跟張掌櫃談一筆生意，這麼說吧，食譜我雖然不會賣，但我們可以合作。」

「這要怎麼合作？」張淼臉色更難看了幾分。

舒燕當作沒看到，笑著解釋道：「當然是我出食譜，未名居給我三成的分紅了。」

「妳簡直是異想天開！區區那幾樣東西，妳就想分我未名居三成的分紅？」張淼被氣笑了。「這做人，得有自知之明！」

這真的是他長這麼大，頭一次聽到這麼異想天開的事情。她怎麼不上天呢？

「誰說我就那幾樣東西？」舒燕可不覺得自己異想天開，她腦子裡的那些食譜要真的都拿出來，這裡識貨的就沒人能抵抗得了。

張淼還在對她瞪眼睛，她無奈只好解釋。

「張掌櫃，你觀察了我這麼久，想必對我做出來的那些東西已經有所瞭解，如果我告訴你，那些只是我腦子裡最為普通的東西，你還會覺得我提出這樣的要求，會是異想天開的嗎？」

張淼臉色變了變，光是那點東西就已經讓大部分食客趨之若鶩了，要真還有更好的，那他們未名居豈不是將還會失去更多的食客？不，不可能，這一定是舒燕為了提高價碼，故意這麼說的！

「空口無憑，我怎麼知道妳說的是真還是假，除非妳用實力證明。」

「既然提到了用實力證明，那我冒昧問一句，要是我真的證明了自己，張掌櫃真的可以做主允我未名居三成的分紅嗎？」舒燕眸光閃了閃。

一般像未名居這樣的地方，出現在人前的掌櫃不一定就是未名居實權的掌控者。

張淼還真無法做這個決定，一時間他都忍不住懷疑他們藏得那麼好的主子是不是什麼時候露出了馬腳，讓舒燕發現了他的身分。思來想去，他還是覺得這不可能，那麼舒燕是怎麼知道未名居能掌控實權的人不是他這個掌櫃？

「笑話，我怎麼可能會做不了這個決定？倒是妳，真的能證明自己還有別的好東西沒有拿出來嗎？」

「你猶豫了，沒有立即開口回答我，你在撒謊。」舒燕危險地瞇起雙眼。

這張淼怕不是要將她當成傻子糊弄？真當她看不出來，他剛才猶豫糾結了好一會兒嗎？

第四十八章　雲湧

張淼心中一慌，卻還強裝鎮定。「我怎麼就撒謊了？妳不要血口噴人！」

「我是不是血口噴人，你自己心裡有數，多說無益，若你們有誠意，那就讓你們真正能做主的人親自來找我。」

舒燕擺了擺手，轉身欲走。不想，轉身就看見了封景安站在未名居門口，也不知道什麼時候來的。舒燕驀地就有些心虛，怎麼封景安會找過來呢？

「咳，那什麼，你是有同窗約了你在未名居見面嗎？」

「不是，我是來接妳的，走吧。」封景安沒有深問的意思，上前幾步牽住舒燕的手，便往來時的路走。

張淼不知是出於什麼考慮，眼看著兩人攜手離開，沒有任何的阻攔。

兩人離了未名居範圍，周身仍是繞著沈默，舒燕心有不安，到底是先忍不住開口問：

「你難道就沒什麼想要問我的？」

「沒有。」封景安失笑，他什麼都沒說，舒燕倒是先自己忐忑上了，這麼看，她行事應該是有所分寸的才對。

「真的？」舒燕皺眉，她怎麼就這麼不信呢？

封景安斂笑答。「是真的，我可以什麼都不問妳，但妳行事時，一定要三思，這世上沒有什麼能比妳重要。妳即便是不想著我，也要想想小盛，他還小。」

「放心，我不會讓自己有危險的，我保證！」舒燕真誠地看著封景安，就差豎起三根手指發誓了。

封景安頷首。「妳心中有數就行，回去記得好好跟小盛談談，他很擔心妳。」

「那你擔心我嗎？」舒燕問完差點咬到自己的舌頭。

她問的這是什麼愚蠢問題？他要是不擔心，能親自來未名居接她？

「我隨便問問，你可以不用回答。」

封景安沒忍住，彎了眉眼。「這怎麼能不用回答呢？妳既然問了，那我當然得說。妳是我明媒正娶的媳婦兒，我怎麼可能不擔心妳？」

舒燕耳根發熱，兩眼飄忽著不敢跟封景安對視。真是奇怪了，明明就是一句很簡單的話，為什麼她卻覺得這麼羞恥呢？

「時辰不早了，我們快點走吧！」想不明白就逃避，舒燕反手握住封景安的手，加快了腳下的步伐。

封景安也不反抗，於是兩人的位置轉眼間就換了過來。

不多時，兩人回到小院，舒盛見到自家姊姊安然無恙，提著的心這才放了下去。

舒燕答應封景安的，便在睡前跟舒盛來了一場姊弟之間的談話，好說歹說，才打消了舒盛對她的擔心。

一夜好眠，翌日天亮，送走封景安和齊球球後，舒燕如往常一般準備出攤，唯一的不同，是這回她身後跟了一條小尾巴。

這條小尾巴舒盛，今天要跟著姊姊，確定姊姊昨夜裡跟他說的都是真話，不是為了讓他放心而隨口胡謅的。

姊弟倆到了固定位置就開始忙活了，當第一個食客上門，張淼也再次出現在了舒燕的面前。

「夫人，我們東家有請。」

舒燕挑眉，這麼快就東家有請了？看來未名居是真的對她手裡握有的菜譜很感興趣。

舒燕跟前來的食客道歉，便帶小盛跟在張淼的身後，去見張淼嘴裡的東家。

「怎麼是你?!」到了地方，舒燕萬萬沒想到見到的人居然是聞杭。

合泰州最為有名的酒樓背後的東家是聞杭。

沒錯，就是聞老的親孫子聞杭，說出去誰會信？

「張叔，你怎麼沒說提出那般要求來的人叫舒燕啊?!」聞杭從見到熟人的驚愕中回過神來，反射性地展開扇子擋住自己的臉。

他悔啊！怎麼就這麼輕易被好奇心所驅使，非要來瞧瞧敢跟他未名居提出那般喪心病狂要求來的人是不是長了三頭六臂呢？見他展扇擋臉，舒燕瞬間就明白過來聞杭這是並不想讓旁人知道自己經商，突然想到了什麼，她眼底飛快地劃過一抹詭譎。

「聞小少爺，別擋臉了，我都已經看見了，你便是再擋也沒意義了。嘖嘖嘖，沒想到啊沒想到，聞老的親孫子居然背地裡偷偷摸摸地經商呢，也不知道聞老若是知曉了，會是何種反應呢？」

聞杭心裡頓時一股氣悶。別以為妳陰陽怪氣的，我就聽不出來妳的威脅！

「張叔，帶著那小孩出去，本少爺要跟她好好談談！」聞杭咬牙切齒。

張淼儘管不放心，卻也無法反抗，只能抬手向舒盛招了招手，示意舒盛跟他出去。

「姊姊？」舒盛擰眉看著姊姊，他不想出去。

萬一他走了，這個絲毫不掩飾他對姊姊不善的男人對姊姊不利怎麼辦？

舒燕遞給舒盛一記安撫的眼神，頷首道：「去吧，到外面等我，很快。」

「好。」舒盛不情不願，臨走還不忘警告地瞪了聞杭一眼。

聞杭嗤笑了一聲。屁大點的孩子，那警告於他而言根本就沒半點用處。

等張淼把舒盛帶了出去，聞杭頓時先發制人，目光不善地問：「妳想怎麼樣？」

「簡單，你答應我的合作，我將未名居背後東家是你的事情，替你瞞住你爺爺。」他乾脆，舒燕也不拐彎抹角，一副「看我對你多好」的樣子。

聞杭差點讓舒燕這態度氣出血來，她這分明是拿此事來威脅他同意跟她合作，竟還好意思一副對他好的樣子！

「妳以為我爺爺會相信妳的鬼話嗎？別天真了，我爺爺不會相信妳的。」

「哦？既然你那麼自信，那我不介意走這一趟的。」言罷，舒燕作勢要走。

一旦讓舒燕將他經商的事情捅到爺爺面前，爺爺縱然一開始不會信，事後也定然會讓人查，屆時他就離玩完不遠了。

聞杭臉色陰沈地瞪著背對著他的舒燕。「站住！」

「唔，聞小少爺想清楚了？」舒燕本也沒打算去，只是嚇嚇聞杭罷了，一聽聞杭吭聲，當即就停下了腳步，回頭笑咪咪地看向聞杭。

聞杭差點將手裡的扇子捏碎。想清楚什麼想清楚？他想不清楚能行嗎？

「合作可以，三成分紅太多了。」如果不是因為被舒燕發現了身分，他連一成的分紅都不想給。

「我只要你三成的分紅，對你已經夠好了，若不是你這未名居的名氣有那麼點用，我還不屑來跟你合作呢。」舒燕挑眉。

她腦子裡的那些菜譜隨便一道菜單獨拎出來，都能為聞杭帶來不小的財富，三成分紅還少了呢！要早知道這未名居背後的東家是聞杭，她一開始提出的絕對不是這個數字，而是五五分。

「大言不慚！」聞杭氣得跳腳。要他這麼多分紅，還好意思嫌棄他？

「單憑張叔嘴裡告訴我的那些東西，妳覺得妳提出的要求合理？」

舒燕了然地頷首，她懂了。

「這兒的廚房不介意讓我借用一下吧？」不拿出點真本事來，這大少爺肯定不會信她的本事是真的。

聞杭儘管聞弦知雅意，但臉色依舊不太好看，不過倒也沒說不給舒燕借用廚房。

他倒要看看，舒燕能用他這兒的廚房做出什麼東西來！

半個時辰後，舒燕將新鮮出爐的水煮魚端到了聞杭的面前，並給了聞杭一雙筷子。「嚐嚐。」

「妳確定妳這不是想要謀害本少爺？」聞杭半信半疑地拿著筷子，他不管怎麼看，都覺得面前這道菜能要人命。

看那一層紅通通的辣椒，還有不斷鑽進鼻息間的辣香，不把人辣死了才怪！

舒燕沒生氣聞杭的質疑，只笑著挑釁。「聞小少爺不會是怕了，所以不敢嚐吧？」

「妳在說什麼胡話？本少爺會怕妳區區一道菜？」聞杭說完為了證明自己沒有怕，當即就拿著手上的筷子朝面前布了一層辣椒的魚挾，然後視死如歸地將魚肉送進了嘴裡。

聞杭本以為入口會被一股奇怪的味道充斥整張嘴，卻沒想到在嘴裡迸開的味道不僅不古怪，還挺好吃，新鮮的魚肉裹著辣椒獨有的辣，很下飯。這是一種他從未吃到過的味道，但他很肯定，這道菜定能讓那些好吃的食客都對之趨之若鶩。

大意了，剛說完舒燕的那點東西不值得他未名居三成的分紅，現在就被打臉了。

「好吃？」

「好……」聞杭下意識點了頭，下一瞬反應過來自己幹了什麼，臉色瞬間一黑，想也不想地矢口否認。「沒多好，也就是普通味道。」

舒燕信他才怪了，她老神自在地道：「哦，像這樣普通味道的菜餚我還有好幾十道。」

幾十……道？

聞杭心跳漏了半拍，下意識地在腦海中計算起這幾十道菜餚如果都上了桌，那將會給他帶來多大的利益。半晌——

「為了不讓妳壞本少爺的好事，本少爺姑且就勉為其難答應妳的合作條件吧。」

舒燕眼中帶笑，倒也不拆穿聞杭的彆扭，只向聞杭伸出了手，笑道：「那麼，合作愉快。」

「合作愉快。」聞杭奇怪地看著舒燕伸出來的手，合作愉快就合作愉快，她伸出一隻手來幹麼？

尷尬了……

舒燕儘量讓自己不尷尬地收回了手，當作方才什麼都沒發生。

聞杭是個執行力很強的人，跟舒燕達成合作共識後，當即就雷厲風行地讓人準備了起來，而舒燕也趁著一會兒地擺攤，將自己將要成為未名居廚子一員的事情告知了食客們，以後沒有什麼小攤，只會有未名居。

食客們雖然並不意外舒燕會進未名居，但他們好奇未名居到底是給了舒燕什麼好處。可惜，不管他們怎麼旁敲側擊，都沒能從舒燕的嘴裡問出一星半點他們想知道的東西。

三日後，未名居前期所有的準備就緒，開始正式推出全新的菜單，並且規定新菜單上的菜餚每日只提供六桌客人。

食客們想吃就提前預約，否則入未名居，在每日名額都已經給出去的情況下，只能點未名居別的菜餚。

如此新奇的方式引起了不少食客的躍躍欲試，畢竟他們都嚐過舒燕的手藝，舒燕入了未名居後，那拿出來的東西肯定是要比她自己在外面擺小攤時還要好的。

新規矩第一天試行，六桌名額就全都定了出去。

除了嚐過舒燕手藝的食客之外，之前認為舒燕的小攤子不乾淨而沒去吃過的食客則是抱著一種看好戲的心態。

舒燕也不在意那部分食客的心態，一件新鮮事物的出現，本來就需要一段讓旁人接受的時間。不過，她要不是確認聞杭是土生土長在這個時代的人，都要懷疑聞杭是不是跟她一樣，來自同一個地方了。

這種經營方式，可不是隨隨便便就能想得出來的，畢竟一個搞不好，惹惱了那些沒能訂到位置的食客，那是要出事的。

「妳發什麼呆？那六桌的菜餚妳做出來了嗎？」第一天試行新的經營方式，聞杭不放心，便戴了一頂帷帽，將自己從頭到腳遮得嚴嚴實實的來盯著。

結果卻讓他看到了舒燕望著虛空發呆，並沒有動手在做菜，氣得他帷帽下的臉色忍不住綠了綠。

舒燕聞聲回神，方才慢悠悠地轉身進廚房，反正聞杭那帷帽遮得嚴嚴實實的，她也看不到聞杭的臉色，就權當沒聽出聞杭語氣中的不好。

見狀，聞杭倒是想說舒燕，但轉念又怕自己開口會影響到舒燕，只能暫時將想說的話壓了回去，打算等舒燕忙完了再說。

聞杭沒跟進來叨叨，舒燕鬆了口氣，便開始乾脆俐落地幹活。

廚房裡還有未名居本來的廚子，那日舒燕小小地展露自己手藝時，這位是不在場的，故而不管旁人已經將舒燕的手藝吹出了花兒來，他就是不相信。

這會兒看舒燕終於要動手了，他當即停下了自己手上的活兒，直勾勾盯著舒燕，想看舒燕是不是真的像他們所說的那般厲害。

另一個世界的舒燕雖然沒有被人一直盯著的經歷，但也沒怯場，手上該怎麼做還是怎麼做。不多時，濃郁誘人的香味就從舒燕手上正在炒的菜餚中飄了出來，往每個人的鼻子裡鑽。

大廚臉色僵了僵，他跟廚房打了一輩子的交道，自然清楚能散發出味道這麼香的菜餚，味道絕對差不到哪兒去。

換言之，他們在他面前說的那些話都是真的，沒有一個字是弄虛作假。

舒燕動作迅速地出菜，店小二早就候著，自然也是第一時間迅速地將她做好的菜餚端了出去。

一個時辰，廚房裡所有人眼睜睜看著舒燕俐落地動作，從一開始的呆滯不敢置信，到最後的麻木不得不相信他們自己眼前看到的。

等舒燕將六桌菜餚悉數做完，一抬頭，就對上了一堆盯著她看的眼睛，她差點一口氣喘不上來，背過氣兒去。
誰一抬頭，就看到一堆盯著自己看的眼睛，都得嚇一跳。
「那什麼，你們的菜，糊了。」舒燕眉眼間有些為難，她本來是不想說的，但菜糊了的那種味道實在是讓人無法忽視。這要是不處理，味道飄到外頭，外頭的人說不得要以為他們未名居的後廚怎麼了。
眾人下意識垂眸看了眼自己手裡的鍋，入眼就是一片焦黑，這根本就不是糊了的問題，而是舒燕再晚一點開口，他們手裡的鍋直接就廢了的問題。
「快快快，水！」眾人反應過來，手忙腳亂地找水熄鍋。
場面一度慘不忍睹，他們顧不上舒燕，連舒燕不忍直視地退出了廚房都不知道。
聞杭急於想知道今日訂出去的六桌，食客們是什麼反應，在第一桌菜餚端出去時，他就已經悄悄去了前頭盯著，自然不知道後廚發生的事情。
還是他留在後廚以防萬一的小廝將事情告訴他，他才知曉的。但那時事情已經解決了，他便沒說什麼，繼續兩眼發亮地盯著特定的六桌。
只見，食客們一邊吃著一邊露出了滿意的笑容，可見他們對菜餚有多滿意。
穩了！今後的生意穩了！
他相信其他食客見到首批嘗試的食客是這樣的反應，明日乃至以後的六桌訂位一定能每日都訂出去。

第四十九章　買房

聞杭光是想想，就恍若看到了白花花的銀子源源不斷地進他口袋裡的場面，帷帽下的他笑得跟個傻子沒什麼區別。

小廝偏過頭，當作沒聽見東家發出的笑聲。

舒燕做完了自己該做的，就洗淨手、拍拍屁股打算離開未名居。不想，她才從後廚走出，就聽見了一陣喧鬧聲。

「每日六桌太少了，這第一天，合該是要不限制才對。」

「就是、就是，你們趕緊讓廚子再做出一模一樣的菜餚端出來。」

舒燕腳步一頓，眸底劃過茫然。這難道是，沒吃到的客人在鬧事？

「諸位若想吃，現在預訂明日的也不遲。」張淼抬手抹了把額上冒出來的冷汗，心慌得不行。

這些人如果半點不聽勸，那……

「不行，我們現在就要！」現在預訂明日的那哪能行？明日還是六桌名額，他們這麼多人，根本就不夠分，更何況，他們誰也不想往後排。

張淼臉色沈了沈，他不用想都知道，第一天若是壞了規矩，那往後這規矩，對這些食客可就半點威懾力都沒有了。

偏偏東家說了，客人是最重要的。他要不想想辦法解決了眼下的事情，這個末名居掌櫃，他就做到頭了。怎麼辦？

眾人被那六桌不斷傳來的香味勾得心癢，且那六桌的老熟人還吃得一個比一個香，這讓他們怎麼能忍？

見張淼不開口，他們登時更急了，七嘴八舌地催促。「趕緊的，你有這時間與我們掰扯，早就可以讓廚子將這些菜餚做出來了！」

張淼苦笑。「不是時間的問題，是真的不行。」

「這有什麼不行的？不就是……」

「掌櫃的沒說錯，這還真不行。」舒燕挑眉走出，她聽不下去了。「做這些菜餚的廚子，今日已完成今日量，諸位若還想吃，那就跟掌櫃的預訂。」

有道是，誰也不能在我下班時，丟本不該我做的東西給我做，耽擱我回家的時間。

「妳一個女娃娃知道什麼？一邊去別礙事。」有人不耐地瞪了舒燕一眼，瞪完了才發現舒燕有點眼熟。「妳……」

還不等他反應過來，就見小姑娘咧開嘴笑了笑，緊接著他就聽到。

「不巧，廚子就是本姑娘，要讓本姑娘再做，還真不能讓我一邊待著去。」舒燕頓了頓，接著又補充道：「不過，就算是你們讓本姑娘再做，那也是不可能的。這沒規矩不成方圓，諸位當是比小女子更懂得規矩的重要性吧？」

他們為了口吃的，不管旁人立下的規矩，要是傳了出去，讓家中後輩有樣學樣的話，那事可就大了。

眾人被美食充斥的腦子總算是清醒了些，沒有再叫囂著讓張淼安排他們必須要吃上新菜單上的菜餚。

張淼鬆一口氣，忍不住感激地看了舒燕一眼，看在今日她替他解決了麻煩，之前的過節，他就不繼續藏著不肯丟了。

舒燕擺了擺手沒在意，抬腳離開。

直至舒燕的身影在眾人視線中消失不見，眾人好似才恍然回過神來一般，立即朝著張淼湧了上去，你一言我一語地表示自己要訂明日的六桌名額。

張淼慌了一瞬，但很快就鎮定下來，根據記憶中先開口的幾位食客排序下來。沒被安排到的食客心中自然是不滿，奈何有舒燕的話在前頭鎮著，他們也不能說什麼，免得傳出去不好聽。

就這樣，張淼藉著舒燕那句話的餘威，順利地將這些有意向訂新菜單的食客按照先後順序安排了下去。

自這一日開始，舒燕過上了準時上班準時下班，薪水還不錯的幸福生活。

她一高興，新菜單上的新菜就會添上幾道，但凡是吃過新菜單上菜餚的食客，無一例外都對之念念不忘，即便每日限量，也仍是有很多人為了這一口美食等待著。

未名居的生意越發好，聞杭越開心數錢的同時想到這些錢還要分三成給舒燕，就覺得好心疼。

未名居的新規矩實行得很是順利，一個月下來，聞杭賺得盆缽皆滿的同時，舒燕也賺了不少。

手裡有了餘錢，舒燕就盤算著要不要在合泰買下一座小院來當家，也不用多好，就他們現在住的這個小院就挺好的。之前因為是租賃，舒燕都沒怎麼敢改動小院裡的東西，若將小院買下來，那就不一樣了。

小院成了她的，她喜歡怎麼改動，就能怎麼改動。

在另一個世界時，舒燕早就眼饞朋友們有能力買房子，裝修成自己想要的樣子已久，這會兒她自然是越想，越是心癢，最後忍不住去找封景安商量。

封景安聽完舒燕的意思，頓時驚詫地上下看了舒燕一眼，不太確定地問：「妳方才說，想要買下這座小院？」

「是，你覺得怎麼樣？」舒燕眼睛發亮。她很認真，真的。

封景安扶額。

難道是他想岔了？他知道舒燕跟未名居東家合作的事情，可這才短短一個月的時間，舒燕就起了要買下一處小院的心思，她有足夠的銀子嗎？

「你不願意？」遲遲等不來封景安回答，舒燕眼裡的光暗了下來。

見狀，封景安不得不搖頭解釋。「不是，我只是在想我們的銀子什麼時候足夠買下一處小院了。」

舒燕鬆了口氣。「我還以為你是真的不願意，原來是在煩惱這個。

「你放心，我打聽過價格了，如今跟未名居的合作，這一個月的時間裡賺到的銀子，足夠我們買下這個小院還有剩了。」

要不然她也不敢想買下小院這樣的事情，畢竟吃穿都要愁的情況下，買小院是不可能的，人首先要活著，才有資格去規劃未來。

封景安皺眉有些猶豫，他如今是秀才，以後若是高中，定然是會離開合泰，舒燕想要在合泰買下這處小院，怕是不太合適。不過，看舒燕的模樣，又很想買，這……

「你在猶豫什麼？」舒燕跟著皺眉。

她都已經這麼說了，為什麼封景安看起來還是一副猶豫的樣子？

封景安想了想，到底是張口將自己的擔心說了出來。

「以後我們不一定會一直留在合泰，花錢買下這處小院並不值得。」

舒燕沒想到封景安猶豫，竟是在擔心這個問題，當下沒忍住笑了，邊笑邊問道：「你怎麼會這麼想？就算我們以後不一定都留在合泰，可我們買下的小院一直在，都會是屬於我們的啊。哪日我們在外頭厭煩了，就可以回到這個地方來，這樣不好嗎？」

「這……」封景安一怔，然後笑道：「罷了，妳若是真喜歡，那就買下來，左右那都是妳自己賺到的銀子，妳想怎麼用都可以。」

小院會一直都在……他居然有些認同舒燕的說法。

「球球知道小院的主人在何處，妳去尋他說說。」

「好！」舒燕開開心心地轉身去找齊球球了。

齊球球聽了舒燕的來意，忍不住抬手掏了掏耳朵，問：「嫂子，妳確定妳的話沒說錯一個字？」

那些字分開他都知道，怎麼連起來後這麼難懂了呢？

「當然，我看起來像是會說錯的樣子嗎？」舒燕哭笑不得，她想要買下一處小院這件事情就那麼令人驚訝嗎？

別看她跟未名居才合作了一個月，但她每日的進帳可不小。

聞杭那個奸商，她後來再出的那些新菜，價格直接在原來的基礎上翻了兩倍。他賺更多，該到她手裡的分紅自然更多了，再加上最近沒什麼需要用到大銀子的地方，那些錢不就存下來了嗎？

齊球球確定了不是自己聽錯，也不是自己在作夢後，傻了。

當初他對景安說的是這處小院他花了銀子跟人租賃而來，可實際上這處小院的地契就在他的手裡。有時候租賃會惹來這樣那樣的問題，他想著他跟景安來合泰，是要安心讀書，不是來處理麻煩，是以看中這處小院的時候，他直接是掏錢買下來的。

本來是怕封景安知道了，心中會有負擔，他才沒說實話，結果舒燕現在說要見小院主人，跟主人商量著將這處小院買下來，短時間內，他上哪兒找出個小院主人來？

「球球？你想什麼這麼入神呢？喂！你看得到我還在嗎？」見齊球球保持同個樣子許久都不吭聲，舒燕沒辦法，只好抬手在齊球球面前晃了晃，試圖提醒。

齊球球瞬間回神，乾笑了幾聲，答。「沒想什麼，妳說妳要見小院主人是吧？沒問題，我這就讓人去找。」

事到如今也沒辦法，只能找個人來裝裝樣子。

「不過，當初租賃下這處小院時，主人家說要出一趟遠門，不知道現在回來了沒有，或許得等上幾日。」

「無妨，我也不是很急。」舒燕儘管有些失望，但也沒過於苛求，畢竟有這樣的事情也是無法預料的。

齊球球暗鬆了口氣。「那我先讓人去瞧瞧人回來了沒有。」

言罷，沒給舒燕再開口的機會，徑直抬腳就往外疾走。

舒燕只覺一陣風拂過臉頰，再定睛，眼前就不見了齊球球的身影。

不知道為什麼，她總覺得齊球球怪怪的，似乎有那麼點落荒而逃的意思？

舒燕搖了搖頭，轉身回屋，應該是她想太多了。

半個時辰後，齊球球把自己弄成灰頭土臉的樣子回來，告訴舒燕，小院主人家出遠門了，還未回來，大概還得有個三、五日的時間才回來。

舒燕失望卻也沒法子，只能按捺住心中焦急，耐心等著。

「哎喲！怎麼回事？我的肚子為什麼突然這麼疼？」

食客捂著肚子嚷嚷完，就倒地不起，就著捂住肚子的姿勢蜷縮而起，止不住地抽搐。沒一會兒，人就口吐白沫地暈厥了過去。

其他食客頓時就慌了。這這這，這怎麼回事？

熊力掀桌而起，大喝。「你們未名居的飯菜能吃死人，難道就沒人出來給我們一個說法嗎？」

眾人紛紛附和，張淼收到消息從後廚趕來，就見所有的食客都在聲討他們未名居，叫囂得最厲害的那個，腳邊上還躺了個渾身抽搐不停的男人。

很明顯，有人鬧事。

張淼臉色冷了冷，讓小二立刻去請大夫後，冷聲質問道：「人都已經倒地抽搐不停了，你們不先讓人去請大夫，卻都在這兒七嘴八舌地說我們未名居的飯菜有問題，你怕是來找麻煩的吧？」

眾人的聲討聲驀地一滯，他們後知後覺地意識到事情不對，立即目光不善地看向了熊力，一開始是這個人先叫開來，他們心慌，想要一個說法，才跟著一起喊了。

現在仔細一想，說不定這個人就是故意的，而他們則是成了他手裡的刀！

熊力臉色難看地瞪著張淼，怒斥。「胡說八道！明明是你們未名居的飯菜有問題，你們倒好，竟然倒打一耙，說我找麻煩，你們要不要臉？」

「哼！到底誰不要臉？你看看這未名居裡，除了閣下這桌，還有哪個客人出問題的？」張淼大手一揮，示意眾人看看自己有沒有問題。

是不是真的只有熊力這一桌出了問題。

眾人不約而同地皺眉，他們看了一圈，還真就熊力這一桌出了問題，這過於突出，那就不是偶然，而是刻意為之。

「我們一直在未名居用膳，從未出現過任何問題，熊力，你確定地上那個真的是吃了未名居的飯菜之後變成這副樣子的嗎？」

見眾人被張淼三言兩語就帶偏了立場，熊力頓時就急了。「我親眼所見，你們也見到了他是吃了這桌上的菜餚才突然倒了下去，怎麼就是我故意了？你們不要被他牽著鼻子走了！不然，日後倒下的若是你們中的誰，下場定然會跟今日他的下場一樣！」

眾人面面相覷，熊力說得也沒錯，他們的確是見這人吃了桌上菜餚後才一臉難受地倒下的。

「我們未名居所有食材都是最新鮮，且入廚房之前都驗過毒，絕對不可能是我們的菜有問題！」張淼身為掌櫃，每日都盯著食材的採買。

沒人比他更清楚，未名居的菜有多乾淨，所以絕對不可能是菜的問題。

「砰！」

熊力本來還想說什麼，卻被撞擊聲打斷，循聲而去便看到了地上的人唇邊不斷冒出的白沫突然變紅，臉色瞬間一白。「吐血了，開始吐血了！」

眾人立即往地上那人看去，入眼看到紅色的瞬間，臉色大變。

什麼？一開始吐白沫，現在開始吐血了，這到底是怎麼回事？

張淼心頭一跳，這出血了，事情可就不同了，一個處理不好，他們未名居可就要背上人命了。

「讓開讓開！」舒燕擠開擋在前頭的人，不管旁人如何看，徑直就將地上那人周邊的桌椅推開，騰出一個空間來任他抽搐。

熊力看不懂舒燕的動作，剛要出言質問，可舒燕卻沒給他這個機會，搶先開了口。

「他抽搐得這般厲害，牙關緊閉，碰了桌椅可不就要咬破自己的舌頭，弄出血來？」

「誰知道妳是不是胡說，想要為這未名居脫罪？」熊力被搶了話頭，頓時不善地斜睨著舒燕。「妳是這桌菜餚的掌廚者，當然不想讓自己背上毒死人的罪名！」

舒燕沒好氣地白了熊力一眼。「人還沒死呢，你這般說，等同於是咒他死。」

「妳！」熊力臉色一沈。「我只是實話實說，怎麼到了妳嘴裡就成了咒人死了？未名居大廚的本事，今日我可算是親眼見著了。」

舒燕收回目光，懶得繼續看熊力，轉而看向張淼問：「讓人去請大夫了嗎？」

「已經讓人去請了，這會兒應該是差不多要回來了。」張淼忙不迭地答，心中萬分慶幸自己第一時間就讓小二去請大夫。

舒燕放心了，抬手拍了拍，道：「這人身上應是有什麼隱疾，大家都別圍著，散開一些，不然離得近了，真有什麼事可就不只是訛上我們未名居這麼簡單了，你們也會被訛上。」

話落，未名居裡的食客不約而同地往後退了幾步，要不是因為地方就這麼點大，他們人又多，他們甚至想全都退到角落裡去。

第五十章　解決

熊力沒退，且看著舒燕，眼裡的不善更重了幾分。

「別以為妳嘴一張，說阿莊有隱疾，就能讓未名居擺脫飯菜有毒的事實！」

「這麼說，你是承認地上這個人真的有隱疾在身了？」舒燕眉峰一挑，這位的腦子似乎不太行？

熊力一怔，好半晌才明白她的意思，臉色變了變，矢口否認。「我什麼時候承認了？妳不要胡亂曲解我的意思！」

「不承認沒關係，等大夫來了一切就都真相大白了。」舒燕也不多跟熊力辯解，畢竟這種事情，只要大夫到了，他再怎麼否認都無濟於事。

除非地上這人的身子，真的什麼毛病都沒有。

「讓讓讓！大夫來了！」小二粗喘著撥開面前的人，讓身後跟著的大夫得以進未名居。

這大夫不是別人，正是柯老。

舒燕眼睛登時一亮，老熟人啊！那這事就好辦了，她不必擔心小二找來的大夫會是有心人一早就準備好的了。

「柯老來得正好，煩勞您看看地上這位，他到底是吃了我做的飯菜中毒了還是另有原因。」

柯有為知道事情輕重，沒說什麼，頷首便上前給地上仍在抽搐的人把脈。

這會兒離那人倒下也有一段時間了，他一開始的抽搐到了現在已經減弱了，儘管如此，這人嘴裡還是依舊發出一聲聲聽著就古怪的聲響。

合泰州無人不知柯老醫術卓絕的名聲，熊力本想說話，但當著柯老的面，他根本就不敢說出口。質疑整個合泰州最好的大夫，就算是借給他十個膽子，他也不敢，只能眼睜睜看著柯老幫阿莊把脈。

很快，柯老收回了手，打開隨身帶著的藥箱，從中取出了一個白瓷瓶，拿出一顆藥丸來。幸好現在阿莊的牙關已鬆，柯老順利地將藥丸塞了進去。

「師傅，水。」夏毅及時地將水送到柯有為手邊。

柯有為伸手嫻熟地接了水，動手餵給阿莊，可見夏毅平日裡沒少這麼做。

「人沒事。」柯有為收好藥箱，沒再看阿莊一眼。

舒燕鬆了一口氣，還好是真的沒事。

「不可能！阿莊都這樣了怎麼可能會沒事?!」熊力雖是不想得罪柯老，但他更不想白費力氣，於是在柯有為不善地看向他時，補充道：「不是懷疑柯老的意思，只是阿莊這般實在是太過於奇怪了。好端端的人進來，才吃了幾口菜就變成這個樣子了，柯老若是不能給出一個令人信服的解釋，怕是不能服眾。」

他這是要拉上所有人跟他一起質疑柯老，如此柯老若是生氣了，也不會只針對他一人。眾人即便清楚他們被利用了，也沒人出言說什麼，因為他們也想知道阿莊為什麼會這樣。畢竟，如果不證實阿莊這樣與未名居的飯菜無關，他們以後就無法安心的來未名居用膳。

見狀，柯老忍不住冷睨了熊力一眼。

熊力心頭一跳。他覺得柯老這一眼，像是已經看出了什麼似的，他是不是不應該開口？

沒等他想明白，就聽柯有為冷哼了一聲，道：「他為何好端端的進來，卻吃了幾口飯菜後變成這樣，你心裡真的不清楚？

「此人自小患有羊角風，不能濃茶與酒同食，桌上這道以鴨子為原材料做出來的菜餚裡放了大量的酒，他在來之前先飲用了大量的濃茶，來這兒之後，自然是剛吃幾口就犯羊角風。我說得可對？」

熊力沒想到柯有為能說得一字不差，頓時語塞，不知道該如何回答的好。

見他不言，眾人哪還有什麼不明白？

「好啊，原來你真的是來訛詐未名居，虧得我等還為你說話，真是一腔熱心餵了狗！」

「不是，不是這樣的！」熊力急了，一旦真的讓這事定了傳出去，他就無法做人了。

「什麼羊角風不能濃茶與酒同食，我不知道，我只是見阿莊突然那個樣子，才會懷疑是未名居的飯菜有問題。這事要是換成你們任何一個人，第一時間懷疑的肯定也是未名居的飯菜有問題不是嗎？」

「如果你一早就知道羊角風不能濃茶與酒同食，那結果就不一樣了。」舒燕不傻，相反，她很聰明，在熊力辯解時就將事情真正的來龍去脈猜了個八九不離十。

無意跟有意，那是兩碼事。

恰好這時，服下藥的阿莊醒了過來。

他發病時，是完全沒有意識的，但被柯老餵了藥後，抑住了羊角風的發作，他的意識就慢慢回來了，所以幾人說的話，他都聽進耳裡。也想起了跟熊力來未名居用膳之前，熊力還在他家裡泡了兩壺濃茶給他喝的事情。

原先他還想不明白熊力怎麼突然之間對他那麼大方，將他藏掖著的好茶泡給自己喝，敢情是為了方才那一齣啊！

「我真是看錯你的為人了。」阿莊慢慢地站了起來，眼底滿是對熊力的失望。

事主這樣的反應，不用多說，柯老和舒燕說的都是真的。

這個熊力一早就知道了怎麼讓阿莊的羊角風發作，故意讓阿莊事先喝了大量濃茶，又帶著阿莊來未名居，若不是柯老來，救醒了阿莊，他們這些人都要被蒙在鼓裡，真以為未名居的飯菜有毒了。

「黑！你的心是黑的吧？」否則怎麼能想出這樣的法子來呢？

那可是稍有不慎就要人命的事情啊！熊力是不是沒有良心？

熊力臉色慘白。「不是，不是這樣的，不是我，我沒這麼想，我只是，只是……」

「只是覺得未名居自從推出了新菜後，生意越發紅火，企圖想要從未名居裡摳出一些甜頭來，不勞而獲？」舒燕臉色冷了冷。她不是沒想過未名居生意太好，會引來旁人的算計，只是沒想到這個旁人不是同行，而是普通的食客。

熊力被說中了心思，臉上最後一絲血色也褪了下去，轉瞬間表演了什麼叫面無血色。

「今日一事是我們不對，我跟你們道歉，對不起，給你們添麻煩了。」阿莊深呼吸了一口氣，九十度彎腰道歉。

在他看來，熊力有錯，他這個不警惕的人同樣有錯，所以該道歉，大丈夫能屈能伸，錯了就要認。至於熊力怎麼樣，他不會管。

熊力白著臉已經不知道自己該怎麼做才好，只能順應本能，緊跟著也九十度彎腰道歉。「對不起，我不該動歪心思，不該一念之差，請你們原諒。」

「一句對不起就想揭過所有，世上哪兒有這麼便宜的事情？要不是被拆穿，我們未名居還不知道會落得個什麼樣的下場呢！」張淼的意思，是將兩人送官，讓他們好好長長記性。

舒燕沒說話，由著張淼安排，反正也不是什麼壞事，還可以震懾震懾背地裡盯著未名居的那些人。

阿莊與熊力自然不願意被送官，即便是要不了多少日子就能出來，但到底名聲不好聽。可，張淼不管他們的意願，愣是不容商量地讓小二把兩人送了官府。

事情解決了，柯有為沒急著走，反而帶著夏毅找了個空位坐了下去。

「老夫來得匆忙，還未用膳。」柯有為矜持地看了舒燕一眼。

舒燕頓時明白了，柯老想要插個隊。

「柯老稍等，我這就去做。」舒燕將招待柯老師徒的重任交給了張淼，自己則是轉身又進了廚房。

排隊中的食客紛紛向柯老投去了羨慕的目光，卻沒有一人不滿，畢竟人家柯老幫了未名居大忙。

很快，新鮮出爐的新菜端上桌。

柯有為當即迫不及待的動筷，終於吃到了心心念念的美食，他不用再等一個月後，不用再被聞老的幾番炫耀惹得羨慕不已了。

所謂的未名居飯菜毒倒了人，不過是眼紅未名居收益的食客，企圖想要分一杯羹，蓄意為之罷了，未名居的飯菜一點兒問題都沒有。消息傳了出去，人們除了唾棄那兩個食客之外，就是對未名居新推出的新菜單更加的好奇。

於是未名居每日六桌的名額，每日都沒有空下的，預約甚至排到了一個月之後。

生意好，張淼自是笑咧了嘴，哪兒還記得自己曾經跟舒燕起的那些不愉快？不僅是不記得，還恨不得將舒燕供起來。

這可是他們的財神爺！

可舒燕察覺張淼莫名對她熱情了許多，生怕張淼在背地裡使壞，打張淼對她的態度轉變後，她就躲著張淼走，堅決不給張淼使壞的機會。還決定再見到聞杭時，要將張淼的反常告知聞杭，讓聞杭管管。

如此過了四日，舒燕終於將小院主人等回來了。

「小院主人已經回來了，不過今日不見客，畢竟舟車勞頓的，他需要歇歇。」齊球球撒謊的時候，心都提到了嗓子眼，就怕舒燕從他的隻言片語中聽出什麼來。

他好不容易找到合適的人，還得將事情再跟那人多說說，省得見面時露出馬腳來。

好在，舒燕並沒有覺得哪兒不對，只是點點頭，道：「沒關係，主人家什麼時候有時間見了，再見也不遲，我不急。」

這種事情急也沒用，越急越給人不好的觀感，她可不想原本可以用一個合理價格買下小院，卻因為讓主人家有了不好的觀感，而價格上漲。

齊球球鬆了口氣。「行，那就跟主人家約明日商談。」

要不是怕拖久了引起舒燕的懷疑，齊球球其實更想把時間定在三日後，畢竟時間多一些，才能更好地讓他找來的人熟悉情況。

可惜，沒人一歇就要歇三天的，更何況這事關銀子，主人家只歇一天很合理。

「好，那就麻煩你了。」舒燕沒意見，只要最後的結果是她能將這處小院買下來，就是好的。

封景安突然看著齊球球開口。「明日我與燕兒一起。」

「景安你明日不是有事？有我在，你放心，絕對不會讓嫂子吃虧的。」齊球球心裡一抖，面上卻強裝鎮定。

景安怎麼突然開口說自己要跟著一起？莫非景安這就看出什麼來了？不可能啊……

「無事，你記錯了。」封景安淡淡地瞥了齊球球一眼。「還是說，你有什麼不可告人的祕密不想讓我知道，故而不想讓我跟著一起去？」

「你想多了，我怎麼可能會有事瞞著你呢？」齊球球乾笑了幾聲，矢口否認，就算那是事實，他也絕對不會承認的。「想去就一起，我這就去準備。」

言罷，沒給兩人反應的機會，徑直轉身就走。動作間，還力求讓自己看起來不可疑。

見狀，封景安眸光沈了沈，似是猜到了什麼，不過眼下他並沒有說什麼。反正事實是不是他所猜測的那般，明日見到人就知道了。

為了買下小院的事，舒燕特意跟未名居請了明日一天的假，打算就用一天的時間將小院的事情處理好。

翌日，小院主人在齊球球的帶領下，來到了小院。

小院主人長得不出眾，但勝在看起來憨厚老實，看起來就不是那種會騙人的。

封景安有那麼一瞬間懷疑自己是不是猜錯了，不過還沒開口說什麼，憑第一面就下定論有些早了。

「請坐，敢問怎麼稱呼？」封景安說著，給人倒了杯茶水。

雖不是什麼名貴茶，但王一雷還是受寵若驚地伸手，從封景安手裡接過了茶，心中的緊繃微鬆，覺得好像事情也沒雇主說得那麼可怕。

齊球球直覺不太好，卻又一時之間想不出哪兒不好。

不等他想明白，舒燕就開門見山地表明自己的目的。「相信球球已經跟您說過了，我想要將您這小院買下，價格好商量，您覺得如何？」

王一雷下意識地看了齊球球一眼。他沒告訴他一來就要開始了啊！現在他要怎麼說？直接將價格說出來嗎？會不會惹來他們的懷疑？

這一眼看得齊球球心中抓狂。

回答啊，看他幹麼？生怕別人不知道他是他雇來的是不是？一早不是都已經交代好了嗎？為何一開始就要崩了？

「球球，他真的是這小院的主人嗎？」封景安目光平靜地看著齊球球。

齊球球臉色僵了僵。「當然是真的，呵呵，景安你這是問的什麼廢話問題？」

「如果是真的，他為何不直接在燕兒那麼說之後報出價格，反而要去看你？」封景安忍不住抬手揉了揉泛疼的太陽穴。

「那是……」

「是什麼？你可別告訴我，他只是有些緊張。」封景安將齊球球所有的解釋全都堵住，放下手，直勾勾盯著齊球球。

舒燕看看封景安，又看看齊球球，頓時明白了什麼，忍不住瞪了齊球球一眼。

「別否認了，他要是真的，小院就是他的，他有什麼好緊張的？」

齊球球語塞。不是，就一眼而已，他們這就露餡了？虧他昨天還一直在跟王一雷強調，一定不要露怯，不要讓人看出來他不是小院主人，結果千叮嚀萬囑咐，還是一個照面就功虧一簣了。

「你們在說什麼啊，我怎麼都聽不懂呢？」齊球球眼神亂飄，試圖做最後的掙扎。

見狀，封景安更加確定了自己心中所想，眸底飛快地劃過一絲危險。「你早就將這小院買下來了是不是？」

「早就？」舒燕詫異地瞪圓雙眼。

齊球球臉色一垮，到底是沒能瞞住，他白折騰了。

「這兒沒你事了，走吧。」齊球球心累地擺了擺手，讓王一雷離開，他這千挑萬選的，怎麼就眼瞎選中了這麼個不頂用的傢伙呢？

王一雷知道自己壞事了，一聲都不敢吭，默默放下手中茶杯，安靜離開。

沒了外人，齊球球這才老老實實把事情的來龍去脈說了出來。

「我不是故意要瞞著你們，只是怕你們知道會覺得讓我破費了，心裡不舒坦。租賃來的小院難免會有些未知的麻煩，我尋思著我們是來學習的，不能被打擾，索性就直接將這小院買了下來。」

第五十一章 身分暴露

「也就是說，這小院的主人是你，你瞞得可真是嚴實。」

舒燕哭笑不得，早知如此，她直接把買下小院的銀子給齊球球，齊球球再把地契給她去衙門過戶，事不就成了嗎？結果繞了這麼大一圈。

齊球球小心翼翼地看了封景安一眼。「我這不是怕景安性子倔，知道了會反對，寧願帶著嫂子妳隨便找個地方住著，也不肯接受我的好意嗎？」

如果有別的更好的法子，他也不想撒謊啊！

封景安抿唇不言，忍不住開始自我反省，他以前是不是真的跟齊球球把所有的事情都分得太清楚了，才會讓齊球球費盡心思撒謊，好讓他心安地接受他的好意。

他不說話，齊球球心裡頓時更不安了，思來想去，最後忍不住試探地問：「這處小院當初是我用一百兩銀子買下來的，嫂子想要，原價買過去就好。景安，你意下如何？」

按原價出給他們已經是他的底線了，景安不能讓他漲價。

封景安也明白球球的堅持，不減價已經是球球怕他再生氣而沒那麼說，若讓球球提高價，球球怕是要跳腳。他心中糾結，不知道該做何決定好，索性將決定權交到了舒燕的手上。

「燕兒，妳覺得呢？」

舒燕當然是覺得能用低價買下這處小院是最好的了，但封景安肯定不會願意。如此一來，原價就是最好的選擇了。

「我沒意見，你呢？」

「隨妳。」封景安到底是沒能狠下心拒絕，只是答應下來之後，暗暗在心裡決定，要想辦法帶齊球球一起去聞子珩給他上的課。

齊球球行事大大咧咧，但悟性不差，假以時日，肯定能有一番作為，這是他目前能想到最好的報答方式了。

並不知道封景安心中打算的齊球球心中一喜，咧嘴笑道：「那就這麼說定了，這事揭過揭過，日後大家都不要再提了啊！」

「不提可以，只要你以後不再做同樣的事情就行。」舒燕不放心地瞪了齊球球一眼。「我們現在已經有足夠的銀子能過得很好了，懂嗎？」

「懂懂懂，放心。」齊球球眸底飛快劃過一絲狡黠。大不了以後他不瞞著，直接先斬後奏就是。

封景安沒看漏了齊球球眸底劃過的狡黠，知道以後齊球球肯定不會像他方才所言，登時忍不住開口警告。「先斬後奏也不行，但凡犯了，你可別怪我翻臉不認你這個朋友。」

「景安，你怎麼知道我在想什麼？」齊球球不敢置信地瞪圓了雙眼。他明明沒說，景安是怎麼知道的？

封景安沒好氣地白了齊球球一眼，反問道：「從你眼裡看出來的，你信嗎？」

「不信！」齊球球怎麼可能信，他堅信自己隱藏得極好，張嘴就要和封景安辯解，不想話還未出口就被突然響起的敲門聲打斷了。

舒燕當即起身去開門，不管門外敲門的人是誰，只要來了外人，齊球球跟封景安那頭就吵不起來，她可不想見他們辯個沒完。

舒燕開門見到人後，登時錯愕地瞪圓了雙眼。

「怎麼是你？」她萬萬沒想到，敲門的人竟會是閻宣霆。

閻宣霆朝著舒燕笑道：「好久不見。」

「門外的是誰？這聲音我怎麼聽著這麼耳熟呢？」齊球球被門外傳來的熟悉聲音所吸引，皺了皺眉。

舒燕回神請閻宣霆進院。「是閻公子，球球你朋友。」

「他可不是我的朋友！」齊球球整個人瞬間就不好了。「你怎麼找來的？我明明交代我爹，不許他將我們的行蹤告訴你的。」

閻宣霆笑意不減地對封景安頷首，末了才溫和地解釋。「齊公子想多了，不是令尊將你們的消息告知在下，而是在下恰好來合泰，聽到了關於封夫人的坊間傳聞，這才循著旁人的指點找過來罷了。」

「什麼坊間傳聞？」舒燕忍不住好奇，除了先前那些花樓的閒話，那些人在背地裡還說了她什麼，她是真不知道。

閻宣霆眸光一閃，挑著那些好話答道：「說封秀才的夫人可厲害了，不僅是成了未名居聞名的大廚，還日進斗金，封秀才有福了。」

舒燕翻了個白眼。他肯定是揀著好聽說了，沒把那些不好聽的說出來！

「閻公子說笑了，他們沒在背地裡罵我身為女人卻出去拋頭露面的賺錢，我就謝天謝地了。」舒燕失笑，那麼容易猜到的事情，她就不該張嘴問。

猜到了，會心塞。

閻宣霆擺了擺手。「此言差矣，誰說女人不能拋頭露面賺錢？能說出那樣話來的人，定然是自己比不上封夫人，心裡嫉妒的。」

「這個說法我喜歡，哈哈哈哈。」舒燕笑得眉眼彎彎，看閻宣霆越發順眼了。

封景安心尖尖上泛起了一絲不悅，卻沒在面上表露出分毫來，只語氣淡漠的插話。「不知閻公子特意尋上門來，有何用意？」

總不會是特意來舒燕面前，對她說出那些好話吧？

閻宣霆神色頓了頓，眼底飛快劃過一絲茫然。是他的錯覺嗎？為什麼他會從封景安這句沒什麼特別的問話裡聽出了些許的不悅？

「對啊，你來幹麼？」齊球球不善地盯著閻宣霆，打算閻宣霆要是說不出一個合理的理由來，他就立刻動手將閻宣霆轟出去。

閻宣霆暫且將疑惑壓下。「上次從封公子這裡收去的癭木作品很受歡迎，所以我這次來，是想跟封公子談一筆長久的生意。」

「不必了，他不需要。」封景安還未開口，舒燕先毫不猶豫地替封景安拒絕了。

在她看來，封景安那雙手是寫字用的，先前是迫不得已才讓封景安動手，如今他們銀錢足夠，為何還要動到封景安那雙手？

況且，封景安未來可是要考狀元。當官的人，不能跟商扯上關係，她還是明白的。不過要是這個時代對商人那麼苛刻，那她倒是沒意見，封景安想怎麼做都可以。

「封夫人不再考慮考慮嗎？」閻宣霆見封景安什麼都沒說，也沒反應，就知道舒燕所言是真的。這他就不明白了，能賺錢的手藝，為什麼說不要就不要了？

舒燕哭笑不得地搖頭。「不考慮，閻公子既是聽了坊間傳聞來的，那就該知道我們如今不缺銀子。不缺銀子，自然就不需要景安辛苦去做瓔木製品，閻公子這一趟算是白來了。我們景安的手，如今只拿來握筆，不握刀。」

「好吧。」閻宣霆無奈，他倒是把這事忘了，還把封景安當成是先前手頭拮据、掏不出銀子來的人看待。「封兄不再動手，是我的損失，不過，還是先祝封兄未來高中狀元。」

「承閻公子吉言。」封景安漫不經心，作勢要送客。不料，也不知道是不是閻宣霆看出了他的打算，他送客的話還未出口，就先聽見閻宣霆換了話題。

「既然封兄不再動手，那在下跟封夫人合作吧，剛好我一直都對酒樓經營很感興趣。」

封景安愣了。他不動手，閻宣霆扭頭就要找舒燕合作，這是商人的狡詐本性？還是其實這才是閻宣霆真正的目的？想來也是，閻宣霆聽了坊間關於舒燕的傳聞找上門來的，看似目的在他，實則是在舒燕身上也沒什麼好奇怪的？

封景安眸光一沈。「不行，不合適。」

「哪兒不行？哪兒不合適？」閻宣霆詫異。這夫妻倆是怎麼回事？一個替一個拒絕的，他是來做生意的，怎麼那麼讓人嫌棄？

封景安抿唇看著舒燕不說話，舒燕不自在地抬手摸了摸鼻尖，不知道是不是錯覺，她總覺得封景安是想讓她給閻宣霆解釋。

換言之，就是封景安隨口那麼說了，他不知道該怎麼解釋。

「我已經答應了未名居東家的合作，我們合作得也很愉快，我並不打算挪窩，所以跟你合作不合適。」舒燕試探地開口，待看到封景安表情沒任何異樣，才敢確定自己猜得沒錯。

閻宣霆臉色僵了僵，這先來後到的道理，他行商多年，還是明白的。

但是，如果他早知道舒燕還有這麼一門好手藝，當初他就不只是將封景安做的癭木製品買下而已了，他一定會好好不留餘力地說服舒燕跟他合作開一家酒樓！

「球球啊，你若早跟我說，封夫人還有這麼好的手藝，我也不至於來遲一步了。」閻宣霆到底是不甘就這麼放棄，當即忍不住幽怨地瞪了齊球球一眼。但凡當初齊球球跟他說一聲舒燕的本事，如今就不是現在這個結果了。

齊球球無辜地眨了眨眼。「不是你沒問嗎？怎麼就成了我沒說了？」

當初他一門心思就是想幫封景安，哪裡想得起來舒燕的廚藝也能開酒樓賺錢？再說了，就算是那時候想到，他根本不可能會提，畢竟女人做生意，很容易讓人背地裡說舒燕的閒話。

他可沒那麼大的本事，能預料到今時今日，舒燕自己闖出了一片天地。

閻宣霆扶額。算了算了，這會兒跟齊球球計較這個，沒有半點意義。

「真的不能再商量商量？」他來到合泰後聽到的那些關於舒燕跟未名居合作後，未名居的進帳就忍不住眼紅。

舒燕搖頭拒絕。「不能。」

「可惜了。」閻宣霆知道自己這是徹底沒希望了，才冒出的心思不得不自己動手掐滅。

舒燕眸底劃過一抹狡黠。「不過，我可以跟你合作別的。」

「哦？」閻宣霆意外地挑眉，頓時重拾希望，眼睛發亮地盯著舒燕問：「封夫人難道不只有一手好廚藝，還有別的不成？」

「自然。」舒燕驕傲地點頭，下一刻，就察覺封景安的目光鎖定了自己。舒燕似是想到了什麼，臉色忍不住一僵。

糟糕！小元村舒燕是一個父母雙亡之後，只能帶著弟弟在親戚家小心翼翼討生活的普通女孩，她廚藝好，還可以推說是這些年在親戚的折磨下練出來的。這要是拿出製香的手藝來，她要怎麼解釋？

「是什麼？快說說！」閻宣霆沈浸在自己還有機會的希望裡，沒發現氣氛變奇怪了。

舒燕笑得勉強，試圖挽救。「啊？沒什麼，我跟你開玩笑的，呵呵。」

「開玩笑？這種事情怎能開玩笑呢？」閻宣霆眉頭一皺，沒機會合作了就不要給他希望，給了希望之後又說是開玩笑的，這不是招人恨嗎？

舒燕頂著封景安的目光進退兩難，她既是想把自己會的都拿出來賺錢，讓他們的生活過得更好，又不願將祕密攤開，告訴封景安。

她不開口，本就奇怪的氣氛頓時更加奇怪了。

閻宣霆終於後知後覺地察覺到氣氛的不對，一時間看看這個又看看那個，不知道該說什麼好。

「走走走，我有事跟你說！」齊球球伸手抓住閻宣霆的手，不給他掙扎反抗的機會，就將人拽了出去。

出門後，還不忘動手將屋門關上，給封景安兩人單獨說話的空間。

「你能有什麼事要跟我說？」

「反正就是有事，你跟我走就是了，話那麼多幹麼？」

舒燕心虛地挪了挪。「沒什麼事，我、我先出去了。」

「站住。」封景安直勾勾地盯著舒燕，將她臉上的心虛盡收眼底，雙手藏在袖內緊握著，臉色再度沈了沈。「妳沒什麼要解釋的嗎？」

舒燕不得不停下腳步，腦筋急轉，想著她應該怎麼狡辯，才能讓封景安相信自己就是舒燕，而不是外來者奪了舒燕這身軀殼。

「別想了，無論妳怎麼狡辯，我都不會信的。」封景安一言掐斷舒燕還想狡辯的心思，朝舒燕逼近了一步。「妳不是舒燕，告訴我，妳是誰？」

她是誰？她既是舒燕又不是舒燕，這要怎麼跟封景安解釋？

舒燕頭疼無比，一時間不知道怎麼開口比較合適，難道要她說她也叫舒燕，不過不是這個身體原本的舒燕？怕是剛一開口說出實情，封景安就得認為她瘋了吧？

許久後，舒燕無辜地眨了眨眼，不答反問。「你怎麼會這麼問呢？我就是如假包換的舒燕啊。」

「妳不是，舒燕根本就不會那麼多東西。」封景安眼底的沈色更濃郁了幾分。

他不是沒有懷疑過舒燕，但那時候他說服了自己，舒燕之所以會那麼多東西，是因為父母雙亡之後，她想要帶著弟弟活下去才學會的。可到了現在，他再也沒辦法說服自己相信眼前人真的就是舒燕。

儘管舒燕還未將另一個可以賺錢的手藝說出，但他心裡已經非常明白，不管是什麼，都代表了舒燕不簡單，而這不簡單的舒燕，根本不可能是那個小元村的舒燕。

舒燕再次語塞，封景安說得沒錯，原主的確是不會這些東西，而她會的，隨便拿出一樣，都會讓所有人驚愕。

要是解釋不清楚，懷疑就會一直在，更何況封景安那麼聰明的人，她一開始能瞞得住，往後肯定是不能繼續瞞著的。與其一直瞞著，她做什麼都束手束腳，倒不如趁著眼下這個機會將一切都坦白，封景安若是相信了，那結果就是好的。

若是不信……那也無妨，讓封景安給她一封休書，休了她便是！

思及此，舒燕心一狠，張口承認道：「你說得沒錯，舒燕的確是不會，我也確實不是舒燕，但也是舒燕。」

「什麼意思？」封景安不解地皺眉。

這話語裡的每一個字分開，他都能懂，可合在一起後，他怎麼覺得自己不懂了呢？是就是，怎麼說不是，但也是呢？

舒燕反應過來自己說得有點奇怪，趕忙解釋。「我的意思是我不是原來的舒燕，但我也叫舒燕。原來的舒燕早就在舒勇一家的搓磨之下沒了命，我剛過來沒多久就遇上了他們要賣了舒燕替舒大壯還賭債，接下來的事情你也都知道了。」

舒燕看著封景安，說出最後的重點。

「說得更簡單一點，就是這軀殼是原來舒燕，魂不是，你懂了嗎？」

第五十二章 製香

封景安悄悄鬆開緊緊攥起的拳頭。

他聽懂了，懂得不能再懂了。她的意思是，從兩人真正有交集起，她就一直是她，沒有原來舒燕的任何事。讓他心動的，一直都是她，不是別人。

「你怎麼不說話？莫不是被這樣天方夜譚的事情嚇住了？」久等不來封景安的反應，舒燕強忍住心中不安，抬手在封景安眼前晃了晃，試圖引起封景安的反應。

封景安抬手抓住在自己眼前亂晃的手，一個用力，將人拉到了自己懷裡。

「你……」舒燕詫異，沒想到封景安會這麼突然地拉她，腳下不穩，直直往封景安懷裡跌了進去，未完的話頓時戛然而止。

封景安抱著舒燕，力道不大不小，剛好是讓舒燕無法隨意掙脫的程度，他斟酌了半晌，方才帶著小心開口問：「原來的舒燕沒了，妳從何處來？日後會不會突然離開？」

「我從另一個跟這裡完全不同的地方來，至於日後會不會突然離開這個問題，你問我，我也不知道。」舒燕老老實實地搖頭。本來她來到這個地方就是莫名其妙來的，誰也不知道未來會不會有一天她莫名其妙地又回去了。

封景安頓時整個人都不好了，事情存在了不確定性，那就意味著他的擔心並不是沒有意義。萬一哪天，舒燕不知不覺地離開了，留下他一人怎麼辦？

「有沒有一種法子，能讓妳一直都留在這裡不走？」封景安鬆開舒燕，垂眸認真無比地看著她。

舒燕一愣，他好像是認真的？可，為什麼？

「你，為什麼想要將我留在這裡不走？」舒燕心裡想到了一個有些荒謬的可能，答案幾乎是呼之欲出，她卻不太敢信。

見她一臉不開竅，封景安氣不過，想也不想地低頭，張嘴一口咬在了舒燕的脖頸上，反問道：「妳覺得是為什麼？」

難道他平日裡那些表現就那麼不明顯，讓舒燕到至今都沒能看明白他對她的心意嗎？

舒燕吃痛地「嘶」了一聲，想也不想地抬手將封景安推開，不滿地瞪了封景安一眼。

「為什麼咬我？你屬狗的不成？」

「妳還未回答我。」封景安瞥了眼自己方才咬過的地方，眸光暗了暗，不知道想到了什麼。

舒燕呼吸一滯，訥訥出不了聲。

這讓她怎麼回答？說他喜歡她？萬一若不是，她在封景安眼裡豈不就要變成自戀狂了？

「我不知道。」

「不知道？我以為我表現得足夠明顯了。」封景安沒想到自己的猜測會成真，登時忍不住頭疼地扶額，他的表現難道真的就那麼失敗？這麼久了，舒燕竟還對他的心意一無所知？

明明他希望洞房的話也說出口過了，莫非舒燕聽了還是覺得他是跟她開玩笑的不成？

舒燕難以置信地瞪圓了雙眼，封景安這話是她所理解的那個意思嗎？

「你、你認真的？」舒燕不知道為什麼，突然想起了封景安曾送給她的木簪，心頭一熱。或許，也許，就是她所理解的意思？

封景安再度將舒燕抱進了懷裡，低頭吻上了自己心想已久的唇，直接用行動告訴舒燕他到底是不是認真的。

「唔?!」舒燕瞪圓了雙眼，傻了。

封景安在幹啥？等等，她這是被吻了？

封景安發現舒燕沒了反應，好似連呼吸都忘了，只好退開，無奈道：「呼吸，妳難道想把自己憋死嗎？」

「呃……」舒燕恍惚回神，方才發現自己呼吸不足，立即貪婪地呼吸。

太可怕了，這事，跟作夢似的。

舒燕下意識地掐了自己大腿一把，瞬間疼痛湧上來，直把她疼得兩眼一酸，差點掉淚。

疼的！一切的一切，都不是作夢！

半個時辰後，舒燕重新見到了閻宣霆。

儘管她努力裝作自己無事的樣子，但她微微泛紅的雙耳卻洩漏了，在沒有他們在的那段時間裡，她跟封景安發生了什麼。

不過，這畢竟是人家夫妻倆之間的事情，他一介外人不好多嘴說什麼，閻宣霆很快讓自己無視舒燕的不對，轉到自己最為關心的事情上。

「方才妳說妳還有別的賺錢法子，到底是真的還是開玩笑？」

「咳，這個，你想它是真的，它就可以是真的。」舒燕有些尷尬，畢竟自己剛才為了不讓封景安懷疑否認了，這會兒若是輕易再推翻，只怕是無法說服閻宣霆。

閻宣霆擰眉不解。「什麼叫我想它是真的，它就可以是真的？

「妳什麼意思？說清楚點。」

「意思就是，我這個賺錢的法子呢，需要閻公子提供所需的一切材料，我只負責動手做。」舒燕面色訕訕，要不是她空有製香的手藝，而沒有能力將製香所需的東西準備好，一開始她就用這個手藝賺錢了。

閻宣霆更加不解了。「什麼法子竟是需要我來提供材料？」

如此一來，他承擔的風險豈不是更大了嗎？這分明是一不小心，就賠本的買賣。

「製香。」舒燕看出閻宣霆眼底的憂色，也不意外，這事說起來，確實是不那麼能讓人相信。

「閻公子走南闖北，應該比我清楚，香料對女人的吸引力，而我能做出這天底下獨一無二的香料來，就看閻公子是否願意相信我了。」

閻宣霆絲毫不掩飾自己的詫異，甚至懷疑自己是不是聽錯了，他剛才聽到了什麼東西？舒燕說她會製香？不僅如此，她還說她可以做出這世上獨一無二的香料來？

「妳不是自小長在小元村？我聽說在此之前，妳在小元村處境艱難，說是差點活不下去也不為過，妳怎麼會製香這門手藝？」

舒燕臉色僵了僵，一時間不知道該怎麼開口。

「自小在小元村不可能會製香，也沒誰說出來後不能學。」封景安淡淡地瞥了閻宣霆一眼。

舒燕眼睛一亮，有了封景安遞來的梯子，她立即順著往下走，胡扯道：「就是，我來到合泰之後，拜了一位製香高手為師。」

「是這樣嗎？可為什麼我沒聽說過？」閻宣霆不好說自己來之前特意去打聽了他們的消息，只能含糊過去。

封景安面色不改。「你沒聽說過不代表沒有。」

「就是！」舒燕忙不迭地點頭附和，隨後故作不滿地瞪了閻宣霆一眼。「你連合作最基本的信任都沒有，依我看，我們並不適合合作。閻公子沒什麼事，就請回吧。」

「……我不是不信，只是好奇罷了，既然封夫人是拜了製香高手為師，那不知在下有沒有機會見見妳的師傅？」

「不好意思，你若是早些來還能見到，現在卻是不可能了。」舒燕為了永絕後患，腦筋一轉，直接道：「她老人家高壽，前不久已經過世了。」

死無對證！

閻宣霆腦海中第一時間跳出這四個字。人已經過世了，他無法見到舒燕那所謂的師傅，自然是舒燕說什麼，他都無法證明真假。

狡猾！真的是太狡猾了！

「事情就是這麼個事，閻公子若是覺得我不可信，咱們也可以不合作。」舒燕神色不在意，雖然閻宣霆是一個不錯的合作夥伴，但他如果非要對她為何會製香這件事追根究柢，那就不合適了。

穿越、換魂這種事情畢竟匪夷所思，當然知道的人越少越好。

閻宣霆擰著眉，一時間拿不定主意，畢竟舒燕關於她為什麼突然就會製香的說辭太過於模糊，唯一的證人還過世了。如此情況下，他們若是合作，他就得擔上極大的風險，但凡有個萬一，他即便是可以收場，最後損失肯定也不少。

「哎呀，都已經說得如此清楚了，你怎麼想的直接說，有什麼好猶豫的？」齊球球不明白閻宣霆為什麼要猶豫，雖然他也不知道舒燕什麼時候拜了師，但只要景安說有，那就是有，他之所以不知道，一定是他不小心遺漏了。

閻宣霆哭笑不得地看了齊球球一眼。「我總算是知道為什麼你爹從來就沒想讓你走經商這一條路了。」

除了齊球球本身的讀書天賦之外，怕是就這性子，經商容易被騙得血本無歸。

「明明是在說你怎麼決定的事，你扯到我身上來幹麼？」齊球球不悅地皺眉，閻宣霆的話一聽就是不好的，有拐著彎罵他蠢的嫌疑。

閻宣霆識趣地避過這個問題，轉眸看向舒燕道：「此事我這會兒無法立即給妳答案，除非……」

「除非？」舒燕挑眉，她都已經告訴閻宣霆她師傅過世了，閻宣霆還能怎麼除非？

封景安隱隱猜到了什麼，忍不住皺眉。「你想讓燕兒先做出有用的香料來給你瞧瞧？」

「正是！」閻宣霆倒沒想著找別的藉口搪塞封景安，反而滿臉真誠。「這做生意有風險，我總得知道貴夫人的製香水平，方能知道貴夫人是不是值得合作。我這要求，不算過分吧？」

舒燕若有所思，眸底飛快地劃過一抹狡黠。「過分倒是不至於，但製香材料還是得閻公子出，至於為什麼，閻公子也知道，我夫君要考狀元，哪裡都需要銀錢打點，我手頭可沒有多餘的銀錢來買製香材料。」

理由很充分，也很有道理。

閻宣霆想著自己只是出一份製香材料，就能弄清楚舒燕到底是真有本事，還是信口胡說，便點頭應下了。

即便最後證實了舒燕是信口胡說，他也不虧，成了，他們合作一起賺，不成，他也不過是浪費一份製香材料，行商多年，他還不至於連一份製香材料都出不起。

說好了兩日後送舒燕想要的製香材料過來，閻宣霆就告辭離開了。

舒燕將閻宣霆送走後，一回頭就對上了齊球球幽幽打量她的目光。

「嫂子，妳何時拜師學了製香的手藝，我怎麼不知道？」齊球球就是單純的好奇，絕對沒有任何質問的意思。

舒燕自然也聽出來了，但這並不妨礙她感到頭疼，因為拜了製香高手為師這件事，本身就是胡謅的，她要怎麼找出一個時間點來給齊球球？他們來合泰州才這麼點時間，就算是她一來就拜師，天賦再強，這麼短的時間內，她的製香手藝也絕不可能達到多高。

而，要說服閻宣霆合作，她就不可能在製香手藝上有任何的保留，到時候結果一出來，她就更解釋不清了。

「這個問題有這麼難回答？」齊球球久等不來舒燕的回答，忍不住茫然不解地看向好友。

封景安面色不改地跟齊球球對視。「不是，只是這個時間，不好說。往遠了說無法服人，往近了說，旁人若知道燕兒的天賦，怕是會對燕兒起什麼不該起的壞心思，你懂我意思嗎？」

齊球球一怔，覺得好像有哪兒不太對，但他仔細想了想，卻怎麼都無法找出到底是哪兒不對，只好稀裡糊塗地點頭贊同。

「有道理。」

舒燕沒想到還能直接將時間給模糊，而且這破綻百出的話從封景安嘴裡說出來，竟然輕而易舉就讓齊球球相信了，頓時崇拜地看著封景安。

她怎麼就沒想到呢？果然讀書厲害的人，腦子轉得也快！

「咳，對了，怎麼沒見小盛？」封景安避開舒燕的目光，耳根微紅。

齊球球扭頭四下找了找，沒找到人，想著舒盛說不定是躲起來做什麼好事了，便自己要求去尋。
沒了旁人，舒燕很快發現了封景安的不對勁，頓時一副發現了新大陸的樣子盯著封景安紅暈未退的耳根。
神奇，她這還是第一次這麼近距離地看到有人的耳根可以紅得這麼可愛。
「看、看什麼？」封景安被舒燕看得說話都不索利了，心下暗自懊惱，不就是被看了下嗎？他怎麼就慌了？
舒燕笑著湊到封景安面前，道：「看你的耳朵啊，我今日才發現，你的耳朵長得真可愛，嗯，泛紅的樣子更可愛！」
封景安何曾聽過這等話語，這下不只是耳根紅了，而是整張臉都紅了。「妳……」
「我怎麼了？難道我說錯了嗎？」舒燕無辜地眨了眨眼。
封景安靜默，也不能說舒燕說錯了，但誇一個大男人的耳朵長得可愛，是不是哪兒不太對？
「好了，不逗你了，我去書市看看，有沒有什麼關於製香的好書。」舒燕見好就收，轉身就要往外走。
封景安忙不迭地伸手牽住舒燕的手。「我隨妳一起去。」
「可以。」舒燕覺得封景安一直待在家裡悶聲讀書不行，也就沒反對封景安跟著。
只是，在往外走的其間，她想將自己的手從封景安手裡抽回來，竟然不管她怎麼用力，都沒成功。

最後，見實在是真的抽不回來，舒燕索性放棄了，反正在她那個世界，夫妻之間牽手而行很正常，反正封景安不會對旁人詫異的目光感到不自在就行。

果然，兩人牽著手剛一出現在人前，瞬間就引來了眾人的注目。

舒燕坦然自若地等著封景安鬆手，沒想到封景安縱然被看得不自在，牽著她的手卻穩得很，完全沒有要鬆開的意思。

他不願鬆手，舒燕也沒法子，只好隨著封景安了。

兩人相攜到了書市，舒燕一頭埋進書市裡尋找跟製香相關的書籍，畢竟她要弄清楚這個時候的製香手法，跟她那個時候的製香手法的差異。

舒燕花了一個時辰的時間將整個書市都翻了一遍，封景安就安安靜靜地跟在她身後，結束後，封景安懷裡已經抱著五、六本跟製香相關的書籍了。

「你分我一點，我自己拿著。」舒燕怕累著封景安，說著就伸手往封景安懷裡的書籍而去。

封景安側身一避，拒絕。「不用，這點書我拿得動，還有要買的嗎？沒有的話，我們就回去吧。」

「沒有、沒有了。」舒燕無奈地收回手，封景安不肯把書分給她一些，她也沒轍，只能隨他，幸好書市裡有用的書，她都已經買完了，不然就封景安這堅持不分給她書的樣子，還真不好辦。

第五十三章 合作

接下來的時間，舒燕除了每日去未名居掌廚外，在家就捧著她跟封景安去買的書籍看。兩日時間很快過去，兩日後一大早，閻宣霆就帶著製香需要的材料來到了小院。

舒燕接了製香材料後，就送閻宣霆離開，讓他三日後再來，一點拒絕的餘地都沒給閻宣霆留。

「製香需要三日這麼久？」閻宣霆不懂製香，只是覺得三日時間有點長，臨出門前到底是忍不住將心底的疑問說出。

舒燕沒好氣地白了閻宣霆一眼，不答反問。「難道閻公子覺得製香很容易，一、兩個時辰就能做出來了不成？」

「那倒不是。」閻宣霆也不是這個意思，一、兩個時辰就太誇張了，只是三天有點長，他試圖縮短時間。「三天太長了，兩天能不能行？」

「不行，說了三天就是三天。」舒燕還未表態，封景安先替舒燕拒絕了，並目光不善地瞪著閻宣霆。

這兩日舒燕一直在看製香相關書籍，都沒怎麼休息，現在不過是要三天的製香時間罷了，閻宣霆都嫌長，還合作什麼合作？要不是怕舒燕不同意，他現在就想把閻宣霆這個試圖討價還價的人轟出去！

閻宣霆敏銳地發覺自己再堅持下去，絕對不討好，只好三日後再來。

將閻宣霆送走後，舒燕就拿著製香材料一頭鑽進了這兩日收拾出來的製香隔間，開始了為期三天的製香。

在未名居那邊請了假，舒燕除了吃喝拉撒外，所有時間都泡在製香隔間裡。

三日之期很快到來，在閻宣霆上門前，小院裡先飄散出一股獨特的香味，直到閻宣霆如約而至時，小院裡飄散的香味還未徹底散去。

香味聞起來很獨特，即便是只剩下一點淡淡的味道，也能讓聞到的人品出其中的獨特。這分獨特，是蔚藍天空與微風拂過，聞之讓人上頭，似是恨不得能沈溺其中，永遠不要醒來。

閻宣霆眼睛一亮，他是商人，聞到如此獨特的香味，首先想到的就是銷路，他敢肯定，現在市面上出現的香，還沒有一種能跟這個味道媲美的，所以這香料如果問世，定然能引得所有愛香之人趨之若鶩。

思及此，閻宣霆迫不及待地想要親眼看看實品，原先所有的顧慮都拋到了腦後，比起賺錢，舒燕的那點隱瞞就算不得什麼了。

人生在世，誰還能沒有點難言之隱呢？只要舒燕隱瞞的事情不會讓他有所損失，他可以睜一隻眼、閉一隻眼，當作什麼都不知道。

「快快快！將製出的香料拿來給我瞧瞧！」閻宣霆克制地看著走出來的舒燕，沒有第一時間衝上去。

其實倒也不是他不想，而是舒燕身邊站著目光不善的封景安，他可一點兒都不想因為自己的衝動，讓即將到手的利益丟了。

舒燕意外閻宣霆竟是來得這般快，不過也沒說什麼，很乾脆地將這三日製作出來的香遞給閻宣霆。

「可惜時間太緊，做出來的這個香還不是完美的。」

閻宣霆詫異。「這還不是完美的？」

不是完美的都已經這麼獨特，若是完美的，那豈不是更令人驚豔？

「是啊，不過應該也夠用了，你試試看。」舒燕自己反正是不太滿意她自己現在做出來的這瓶香水，不過在這裡，應該也是無香能與之媲美。

閻宣霆依言打開盛著香料的瓶子，頓時一股比之方才未曾散去的更濃郁的香味撲面而來，令他不禁露出了些許的沈迷。

就是這個香！

「看樣子，閻公子很滿意這個香？」舒燕見狀，眼底忍不住爬上了幾分笑意。

雖然一早就篤定了閻宣霆會滿意，但在還沒真正看到之前，她心底是有些擔心的，不過眼下來看，大抵是可以不用擔心了。

閻宣霆戀戀不捨地將瓶子蓋上。「滿意，當然滿意！」

他再滿意不過了，這個香拿出去，他的身家立刻就能再往上漲一漲。

「不知這香，封夫人能做出多少來？當然了，這材料的事不用封夫人操心，妳需要多少，在下都能送來。」

舒燕失笑地搖頭，問：「閻公子應該聽說過一句話，說的是東西在精不在多。物以稀為貴，香這種東西，同種類多了，可就不值錢了。」

她可沒打算要大量生產。況且，她也沒時間，末名居那邊她還要繼續去呢。

閻宣霆漸漸冷靜下來，舒燕說得沒錯，不只是香，別的也是一樣，多了，那就不值錢了。

「在下倒是沒想到，封夫人原來對經商也很有一套。」一般人可不會有這樣的想法。

舒燕謙虛地擺了擺手。「閻公子過譽了，這不過是我的一絲淺見罷了，具體怎麼做，還得閻公子拿主意。」

「這樣，我們每種香只做三瓶，封夫人意下如何？」閻宣霆心底有個計畫逐漸成型，但具體怎麼來，還得再細細規劃。

每種三瓶，數量算是合理。

舒燕沒意見地點了頭。「可以，先每樣做三瓶出來試試有多少人會喜歡，日後再決定要不要加。」

萬一她調的香不受這裡的人喜歡，三瓶量小，損失也能降到最小。

有了共識，閻宣霆扭頭就離開小院，前去準備。

隨後，舒燕就收到了閻宣霆讓人送來的一大批製作香料的材料。

接下來一個月，舒燕就在未名居跟家之間來回，盡了最大的努力，一個月過去後，勉強做出了十瓶，共有四種不同味道的香。

與此同時，閻宣霆為了賣香料而盤下的鋪子重新修繕完成，掛上了天香閣的招牌，就等舒燕將香料送來，大開店門做生意了。

閻宣霆等不及舒燕自己將香料送來，自己上門去取。

「先說好，這香料賣出去，賺得的銀子我們五五分。」舒燕覺得在將香料交給閻宣霆之前，最好先將香料若是賣出去，賺回來的錢他們應該怎麼分商量好，省得日後落下話柄。合作不成，反倒是先反目成仇，那就不好了。

閻宣霆眉頭一皺，心裡有些不悅。「製香材料是我所出，那可不是一筆小數目，香料賣出去，妳我若是五五分，那我豈不是虧了？」

「瞧閻公子這話說的，你那怎麼能叫虧呢？」舒燕笑了笑。「你是出了製香材料不假，但真正做出香來的人卻是我，不五五分，難道我就不虧嗎？還是閻公子覺得，我的製香手藝比不得那些製香材料值錢？」

閻宣霆語塞，製香材料容易找，但能做出獨特香味來的手藝人可不好找，這麼說，舒燕要求五五分，還是有道理的了？

「閻公子可以好好考慮，我不急。」舒燕一副無所謂的樣子。

閻宣霆忍不住扶額。「五五分有點多了，我出的那些製作香料的材料，它們的價值……」

「哎！材料價值是擺在那兒，但做出來的香，價值可沒擺出來，換句話說，香有無限上價可能，我保證閻公子絕對不會虧。」舒燕打斷閻宣霆，畫了個大餅給他。

實際上也不算是畫大餅，畢竟她說的也不是沒有可能。當人們愛上她的香，對它有所渴求，那時候，就是他們大賺的時候。

險與富向來是共存，閻宣霆擰眉糾結了一刻鐘，方才咬牙下定決心。

「行！五五分就五五分。」大不了要是賺不著什麼錢，到時候再及時止損便是。

舒燕達到目的，非常痛快地將做出來的十瓶香給了閻宣霆。「這是我一個月做出來的香，共有四種不同的味道，有三種有三瓶，一種一瓶。

「一瓶的那個比三瓶的要獨特，我不參與訂價，你看著辦。」

「就十瓶？這有點少。」閻宣霆頓時發愁，他那麼大一個香料鋪子，總不能就放十瓶香料去賣啊。

舒燕沒好氣地白了閻宣霆一眼。「我就一個人，能在一個月內做出十瓶香料來已經算好的了，有本事你去找出能在一個月做出很多香料來的人。再說了，寧缺毋濫，閻公子不覺得這樣更能引起旁人的好奇心嗎？」

但凡有了好奇心，客人們就會想要搞清楚，到底是什麼樣的底氣，讓閻宣霆那麼大個香料鋪子裡只放了十瓶香，進行售賣。

閻宣霆明知道這可能是舒燕沒能做出更多香來的託詞，但他莫名地就被說服了。

「也罷，妳說的也不是沒有道理，姑且就先這樣吧。」

「好嘞，閻公子慢走。」舒燕笑咪咪送客，對這個結果一點兒都不意外。

反正多餘的香，她是沒有了。

閻宣霆帶著舒燕做出來的十瓶香離開後，就馬不停蹄地將天香閣開了起來。

天香閣的出現一早就引起了很多人的好奇，這一開，好奇的人頓時按捺不住地抬腳踏了進去。

等他們發現這是一家賣香料的，且鋪子裡只有十瓶香，看起來空蕩得很後，一個個不約而同地失望了。

「還以為這新開的是什麼好鋪子呢，賣香料就賣香料了，鋪子裡有的香還沒對面那家香鋪種類多呢！」眾人失望地轉身要離開。

閻宣霆一點兒都不意外會這樣，他不慌不忙地將舒燕只做了一瓶的香拿出來，打開了瓶蓋。

頓時，一股獨特且無比吸引人的香味飄散了出來，成功地讓想走的眾人止住了腳步。

「這個香，好獨特！」有人反應過來，回頭直勾勾盯著閻宣霆手上所拿著的香。

閻宣霆揚唇笑道：「今日凡是進入天香閣者，皆可免費分得五滴成香，鋪子裡的香有點少，所以價高者得。」

為了讓天香閣在一開始就打下名聲，閻宣霆可謂是下了血本，直接就拿出最為特殊的那瓶香來攬客。

當然，這一決定，非常的成功。

十瓶香，除了拿來送的那瓶香之外，有五瓶分別以一百兩以上價格賣了出去，開鋪首日他就賺了將近八百兩。閻宣霆數著進帳的銀子笑得合不攏嘴，照這樣的趨勢下去，天香閣日進斗金不是夢。

舒燕做出來的那些香，他都聞過了，除非是鼻子有問題的人，否則絕不可能會有人不喜歡。

長此以往，用過的人跟沒用過的推薦，口碑之下，天香閣的客人只多不少。

就在天香閣走上正軌之時，聞杭不知從哪兒知道了這天香閣裡賣的香是出自舒燕之手，整個人頓時渾身都不好了。

「妳有這麼好的製香手藝怎麼沒跟我說？」聞杭譴責地瞪著舒燕。

她要是說了，現在賺錢的就是他，而不是閻宣霆那個外來者！

舒燕很冤枉。「你也沒說過，你除了做酒樓生意之外，香料也有啊！」

在聞杭找上來之前，舒燕就沒想過製香這一塊的生意要跟聞杭有什麼牽扯。

雖說以聞杭的身分，跟聞杭合作於她而言是百利無一害的事情，但她一開始就以為聞杭只是隨便做做生意，並沒有涉及太多行業。

這樣玩票性質的做生意，沒有更深入合作才是正確的，畢竟聞杭身為聞老的親孫子，日後不論如何，都是要重新歸於仕途。

屆時，未名居就算是不關，那東家也不可能還是聞杭。要是聞杭從商場裡抽身，剩下她一人就不好辦了。儘管她自己有信心，但這裡對女人的嚴格要求，還是讓她多少被束縛住了手腳，無法放開了去做。

誰能想到聞杭做生意，壓根兒就不是玩票性質的？現在更是聽到了消息後，立刻就找了來。

舒燕不解且頭疼。「你還想做香料生意？難道你就不怕被你爺爺知曉了你在經商，饒不了你嗎？」

「只要妳不說出去，我爺爺就不會知道。」聞杭很自信，畢竟他都已經在自家爺爺的眼皮子底下將未名居開了起來，還闖出了點名聲，他爺爺也都沒發現。

「紙包不住火，你想過事情一旦暴露，怎麼跟你爺爺交代嗎？」舒燕覺得頭更疼了。

聞杭可千萬別告訴她，他從來就沒想過這個問題。

聞杭理直氣壯地反問道：「沒有發生的事情，我為什麼要想？再說了，我有信心讓這件事情不被我爺爺發現。」

「有信心是好事，但過度信心就是自負了。」舒燕簡直是服了聞杭，縱然他說的也不是沒道理，但等被發現的時候再去想怎麼交代，那不是晚了嗎？

「總之香料生意我已經跟閻宣霆達成了合作，你非要加入就去找他，他要是允許你一起，那我也沒意見。」她相信閻宣霆會讓聞杭知難而退的。

香料生意這塊的蛋糕就這麼大，閻宣霆能願意再加一人進來跟他分早已既定了的利益才怪。

聞杭臉色一沈。「妳是製香者，只要妳願意，我們就可以合作，妳怎麼讓我去找閻宣霆？」

「因為製香所用一切材料均是他給我提供的啊。」舒燕無辜地攤手，拿人的手短，雖然她在製香上出了力，但是她既然已經跟閻宣霆合作，那就要尊重合作夥伴的意願，合作才能長久地持續下去。

聞杭不屑地冷哼了一聲。「他能給妳提供的，我也能！妳結束跟他的合作，來跟我合作，想要什麼我都能給妳準備好，絕對比他給妳準備的還要好！」

這是誰給準備的東西更好的問題？

「不行，堂堂未名居東家，你不要無理取鬧。」舒燕擰眉斥道。

「不是無理取鬧，我是認真的！」聞杭是真的覺得自己準備的東西比出自閻宣霆之手的東西好。「況且閻宣霆他就是一介遊商，妳難道就不怕他哪天將妳辛辛苦苦做出來的香帶走，再也不回來了嗎？」

舒燕沒好氣地白了聞杭一眼。「你是把我當成傻子？還是把閻宣霆當傻子？殺雞取卵這樣的蠢事，只有傻子才會做。」

「萬一呢？萬一他就是個傻的呢？」聞杭不甘心。

這個舒燕怎麼就那麼相信閻宣霆的為人？真是氣死他了！

「你別多費口舌了，除非你能讓閻宣霆答應跟你合作，否則說得再多，我都不會答應你的。」舒燕耐心告罄，言罷轉身不再搭理聞杭。

聞杭氣得臉色發黑，又做不到像一塊狗皮膏藥一樣追上去，纏著舒燕一定要答應他。最後只能退而求其次，讓人約了閻宣霆。

第五十四章 蘇家姊弟

沒人知道他們是怎麼商量的，舒燕只知道之後聞杭就再也沒追著她非要合作，並且每次見她的臉色都是臭的，活像是她欠了他幾百萬兩銀子沒還似的。

舒燕抓心撓肺地好奇兩人到底是怎麼商量的，可惜，不管她問哪一個，聞杭跟閻宣霆都沒有告訴她答案。

日子久了，她想要知道的渴望就減弱了，見兩人沒有因為這件事情起任何衝突，聞杭也只是向她擺了張臭臉，而沒有找她麻煩，舒燕便不管了。

每日在未名居與家之間來回，手攥著兩筆不斷有進帳的生意，舒燕的荷包漸漸鼓了起來。不再為錢財發愁，舒燕首要做的就是將小院弄成她理想中的樣子，其次就是將舒盛送去學堂。

舒盛的念書天賦不低，先前是因為手頭拮据，才沒有送舒盛去學堂，現在手頭寬裕了，自然得將人送去學堂讀書了。

因為是封景安給舒盛開蒙，在沒去學堂之前，也一直由封景安教導，舒盛掌握的知識比尋常上學堂的同齡人要多得多。故而舒盛一入學堂，就展現出了令人驚豔的學識，讓學堂的夫子歡喜不已，以至於每一個夫子在教導舒盛時都表現出了十足的耐心。

舒盛為了不讓姊姊付出的銀子白費，每日的學習都做到了百分百的認真，但一個學堂裡的，不可能都是愛學習的學生。
不管是多有名的學堂，裡頭都會有那麼一、兩個刺頭，如此一來，問題就有了。
刺頭最看不得的，就是有人不受影響往優秀的道路上走。
原本舒盛還沒來學堂的時候，他們幾個刺頭雖然也被夫子嫌棄，但大多不痛不癢，畢竟學堂裡的其他人水準也就那個樣子。既沒有好到頂端，讓所有夫子覺得能拿來徹底打擊他們，也沒有壞到跟他們淪為一類人，將將保持在一個平衡內。
可舒盛來了之後，情況就不一樣了。
舒盛來了合泰後，營養一跟上來，屬於他的好容貌便凸顯了出來，即便因為年紀還小，略顯稚嫩，但也讓人見之難忘，再加上學識遠超一般人，就更令人嫉妒了。
幸好孩子的嫉妒心，倒也不會做出太過分的事情來，最多就是帶頭讓學堂裡所有人都不搭理舒盛，每日給舒盛找點小麻煩罷了。
這些對舒盛而言都是小事情，跟因為被發現在練字而差點被舒大壯廢了手、扔到河裡險些沒命相比，根本不算什麼。
舒盛沒管其他人的不搭理，找麻煩也是見招拆招，整個人並沒有受到太大的影響，反倒是那些找麻煩的因為曾經有一次被夫子撞見，結果被罰了。
對不愛學習的人而言，罰他們抄書二十遍，簡直就是一種折磨。
於是，刺頭老大蘇坤就對舒盛懷恨在心，被罰的第二日，就帶著自己的小夥伴們將舒盛堵進小巷子裡。

「看見我們被罰抄書，你心裡是不是特別開心啊？」蘇坤伸手用力地推了舒盛一把。

舒盛被推得大力撞到了身後的牆，忍不住皺眉。「是你們自己做錯了事被夫子罰，跟我有什麼關係？」

「要不是你故意讓夫子看見，夫子怎會罰我們？」蘇坤可不覺得是自己的錯，上前抬腳就要往舒盛身上踹。

舒盛想也不想地側身躲過蘇坤，氣笑了。「你講不講道理？如果不是你三番兩次找我麻煩，怎麼會剛好讓夫子撞見？你自己做錯了事，還好意思怪我，說我故意？」

何況蘇坤做的那些噁心事，他就算是故意告狀也不為過。

「你竟敢頂嘴！」蘇坤向來是小霸王，何曾被人這般駁斥？當即整個人就炸了，衝上去揪住舒盛衣領，揮拳就朝著舒盛臉上揍下去。

舒盛沒料到蘇坤會不打招呼就動手，躲閃不及，硬生生挨了蘇坤一拳，整個人頓時被疼懵了。

「蘇、蘇坤，咱們不是說好只是嚇唬嚇唬他而已嗎？你怎麼動手了啊？」蘇坤同行的小夥伴，看著舒盛疼出了眼淚，頓時慌了。他們平常皮歸皮，可真正動手打人卻從來都沒有過。

蘇坤心裡也慌，但他不能讓人看出來，回頭瞪了小夥伴一眼。

「本少爺就打了，他難道還能把我怎麼樣不成？」反正這個小巷子裡就只有他們幾個，只要威脅舒盛不許說出去，那就沒人會知道舒盛臉上的傷是他打的。

「他是不能把你怎麼樣，但我可以。」舒燕黑著臉上前，將蘇坤身旁的弟弟拉到自己身後護著，目光冰冷地睨著蘇坤。

「說吧，你是哪家的孩子？」要不是她今日心血來潮，剛好趁著空閒想來看看舒盛在學堂怎麼樣，要不然今天舒盛是不是就得帶著一身傷回去，然後還不敢告訴她，他身上的傷是怎麼來的？

蘇坤瑟縮了一下，往後退了兩步，眼神飄忽，面上卻努力強作鎮定。「妳是誰？我是誰家的孩子，跟妳有什麼關係？」

「姊，他叫蘇坤，是城西蘇家的小兒子。」舒盛從姊姊突然出現的震驚中回過神，立即乖巧給姊姊解釋蘇坤的來歷。

蘇坤臉色變了變，忍不住瞪了舒盛一眼。

他們之間的事情，舒盛居然喊了自己姊姊來管，太過分了！

「城西蘇家，怎麼聽著有點耳熟呢？」舒燕皺眉，一時間沒能想起來自己為什麼會覺得熟悉。

舒盛趕忙輕聲提醒。「姊，就是前些日子讓媒婆上門，想讓姊夫休了妳另娶的那個城西蘇家！」

舒燕不知自己是不是該感嘆緣分二字的奇妙？

姊姊惦記她夫君，弟弟揍她的親弟弟，這個城西蘇家是不是想上天？

這就是聞老他們所說的那個，還算是不錯的城西蘇家？恐怕她知道的城西蘇家，跟聞老他們知道的城西蘇家根本就不是同一家，否則為什麼明明是一家，傳出來的名聲卻是截然不同？

「走，我們去城西蘇家討一個公道去！」舒燕一手牽著自家弟弟，一手拉著蘇坤，不管蘇坤的拒絕，抬腳就往城西蘇家而去。

見狀，蘇坤的小夥伴們一哄而散，他們可不想被舒盛的姊姊也找上門告狀。

蘇坤在學堂再怎麼橫，回到家中也得乖乖的，不然動輒就是跪祠堂反省，所以他一點也不想讓家裡人知道他在學堂都做了什麼。

奈何他人小，不管怎麼掙扎，都沒能從舒盛姊姊的手中掙開，氣得他臉色難看，忍不住破口大罵。「妳算什麼東西，敢抓著本少爺不放？放開我醜女人，本少爺讓妳放開，聽到了沒有？」

「醜女人？」舒燕無語，原主的容貌能讓舒大壯一家起了要將她賣進窯子的心思，定然差不到哪兒去。結果這小子張口就說她醜，他莫不是年紀輕輕，眼睛就有毛病了？

「我姊姊不醜，你才醜！」舒盛氣急了，卻也罵不出什麼特別過分的，最後只能憋出這麼不痛不癢的一句，懊惱地差點想咬自己的舌頭。

蘇坤瞪了舒盛一眼。「你姊就是醜、就是醜、就是醜！她還沒我姊姊的一半好看！」

「你！」舒盛一時間接不上。

他沒見過蘇坤的姊姊長什麼樣子，這要怎麼罵回去？胡亂接了，一會兒到了蘇家，見到蘇坤的姊姊，萬一長得真比姊姊好看，他丟臉不算，到時候連姊姊的面子都沒地方擱就尷尬了。

「姊姊，不管別人長什麼樣子，妳在我心裡永遠都是最美的。」舒盛實在是想不出來該怎麼說，索性直接向姊姊表明心意。

「姊姊知道了。」舒燕心中一暖。「小子，一會兒到了你家，希望你不要將你方才所逞的口舌之快都還回來，否則你面子、裡子可都要丟了。」

舒燕對著蘇坤說完，就加快了腳下的步伐，不管蘇坤接下來說什麼都沒再搭理。姊姊都不在意蘇坤嘴裡說的那些東西，舒盛也就乖巧閉嘴，不搭理蘇坤，只緊跟著姊姊的步伐。

蘇坤小嘴嘰哩呱啦罵得起勁，等他罵累了，一抬頭，就發現他們到家了。

「小少爺？你這會兒不是應該在學堂裡頭？怎麼回來了？」蘇家門房見到蘇坤回來，先是詫異，後才注意到抓著他們家小少爺手不放的舒燕，眸底登時劃過一絲疑惑。「這位姑娘是？您怎麼抓著我們家小少爺的手不放？」

「你家小少爺，將我弟弟打傷了，就這兒，你看見了嗎？」舒燕皮笑肉不笑地示意蘇家門房看舒盛被蘇坤一拳揍青了的臉。

舒盛其實已經不疼了，但他還是在蘇家門房看過來時，故作疼得難受的模樣，雙眼裡淚花打轉。他長得白皙，蘇坤那一拳又沒有半點留手，所以臉上被揍的地方就顯得尤其明顯。

蘇家門房看見舒盛臉上的青色，頓時不敢置信地看了自家小少爺一眼，這真是他們家小少爺動手打的？

「看什麼看?!沒見你家少爺受制於人嗎？還不快點給本少爺將他們轟走！」蘇坤心虛，嘴上的怒喝半點氣勢都沒有。

蘇家的人對自家小少爺的脾性還是有所瞭解的，而小少爺這麼心虛的樣子，分明就是明晃晃地在告訴他們，人家說的都是真的。

「姑娘請進，小的這就請老爺過來。」蘇家門房當機立斷地讓同伴請舒燕姊弟進府，自己扭頭去找老爺。

畢竟這件事一旦處理不好，小少爺在外欺負別人的事若傳出去，肯定是臭名遠揚，他可沒那膽子擔下這過錯。

關起門來解決自家事的道理，舒燕還是知道的，反正她不過是想給舒盛一個公道，並沒有打算要將事情鬧大到無法收場的地步。

不多時，蘇家老爺就在門房的通知下來到了前廳，他身後還跟著一美貌女子，瞧著約莫有十六、七歲的樣子，眉眼間有幾分跟蘇坤長得相像。

想來這就是蘇坤嘴裡說的比她長得更好看的姊姊了，舒燕瞇了瞇眼，雖然不是很想承認，但對方確實是長得比她更加豔麗幾分。倒也不是容貌上真的比她差，就是魅惑感要比她略勝一籌。

舒盛看了看蘇坤的姊姊，又看了看自己的姊姊，心底危機感頓生。

姊夫要是見到了這蘇家小姐，會不會直接就讓蘇家小姐勾了魂，然後不要他姊姊了？

「坤兒，你又闖了什麼禍？」蘇富臉色不快地瞪著小兒子。真不知道小兒子到底是像誰，一天天的惹出麻煩，就沒有個安分的時候！

蘇靜書眸光在舒燕姊弟二人身上轉了轉，抿唇，沒有貿然開口，也當作沒看見弟弟向她投來的求救視線。

蘇坤使眼色使得眼睛都快抽筋了，都沒見自家姊姊有任何反應，接著見到自家爹臉上的慍色，本就不安穩的心瞬間就崩潰了，突然放聲大哭。

「不是我！是他先告狀讓夫子罰我抄書，我才打他的，不是我的錯！」

蘇富被氣得一噎。

「別哭了！再哭信不信我讓人將你扔出府去？」沒出息！

「嗝。」蘇坤嚇得收聲，卻因驟然收得太快而忍不住打了個哭嗝。

場面一度有些尷尬，蘇富青筋突突地跳，差點一口老血吐出來，別人被他揍得都沒哭，他一個什麼事都沒有的，到底有什麼好哭的？

「這位姑娘，小兒不懂事，老夫在此替他向你們姊弟二人道歉，妳有什麼要求，可以儘管提。」蘇富沒好氣地瞪了小兒子一眼。

看看你幹的好事，要讓你爹付出多大的損失！

蘇坤委委屈屈，卻不敢開口再說什麼，只能站在舒燕身邊無精打采地耷拉著腦袋。

「按理小孩子之間的事情，我們大人不好插手，但令郎對我弟弟動了手，那我這個做姊姊的就不能不管了。」舒燕終於鬆開了蘇坤。

蘇坤一得到自由，立即拔腿跑到自家姊姊身邊，兩手拉著姊姊，張口告狀。「姊姊，她說妳醜！」

「蘇坤！你怎麼能隨意顛倒是非黑白呢？明明是你說我姊姊醜！」舒盛氣得小臉一變，掙開姊姊的手後就想要衝上去跟蘇坤打架。

舒燕眼疾手快地拉住舒盛，皮笑肉不笑地看著蘇富。「誰醜不重要，重要的是蘇坤打了我弟弟，難道蘇老爺不覺得令郎應該要跟我弟弟賠禮道歉嗎？」

「我不道歉！我沒錯！」蘇富還沒說什麼，蘇坤先抗議了。今日他要真低頭跟舒盛道歉了，那往後在學堂，他還有什麼面子當所有人的老大？

蘇富忍無可忍地抬手，呼了小兒子後背一巴掌，怒斥。「打人你還沒錯了？學堂裡夫子就是這麼教你的不成?!道歉！」

蘇坤鬧出的這一齣，別說是道歉了，如果這對姊弟還提出了別的要求，他還得答應下來，這倒楣孩子就不能消停些嗎？

蘇坤赤紅著雙眼瞪舒燕。「我不要跟一介行商的女人道歉！尤其這個女人還是個不安分的！哪有我姊姊知書達禮？封景安他就是眼瞎，才會守著她不肯休，另娶我姊姊！」

沈默，死寂一般地沈默。

蘇富忍不住扶額。

坤兒沒事瞎說什麼大實話？雖說他們都是這麼認為的，但當著舒燕的面，怎麼可以就這麼將心裡話說出來呢？呃？等等，眼前這對姊弟就是封景安的原配夫人跟妻弟？

蘇富後知後覺地反應過來，頓時更尷尬，這是怎麼樣的緣分，才讓這樣的事情發生？

「封夫人，坤兒還小，言語不對的地方還望封夫人海涵。」蘇靜書狀似無奈，卻一副「這就是小孩子的口快之語，妳計較就是沒肚量」的樣子。

聽這語氣，好大一朵盛世白蓮。

舒燕硬生生氣笑了。「我瞧著令弟比我弟弟要年長一些，真不知道蘇姑娘是怎麼昧著良心說出他還小這種話來的。我行商怎麼了？堂堂正正謀生，在你們眼裡倒是成了下等人了，有本事你們去問問封景安，問問他，沒有我舒燕掙的銀子，他能不能走到今天！」

「他若有我姊姊，也一樣能走到今天，夫人還是知書達禮、名聲極好的！」蘇坤不服輸地反駁，在他心裡，自己的姊姊就是天下第一好。

「坤兒！」蘇靜書瞪了自家弟弟一眼，警告他不要再開口。

第五十五章 備考

蘇坤不服氣，還想再說什麼，卻突然見舒燕抬手掏了掏耳朵，狀似聽到了什麼髒話的樣子，讓他本要出口的話頓時一噎。

「妳……」

「幾位是不是從來就沒聽過『先來後到』四個字？」舒燕譏諷地截走蘇坤的話頭。

「封景安沒來合泰，沒有聲名鵲起之時，不過是個除了讀書什麼都不會的男人，你們蘇家高高在上，會特意去注意這麼一個人？還要讓女兒嫁給他？」

一個默默無名之人，當然不值得被蘇家這樣的家族注意上。

蘇富臉色變了變，舒燕沒說錯，但自己的心思就這麼被一介粗俗之女瞧了出來，還當場戳穿，這心裡不管怎麼想，都覺得沒面子。

「妳那只是假設的問題，事實並不存在，而像封景安那樣優秀的人，就該配上同樣優秀的人。」蘇靜書眸光閃了閃。「難道妳不想看著封景安更好嗎？」

舒燕沒好氣地白了蘇靜書一眼。「能把讓我給妳讓位的話，說成這麼清新脫俗的樣子，也是難得一見了，不知有沒有人說過蘇姑娘妳不知廉恥？」

「妳！」蘇靜書眸光一冷。

蘇坤氣得咬牙。「妳竟敢罵我姊姊？」

「罵都罵了，你看我像是害怕的樣子嗎？」舒燕覺得這一家子噁心透了，也不想繼續留下來看他們的臉色。「今日令郎打了我弟弟的事情我會記著，不會讓你們蘇家為此付出什麼代價，但日後若有再犯，那就不要怪我不給你們蘇家留情面！告辭！」

說罷，舒燕牽著舒盛往外走，舒盛跟上的同時還不忘回頭瞪了蘇坤一眼。

蘇坤哪兒受得了這樣的挑釁？當即就原地跳腳，面容凶狠地想要衝上去，再揍舒盛一頓。

好在蘇靜書眼疾手快地拉住了弟弟，沒讓他成功衝出去。

「姊，妳拉我幹麼？這是在咱們家，我就是把舒盛那小子再揍一遍，也不會有事的！」蘇坤一急，就忘了自己老爹還在一邊的事情。

蘇富本就不太好的臉色直接黑了下來，他狠狠地瞪了小兒子一眼。「打人被人找上家門，你還橫！」

「又、又不是我一個人的錯。」蘇坤縮了縮脖子。慘了，忘記他爹還沒走了。

「那你也錯了。」蘇富覺得小兒子繼續這樣下去不行，想了想，還是決定將自己之前一直猶豫不決的事情盡早確定下來。「來人，把小少爺送去別院。」

蘇家別院，如今正住著蘇家高壽的老祖宗，儘管老祖宗年紀大不管事了，但蘇家子弟卻是每一個人都害怕這位老祖宗。

蘇坤整個人都傻了。他要是去了別院還有命在？

「不不不，我不去！姊姊，妳跟爹說不要送我去別院，我以後會乖的。」蘇坤抱著最後一絲希望，仰頭看著自家姊姊。

蘇靜書笑著，嘴上卻道：「坤兒，老祖宗也很是想念你，你去那邊待一段時間也好。」

蘇坤眸光暗淡了下來，覺得自己此生無望了。

偏偏他人小，話語權不重，壓根兒就無法反抗，只能生無可戀地被下人帶走。

很快，廳中就只剩下蘇富父女倆。

蘇富看著自己出落得亭亭玉立的女兒，皺眉不滿道：「那個舒燕憑什麼那麼猖狂地警告我們坤兒日後都不許欺負舒盛？」

「父親難道忘了封景安師從聞老了？」蘇靜書很平靜，一點兒也沒覺得意外。「她或許是覺得聞老是他們的一個倚仗，只要她說，聞老就會替她出頭吧。」

蘇富眉頭皺得更緊了。「聞老可不像是那等不講理之人。」

「如今是我們坤兒先動手，還侮辱人了。」蘇靜書雖然不想承認，但她心底深處確實是對舒燕生出了些許的嫉妒。尤其是她知道舒燕還曾經救過聞老一命之後，嫉妒更甚。「父親，考上秀才的不只封景安一個，到底誰能走到最後還未可知，我們倒也不必在他這一棵樹上吊死。」

「妳的意思是，也可看看其他人？可妳不是說喜歡封景安？」蘇富糊塗了，女兒怎麼突然間就改變主意了？

蘇靜書臉上浮現出些許無奈。「喜歡又如何？有舒燕擱中間擋著，我永遠不能成事，與其將時間都放在一個不太可能的人身上，倒不如多看看其他人。萬一最後是別人贏了呢？」

「妳說得有道理，為父這就讓人去查查別的秀才，看看其中有沒有更優秀的。」

舒燕不知道蘇家父女倆放棄了封景安，帶著舒盛就回家去了。

路上，舒盛大氣不敢出，像隻小鵪鶉一般乖巧，生怕自家姊姊回過頭來就責罵他跟蘇坤打架。好在，直到回了家，姊姊也沒有回頭罵他，到家後還煮了顆雞蛋讓他滾臉，消消臉上的瘀青。

對於舒盛臉上的瘀青，舒燕只輕描淡寫地跟封景安說是舒盛不小心跟人起了衝突，一個字沒提及蘇家以及蘇家人說過的那些話。

最後還是舒盛見姊夫什麼都不知道，很平靜的樣子，忍不住找了個機會，偷偷摸摸地將事情的來龍去脈告訴了姊夫。

封景安聽完陷入沈默，之後讓舒盛好好念書別管這件事情，他會處理好。

於是，接下來，舒燕就看到封景安努力讀書的勁頭更盛了幾分，活像是受到了什麼刺激似的。但不管舒燕怎麼問，封景安永遠都只有兩個字回她，就是「沒事」。

久了，舒燕見封景安並沒有什麼其他出格的地方，索性不再問了，只在平日裡變著方法做好吃的為他補身子。

因此齊球球也跟著沾光，吃得比原來又胖了一點。

轉眼，封景安再一次入考場的時間就到了。

舒燕將封景安和齊球球送進考場後，留在原地等著，神色雖然瞧著還算平靜，但心裡還是有點緊張。畢竟準備得再充分的人，也無法避免意外發生，她現在只能在心中祈禱一切順利。

經過兩天一夜的等待，這場考試終於結束，封景安神情疲憊地隨著眾多學子緩緩從考場裡頭走出。

舒燕眼尖地在人群中看見了封景安，她忙不迭地邁開步子，擠進人群中，向著封景安而去。

剛剛經歷了一場費腦力的考試，出來後能看見有人不顧人多也要往自己身邊走，那是一件很暖心的事情。

同個考場的學子都知道封景安成親了，即便平時他們也會在心底看不起過封景安娶了一個整日拋頭露面做生意的女人，但眼下見此情景，他們心裡還是有些酸澀了。

此刻，什麼身分不要緊，他們就是也想擁有一樣的待遇，能有一個人這般關心自己。

舒燕沒注意到周圍學子目光的古怪，她滿心滿眼裡就只有眼前的封景安。

「我們先回去，你好好睡一覺，起來咱們再說。」舒燕說著伸手去牽封景安。

封景安眉梢微動，沒拒絕，任由舒燕牽著自己的手，帶自己走。

溫順乖巧。

眾人腦海中莫名出現這個詞，一個個都不敢置信地瞪圓了雙眼，懷疑是不是他們考完太累，以至於眼中都出現了幻覺。

封景安總是冷冰冰的，怎麼可能溫順乖巧？所以，一定是他們看錯了。

齊球球滿臉過來人的優越感從他們眼前走過，留下一句。「你們真沒看錯，不信你們掐大腿看疼不疼。」

等齊球球走遠了，還真有人不信邪地動手掐了自己大腿，然後瞬間被疼得原先纏著不放的瞌睡悉數跑了個一乾二淨。

會疼，是真的！

沒想到封景安於學業上那般厲害，平日裡竟是一個對娘子很是聽話的人，說句不好聽的，這根本就是懼內啊！

封景安還不知道自己獲得了一個懼內的名聲，跟著舒燕回到家後，用舒盛留在家裡盯著燒好的熱水沐浴後，上榻倒頭就睡。

一覺睡滿足了，封景安再醒來時，已經是第二日的早晨。

「醒了就起來洗把臉清醒一下，我熬了粥。」舒燕本是進來要叫封景安起來的，現在見他已經睜眼，直接將話說了後就轉身出去，沒給他任何開口的機會。

封景安無奈，人都沒給他開口的機會就跑了，他也沒法子，只能是麻利地起身洗漱。

一刻鐘後，封景安穿著整齊地推門走了出去。

舒燕已經將熬得很是黏稠的大骨粥盛了出來，整個院子裡彌漫的都是濃郁的粥香，勾得一夜未進食的封景安肚子忍不住咕嚕叫了起來。

封景安反射性地抬手捂住咕嚕叫的肚子，白皙的臉上漸漸爬上一絲紅色。不就是一夜未曾進食嗎？這肚子怎麼就這麼不爭氣地叫喚上了呢？

「快過來趁熱吃，涼了味道可就不好了。」舒燕努力忍住不笑，當作沒看到封景安臉上出現的窘迫。

封景安輕咳了聲掩飾自己的羞恥，邁步過去，伸手接過了舒燕遞過來的碗，問：「球球呢？」

「還沒起呢，我已經讓小盛去叫他了，你先吃。」舒燕舀起一勺蔥花就要往封景安碗裡放。

封景安頓時沒了心情關心齊球球，他想也不想地將自己的碗挪開，擰眉。「我不要蔥花。」

「蔥花那麼好吃，為什麼不吃？」舒燕遺憾地轉手將勺子裡的蔥花放到了自己碗裡。她早就發現封景安不愛蔥花，本以為能趁著封景安關心齊球球的時候，把蔥花放進他的碗裡呢。沒想到，他反應這麼快。

封景安抿唇。他就是不喜歡。

「吃吧吃吧，我這不是沒給你放成功嗎？」舒燕哭笑不得，瞧他那表情，不知道的人還以為她欺負封景安了呢。

封景安乖乖喝粥，目光絕不往桌上放置的那一碟蔥花看，省得讓舒燕見了，有機會找歪理給他放蔥花。

這一次考試的成績要在一個月後公布，封景安和齊球球都對自己的答題有信心，並沒有太多擔心，反倒是一起進考場的那些學子整日掛心著，生怕自己落榜。

而掛心之餘，他們最喜歡的，就是議論一番封景安當日對舒燕的溫順乖巧。

於是，封景安懼內的名聲，很快小範圍地傳揚了出去。

齊球球最先聽到關於封景安懼內的名聲，他轉頭就當作笑話似的將那些人傳的學給封景安聽，成功在封景安臉上看到了些許不悅。

「是他們說的，我學給你聽而已，可不是我自己說的。」齊球球立刻求生欲極強地撇清自己。

封景安涼涼地看了齊球球一眼。「上次犯的錯，你改了嗎？」

「上次什麼錯？」齊球球一時沒能跟上封景安，懵了半晌，直到看見封景安的臉色越來越危險，才後知後覺地想起來封景安指的是什麼。

他後背突地一涼，忍不住乾笑著往後退。「那什麼，我還沒改完，這就回去繼續！」

言罷，拔腿就跑，生怕慢了一步，封景安針對他錯的那些題又扔給他一堆書看。

雖然不討厭看書，但是整天泡在書堆裡的滋味一點兒都不好受，他還是趁早開溜為妙。

「哼！」眼見著齊球球離開自己的視線，封景安臉色不悅地轉身往藏書閣而去。

一整日，他都待在藏書閣裡頭，不知道的還以為他是氣得在裡頭拿藏書撒氣。

實際上，封景安在藏書閣裡拿了一本他自己都不知道是記錄什麼的書，兩眼放空發呆了一天。

按理說，男人被傳懼內算是丟臉的一件事情，但封景安奇異地並沒有那種感覺，反而因為旁人將他跟舒燕放在一起談論而覺得喜悅，這就很微妙。

封景安不知道這種感覺是好是壞，但他並不排斥，故而等他放下書，離開藏書閣時，他已經收拾好心情，面色平靜，恍若自己進藏書閣之前什麼都沒聽到一般。

之後齊球球儘管好奇封景安怎麼一點兒動靜都沒有，但也沒敢再提這件事情去捋老虎鬚。

而懼內本人沒有反應，其他人傳著傳著，漸漸覺得沒意思，便消停了下來。畢竟本人都不搭理，他們還一直說，就顯得他們有點像是吃不著葡萄說葡萄酸了。

很快，一個月過，中榜公布。

公布這一天，舒燕特地跟未名居和天香閣兩邊請了假，拽著封景安跟齊球球一起去放榜的地方看，不等官差上門報喜了。

封景安雖覺得舒燕這般急切不太好，但也沒說什麼，只由著她。

三人到放榜的地方，封景安才發現，不只舒燕一人急切，幾乎所有參考的學子都急，瞧這放榜布告欄前面都圍了幾圈的人了？

這若是要硬擠進去，可是擠得夠嗆。

封景安皺眉，心中已經起了退縮之意，反正等榜放出來，也會有官差進行通知，他直接在家裡等消息不好嗎？為何非要跟這些人硬擠？

「人太多了，我們回去吧？」

「來都來了，回什麼回，你在這兒等我。」舒燕不樂意，卻也理解封景安不想跟這些人擠的心情，索性直接讓封景安待在原地，自己上前擠進人群，去看放榜布告。

封景安阻攔不及，只能眼睜睜看著舒燕往前擠去。

好在那些排在前頭的學子顧忌著男女授受不親，回頭發現正在擠的人是舒燕，隨即就給舒燕讓開了一條道。

有學子發現封景安就站在不遠處，心底登時就酸了。

封景安太狡猾了，居然帶著媳婦兒來看放榜，他們也想擁有一個替他們衝在前頭看榜的媳婦兒……

舒燕沒注意到眾人身上散發出來的酸意，她順利地擠到前頭後，發現布告欄上還未張貼中榜名單，頓時有些失望。

她還以為擠進來就能看到了呢。

「勞駕，請問這個中榜名單什麼時候會張貼出來？」舒燕不太懂這個放榜的流程，只好扭頭隨便抓了個人問。

林陌玨認出舒燕，原本的不悅頓時消散，揚唇笑答。「再等一會兒應該就來了。」

「好的，謝謝。」林陌玨樣貌還是不錯的，舒燕被他的笑容晃了下眼，立即鬆手扭頭盯著空白的布告欄。

比起他的樣貌，她更覺得林陌玨這人真是奇怪。雖是見過幾面，但他跟他們之間可算不得愉快，他對著她是怎麼笑出來的？還笑得像是好友一般。

林陌玨笑容一僵，他有心想要開口，卻一時找不到合適的話，最後只能訕訕地閉嘴。

也許他跟封景安一家保持距離，才是對封景安最好的。

畢竟他就算是被宋子辰蒙在鼓裡，雖是無辜，也不能完全抹殺他曾經跟宋子辰是好友的事實，封景安是一見到他就會想起宋子辰吧……不然他不可能在學院裡一直避著他，不搭理他。

思及此，林陌玨自動拉開了自己跟舒燕之間的距離。

舒燕發現了他的舉動，眉峰微挑，想了想卻依然什麼都沒說。她只是來看榜的，不是來替封景安原諒誰。

第五十六章　金榜

「讓讓！」突然，人群之外傳來了前來張貼中榜榜單的官差聲音。

人群自動給官差讓開一條道，但目光都直勾勾地盯著官差手裡拿著的紙張，他們這一次的生死，就記錄在那一張薄薄的紙張上。

官差也知道這些學子們的急切，走到布告欄前就麻利地將榜單張貼上，然後沈默地退出人群。

眾人頓時不約而同地湧上前，兩眼發亮地尋找自己的名字在哪兒。

舒燕第一時間往排名第一的位置看去，就看到封景安的大名掛在那個位置，而往下數五個位置之後就是齊球球。

兩人都中榜了，且成績不錯！

「中了中了，我中了！」不待舒燕擠出人群，耳邊就聽聞有人興奮地喊叫了起來，緊接著其他中榜的也跟著一起喊，皆是難以抑制心底興奮。

舒燕笑容滿面地擠出人群，朝著封景安而去，邊走邊問：「猜猜榜上有名的封舉人位列哪個位置？」

「首位。」封景安眸底劃過一絲笑意，如果不是這個位置，她不會這麼喜形於色。

舒燕臉上的笑容一垮。「你怎麼一猜就中？這就不好玩了。」

「那我呢？那我呢？」齊球球期盼地看著舒燕，景安的成績都這麼好，他這個自覺也考得不錯的，應該也不會差到哪兒去吧？

「第六位，也很厲害了。」面對齊球球，舒燕重拾笑容，不過有了先前的對比，這笑，瞧著就略有些敷衍。

齊球球倒也不在意，畢竟他又不是景安，不能指望舒燕給他同樣的笑容，若她給了一樣的笑，他才覺得怪呢！而且他能考到第六位已經算是一個很不錯的成績了。

接下來的會試只要中了，他們就能參加殿試，去爭奪那個人人稱羨的狀元之名。

「走？」封景安向著舒燕伸出手，結果已知，他們沒必要繼續在這裡停留。

舒燕下意識地將手交給封景安，由著封景安牽著自己走，兩步之後感到不對，她不是應該還在對封景安的不配合表示不滿？怎麼封景安一伸手，她就把手交給他了呢？

算了！她一開始就不該指望封景安會配合她。

齊球球識趣地沒跟上，而是扭頭尋了自己交好的朋友交流，順便看看其他人考得如何。

兩人回到家，才發現齊球球沒跟回來。

舒燕皺眉有些擔心。「球球沒跟回來，不會是找人炫耀去了吧？」

過度炫耀，很容易招來那些落榜之人的嫉恨，萬一被人蓋布袋揍了，那事情就大了。

「不會，放心，他心裡有數的。」封景安牽著舒燕往屋裡走。

舒燕繼續跟著走，快到門口了才猛然反應過來不對。「這大白天的，你拉我進屋幹麼？」

「我有話跟妳說。」封景安停下腳步，回頭目光奇異地看著舒燕問：「妳以為我要做什麼？」

「咳咳！沒，我什麼都沒以為，只是奇怪有什麼話不能在院子裡說，非得進屋說而已。」她絕對不會承認自己在反應過來的那一瞬間想歪了。

「自是不能讓旁人聽見的話。」封景安忍不住笑了。「當然，如果妳不介意被旁人聽見的話，我也可以在這兒就跟妳說。」

舒燕直覺不太好，封景安都這麼說了，那要說的肯定不是誰都可以聽的話。

「算了，咱們還是進屋說吧。」萬一是什麼少兒不宜的，在屋裡好歹只有他們兩人聽見。

舒燕反手牽住封景安，反被動為主動地拉著封景安進屋，最後還不放心地將房門關了起來。

「好了，你現在可以說了。」

「我若中狀元，妳我就圓房，做真正的夫妻如何？」封景安開門見山，半點沒給舒燕緩衝的機會。

舒燕頓時驚呆了，她甚至懷疑自己是不是出現幻聽，否則她怎麼會聽到封景安問出這樣的問題？

「你、你知道自己在問什麼嗎？」

「當然，我很清醒。」封景安思忖後，猶豫著伸手，捏了捏舒燕的臉頰。「疼不疼？疼就不是妳在作夢，我是認真的在問。」

舒燕臉色瞬間爆紅，眼神飄忽著不敢跟封景安對視，嘴上左顧言它。「說得好像你若不中狀元，這一輩子就不會跟我圓房，做真正的夫妻似的。」

「金榜題名時，才是最好的時機，我不會不中狀元。」這是封景安身為一個男人基於自己的學識而該有的底氣。

舒燕不知道自己是怎麼走出屋子的，只知道出屋子很久了，她的臉依舊在發燙。而，造成她這樣的罪魁禍首，調戲完了就跟個沒事人一樣，該做什麼就做什麼了，氣得她差點想動手撓人。

可惜，還沒付諸行動，就被她壓了下去，在心裡不斷告訴自己，封景安接下來還要繼續參加科考，她這會兒不能動手將他傷了。要是影響到了封景安在之後考試中的發揮，那就得不償失了。

不能動封景安，舒燕心底又有氣，那怎麼辦呢？

她去買了一大塊豬肉回來，大力剁碎，準備今天吃餃子。

齊球球算著時間差不多了，就告辭友人歸來，還未進門就聽見了舒燕剁肉的聲音，驚得他忍不住將封景安拉到一邊。

「你們倆方才都說了什麼？我怎麼聽著嫂子這剁肉的架勢，有點嚇人呢？」

「無事，你不要到她面前晃悠即可，等肉剁完了，就沒事了。」封景安輕描淡寫地將原因蓋了過去，閉口不提到底說了什麼。

言罷就抬腳離開，只留下齊球球在原地抓心撓肺的好奇，奈何舒燕剁肉的動靜實在是過於凶狠，他的好奇還不至於能給足他膽子往舒燕眼前湊。只能遺憾地將心中的好奇壓下，扭頭去找舒盛，試圖套話。

然而，兩人交談時，舒盛人還在學堂裡，壓根兒就不知道自家姊姊跟姊夫發生了什麼。

舒燕靠著心底的怒氣，硬是將肉餡剁得細碎，換做是平日，她是絕對不會有這個耐心將肉餡剁得這麼細碎，就是剁個剛好合適的大小就差不多了。

手剁的肉餡越是細碎，吃起來的口感自然是越好。當餃子做好端上桌，齊球球眼裡就只剩下餃子，根本沒有時間繼續糾結封景安夫妻之間到底是怎麼回事。

幾人用美味的餃子飽餐了一頓，封景安以為這事應該就這麼過去了，不想接下來幾日，他們依然吃餃子。

一連吃了幾日的餃子，齊球球再看到餃子，即便味道再美味，他也不覺得好吃了。好在舒燕還知道收斂，發現他們看到餃子都面如菜色後，沒多久就改回正常的飲食。

會試並不在合泰州舉行，而是在離天子最近的京都，這就意味著，封景安和齊球球需要收拾包袱前往京都備考。

封景安要去京都，舒燕當然不可能留在合泰，所以她用最快的速度將一部分廚藝教給了未名居的大廚，讓他們在她不在合泰的這段時間能頂上。

至於天香閣這邊，則是熬夜製出了不下十款香，足以讓天香閣支撐到她從京都回來。

舒盛跟學堂請了長假，也跟著同去。

俗話說讀萬卷書不如行萬里路，合泰州還是太小了，舒燕認為讓舒盛去京都走一趟，並不是什麼壞事。

一切準備就緒，封景安和齊球球收到通關憑證後，立即就雇了一輛大馬車，前往京都。路上風平浪靜，好似所有的磨難都在前頭給了封景安，去京都的一路上，就連風雨他們都沒碰見。

到了京都，他們幾人包括年紀最小的舒盛精神都不錯，完全不像是趕了很久的路的樣子。

齊球球的老爹一早就託人在京都租下了一處小院，便直接讓馬夫將馬車趕到小院，這樣他們不必跟前來參加會試的眾多學子一樣住在酒樓裡。

每年的會試，對強者出陰招的不在少數，他們不往酒樓去，也就在極大程度上保證了他們的安全。再加上他們在京都沒什麼熟識的人，入住小院後，平日也不怎麼需要出院，低調避開了許多麻煩。

彙集在京都的學子有不少都聽說了聞老的新徒弟封景安之名，本以為至少在會試之前，他們能見一見，看封景安到底是何方神聖。

不想，他們竟是一面都沒見到，不管有多少學子辦了活動，去邀請封景安，封景安一律都拒絕了。

直到會試正式開始，他們才在考場大門口看到這位傳言中的封景安，同樣的，也就看到了大大方方陪在封景安身邊的舒燕。

今年最有希望奪得狀元的男人，他已有嬌妻的事，是真的。

「盡力就好，不必強求，你還有的是時間。」舒燕挑眉囑咐封景安，當作沒發現那些學子總是頻頻落在她身上的目光。

封景安失笑反問道：「妳就這麼不想？嗯？」

舒燕咬牙怒瞪。

啊！他絕對是故意提起來的！

「時間差不多了，你可以進去了，我在這等你凱旋而歸。」舒燕動手，一把將封景安推了出去，不給封景安反對的機會。

封景安見好就收，乖乖邁步走進考場，這兒人多，真將人惹急了，沒什麼好處。

圍觀了全程的齊球球，最後看舒燕的目光略有些古怪，不過到底是人孬，什麼都沒敢說，抬腳追上了前頭的封景安。他雖然好奇兩人怎麼回事，但眼下最重要的是會試，反正只要他活得久，早晚會知道這兩人到底是在打著什麼啞謎。

會試正式開始，時間未到是不可能結束的，舒燕一直守在門外也沒什麼意義，就將封景安和齊球球送進考場後，轉身離開。

兩日後會試結束前的一個時辰，舒燕才重新出現在會試考場門口，手上提了個兩層的籃子，用紅布蓋得嚴嚴實實，也不知道裡頭放的是什麼東西。

一個時辰後，會試考場大門打開，經歷了一場殘酷考試的學子精神恍惚地從裡頭走出來。

封景安一馬當先，他這段時間被舒燕養得身子極好，考完的狀態看著要比其他人好上很多，引得眾多感覺體虛的學子忍不住心生嫉妒。

明明都是一樣參加考試的，怎麼這人跟他們的狀態完全不一樣呢？

舒燕找著封景安的瞬間就迎了上去，伸手虛扶住了封景安。「我在前頭茶攤訂了個位置，你先吃點東西，咱們再回去。」

「好。」封景安沒意見，目光忍不住落在了舒燕另一隻手上所提著的籃子。

齊球球恰好聽見了舒燕的話，頓時忍不住眼睛發亮地盯著舒燕手上所拿著的籃子，一副恨不得自己動手搶過來提著的樣子。幸好殘存的理智及時地拉住了他，才沒讓他在這麼多人面前失態。

三人往茶攤走，茶攤離得不遠，很快就到了。

在封景安和齊球球落坐後，舒燕才將手上拿著的籃子放到桌上，揭開紅布，打開蓋子，露出裡頭放置的兩個湯盅。

一人一個，沒有厚此薄彼。

「快喝，這會兒的溫度應該是差不多合適的。」舒燕動手打開湯盅蓋子後催促。

一股鮮美至極的香味頓時飄散出來，勾得還沒能走遠的眾多學子忍不住口舌生津，轉眸直勾勾地盯住了封景安兩人面前的湯盅。

這味道聞著就好香，想來味道應該也差不到哪兒去。

封景安在眾人垂涎的目光之下，慢悠悠喝著，沒有不厚道地做出什麼欠打的舉動，但齊球球卻不一樣，他巴不得讓所有人羨慕嫉妒。

故而，他喝的時候故意發出了回味無窮的吧唧聲。

舒燕嫌棄地瞪了齊球球一眼。「你學的禮數難道餵狗了嗎？」

齊球球歡快炫耀的舉動一僵，對上舒燕嫌棄的目光沒敢吭聲，只能把不雅的吧唧聲收了，畢竟萬一舒燕覺得他太丟人，日後就不連帶著準備他的份了怎麼辦？

於他而言，這世上除了玩，便只有美食不可辜負，舒燕手藝那麼好，日後如果都吃不到了，那將是他最大的損失。

眾人儘管很是垂涎，但也沒臉往前湊，畢竟那是封景安的娘子親手做的，他們這些人再饞也是沒辦法吃到。

在他們的刺激下，平常考完會試回酒樓就要躺下睡個昏天黑地的眾多學子一改習慣，回到酒樓先點了想吃的美食，大快朵頤了一頓。

三日後，眾多學子恢復過來之際，會試的結果也出來了。

毫不意外的，封景安還是首位。

齊球球相較於之前只落了幾個位置，排在第十位，將將掛住了能參加殿試的最後一個名額，也算是幸運了。

殿試，舒燕無法送，更無法跟著，只能在家裡等消息，隨著時間流逝，越來越急躁，生怕封景安的殿試發生任何意外。

漫長的等待過去，終於有消息傳來——

「狀元遊街了！」

第五十七章 花燭

舒燕眼睛一亮，立刻跑出去。

狀元已經開始遊街，就意味著殿試結束，結果出來了！

青石鋪就的寬闊街道上擠滿了想要一睹狀元姿容的百姓，舒燕跑出去，用盡了全身氣力，方才從眾多圍觀百姓中擠出，來到最前方。

只見不遠處，殿試前三甲高坐於棗紅大馬之上，為首的正是封景安。

齊球球不在前三甲之列，但能參加殿試，未來能當上的官絕對不會小。

世家閨秀就等著這一日的到來，她們位於各間酒樓的二樓，在狀元遊街經過時，將自己手裡精心準備的荷包往狀元懷裡扔了過去。

就舒燕發現狀元就是封景安的這段時間，她已經看見有不下十個荷包往封景安懷裡扔了，儘管封景安一個都沒有接，但她瞧著心裡就很不是滋味。

舒燕冷哼了聲，轉身欲走，眼不見為淨。

「把手給我。」見舒燕要走，封景安怎麼肯？當即就驅馬加快了速度，在舒燕離開之前，來到舒燕身側，向她伸出了手。

舒燕還未回神，周遭百姓先向她投來了羨慕的目光，至於那些看上封景安的姑娘們，則是嫉妒憤恨了。

這女人是誰？雖然長得還不錯，但也不至於讓新科狀元就這麼眼巴巴地跑到她面前，還向她伸出手，發出共騎的邀請才對啊？

「那是咱們新科狀元明媒正娶的夫人！」知曉舒燕身分的其他未能參加殿試的學子酸溜溜地跟身邊疑惑不解的人解釋。聲音不小，像是故意說給所有對封景安存了心思的世家閨秀們聽似的。

畢竟，沒有一個好的名次，哪能有一個好的岳家，對他們來說也是一件好事，當然不能讓封景安全搶了風頭。

世家閨秀們知道新科狀元已經娶妻，也就歇了想嫁給封景安為妻的心思了，她們身為高高在上的世家小姐有其尊嚴，是絕對不會委屈自己屈居於一介行商之女之下，成為人人不齒的小妾。

果然，世家閨秀們看封景安的目光頓時變得不對了，隱隱之中似乎還藏了點嫌棄。

舒燕察覺到她們的目光變化，臉色忍不住黑了黑，怎麼了？哪條律法規定了新科狀元不可以娶妻了嗎？

「燕兒，把手給我。」封景安久等不來舒燕，忍不住再把自己的手往前送了送。

棗紅馬踢踏著腳步，似是有些不耐。

封景安側傾的身子晃了晃，恍若下一瞬就會被馬兒甩下來似的，嚇得舒燕頓時什麼怒氣都沒了，趕忙抬手，將手放到了封景安的手中。

封景安牢牢牽住舒燕的手，一個用力，就想將舒燕拉上馬背，可他就是個讀書人，雖然力氣比起一般讀書人好些，但也沒那麼大的力氣將個大活人拉上馬。

這一拉不僅是沒能將舒燕成功拉上馬背不說，還差點將自己帶倒了。

舒燕抿唇憋笑的同時，用盡全力將封景安扶正，然後自己研究了一下，讓封景安拉著她的手，她自己踩著他的腳背借力往上，俐落地坐在他的前面。

就，有那麼一點面上掛不住。

封景安耳根微紅地讓馬兒走起來，離開這個令他尷尬的地方。

待兩人騎著馬兒走出了一段距離，眾人方才發出善意的笑聲，沒想到新科狀元跟自家夫人是這麼個相處方式。

世家閨秀們除了打道回府，什麼都不能做，人家新科狀元都在大庭廣眾之下這般表態了，再往前湊，那就是不要臉了。

舒燕陪著封景安騎馬遊遍了整個京都，之後沒有不長眼的世家派人前來試圖遊說封景安休妻另娶，等聖上的任職聖旨下來，三人就離開了京都。

雖是新科狀元，但聖上為堵悠悠眾口，一開始並沒有給封景安太大的官職，而是在瞭解了封景安的情況之後，放他到合泰州任職州長。

原州長則是往上高升，等封景安回到合泰州接過州長官印後，便會回京城。

齊球球主動要求跟著封景安，做封景安的下屬與封景安同回合泰州，因為他知道自己如果一個人留在京都，肯定用不了多久就得惹麻煩。

京都是權力中心，陰謀詭計肯定不少，齊球球對自己的能力有自知之明，他就適合找個好地方，聽人的指示，然後兢兢業業養老。

三人還在回合泰州的路上，關於今年的新科狀元是封景安的消息已經先一步傳回了合泰州和小元村。

合泰州城西蘇家蘇靜書整個人都傻了，封景安真的成了狀元，而他們所看中的那幾個居然一個都沒進殿試，更不要說前三甲了。

若他們現在後悔，再重新去找封景安還能不能成事？

「打聽到了，封景安他們三天後到合泰，靜書妳若不甘心，還可以去城門口試試。」蘇富嘆息了一聲，有些人真的是晚了一步就是晚了一生，拚命往前湊，結果卻也不一定會如自己所願。

蘇靜書承認自己有一瞬間對這個提議動心，可很快，她的動心就被自己的理智拉了回來。

封景安還只是一個秀才的時候，都沒搭理過她是誰，現如今成了新科狀元，又怎會突然會將她放在眼裡？

「不用了，父親，以後見著他，最好繞著走，省得他還記得我們先前做的那些事，在合泰給我們穿小鞋。」

小元村已經很久沒什麼特別出息的讀書人出現了，當封景安成了新科狀元的消息傳回村裡，很多人的第一反應就覺得是假的。
可，前來報喜的官差卻不是假的，這便意味著他們不敢相信的事情是真實的，封景安真是新科狀元，成功光耀了他們封家的門楣。
方芥藍被這個消息砸懵了，突然就覺得自己手裡拿著的瓜子不香了，而那些原先還跟她嘮嗑的人則是看著她幸災樂禍地嘲笑起來。
「哎，妳說，景安這成了狀元，改日來向他爹娘上香報喜的時候，會不會順便把曾經欺負了大丫的人通通收拾一遍？」
方芥藍臉色瞬間變得非常難看，她瞪眼瞧著幾人，色厲內荏道：「他封景安如果是那等行事作風，那他就不配這個狀元之名！」
言罷不等他人反駁，匆匆轉身離開，可即便是走出去老遠的距離了，方芥藍卻依然能感受到那些如芒在背的幸災樂禍目光。別看她在那些人面前嘴硬，但實際上她心裡已經完全慌了，回到舒家，立馬就拉著舒勇商量著要搬家的事情。
方芥藍想得簡單，只要他們一家搬走，走得遠遠的，那封景安就算是想替舒燕出氣也找不到他們。
「不搬！」舒勇冷著臉瞪方芥藍。「妳以為封景安會將我們放在眼裡？只要妳安分守己的不去打擾，封景安不會無緣無故找妳麻煩。」
方芥藍還是不放心。「萬一呢？萬一舒燕那死丫頭記仇，非要封景安為她出氣呢？」
「妳以為大丫是妳那麼心胸狹隘的人嗎？行了！以後不許再叫大丫死丫頭，否則要是出了什麼事，我可不保妳！」舒勇隱隱後悔著自己對方芥藍的縱容，怒斥罷，不耐地轉身離開，沒再搭理方芥藍。

當初他們要是不把事情做絕，現如今也不必如此擔憂，可惜現在後悔已經晚了。

三日後，封景安三人抵達合泰州。

封景安將任職的事情處理完，就馬不停蹄的帶著舒燕姊弟回小元村祭祖。

如舒勇所言，只要他們不腆著臉往舒燕眼前湊，封景安壓根兒就不會想起來要對他們做什麼，過去的已經過去，再揪著不放沒有任何意義。

在封景安和舒燕待在村子裡祭祖期間，方芥藍直接就躲在家裡不出面，省得自己見了舒燕如今的風光，忍不住嫉妒，說出什麼不該說的話來，將封景安惹惱了，給自己帶來麻煩。

好在，封景安有官職在身，兩天的祭祖結束就帶著舒燕姊弟離開了小元村，方芥藍恢復了往日的行事，只是比之前要收斂了許多。

封景安沒關心自己帶著舒燕姊弟二人回去祭祖給方芥藍和舒勇帶去了什麼壓力，祭祖告知爹娘自己考中了狀元，當上了官，離開小元村後，他眼前就只剩下兩件事。

一是先前就跟舒燕商量好的圓房，二就是如何當好這個州長。

圓房是眼下最為重要的。

倒也不是想親熱，而是時機到了，就該開始人生的下一段旅程，要個孩子，讓那些還盯著他後院，覺得他早晚會將舒燕這個拋頭露面經商的夫人休棄的人都死心。

所以，在他帶著舒燕姊弟回小元村祭祖的這兩天時間，他拜託球球幫他將新房佈置起來。

那時，齊球球方才明白，封景安和舒燕竟是空有夫妻之名而還沒有夫妻之實，他在背後偷偷笑了好久，不敢讓任何人發現。

當然，笑歸笑，該做的他可一點兒都沒漏下，甚至在封景安三人祭祖歸來時，用想要帶舒盛去他的新家看看為由，將舒盛帶走了，給兩人留下足夠的獨處空間和時間。

舒燕敏銳地察覺到齊球球不對，忍不住皺眉問身邊的封景安。「你覺不覺得球球怪怪的？」

「不覺得。」封景安很滿意齊球球的識趣，並伸手牽住舒燕，帶著她往新房而去。

舒燕眉頭皺得更深了。「他表現得那麼明顯，你怎麼會不覺得呢？」

「我覺得妳忘記了答應我的事情。」封景安說著抬手將新房的門打開。

舒燕聽到動靜，下意識抬眸，結果就看到了滿目喜慶的紅色，心中頓時一驚，這屋子怎麼變成這樣了？

「這是我讓球球幫忙佈置出來的新房，今夜我們履行我們先前做下的約定好不好？」封景安問完忍不住緊張地看著舒燕，生怕在舒燕臉上看到一絲一毫的拒絕。

舒燕臉色一紅，眼神飄忽地避開封景安的視線。

她算是明白封景安為什麼會不覺得齊球球奇怪了，敢情這一切都是他預謀的。

預謀著和她邁入人生的下一個階段，共用往後餘生興衰，兒孫滿堂，同寢而眠。

舒燕反手牽緊了封景安的手，忍著羞赧點頭笑應。

「好，我們履行約定。」

——全書完

2021年3月出版

針愛小神醫

文創風 932～934

不是溫阮要自誇，她醫術精湛，一手針灸之技更是使得出神入化，偏偏她如今只是個孩子啊，這身本領太高強，擺明了是招人懷疑的，幸好從小跟在鬼手神醫身邊，於是她靈機一動宣稱是老人家收的徒弟，而且還是天分極高、師父本人都稱讚不已兼之相見恨晚型的那種高徒，反正老神醫已然死無對證，一切都是她這個小神醫說了算啊！

活死人，肉白骨／迷央

她這是穿書了？而且還穿到了昨天才剛看過的一本小說裡？
欸……她是很慶幸自己沒穿成那個草菅人命、三觀不正的女主啦，
但成為一個因愛上男主導致全家被女主害死的砲灰小女配，是有比較好嗎？
照原書發展，因為她的關係，接下來她大哥會死掉、二哥會斷腿、三哥會毀容，
無論如何她都要力挽狂瀾、扭轉命運，不能邁向書中設定好的喪門星之路啊！
為了小命著想，溫阮打定主意要避開書中的男女主角，不與他們有交集，
無奈人算不如天算，她因同情心氾濫而救了許多人，引來女主注意，
甚至因同病相憐的緣故，救了本該英年早逝的砲灰男配墨逸辰，
她記得這位鎮國公世子驍勇善戰、用兵如神，是女主埋藏於心之人，
但，他啥時成了自己的未婚夫啊？還人盡皆知？這下女主還不恨透她？
她本想趁年輕時好好瞧瞧京都府各家的小公子們，看有無合她眼緣的，
誰知才提了一嘴，這位掛名未婚夫立即罵她胡鬧，說這些事不用考慮，
不是啊，他自己說了不娶她的，怎的還不許她相看人家？這太沒天理了吧？
算了，反正她目前既要醫不良於行的師兄，又要治太后外孫女臉上的疤及心疾，
姑且就先聽他的，不規劃終身大事了，她這是沒空，可不是怕了他喔！

2021年2月出版

金牌虎妻

文創風 927~929

左手生財，右手馴夫，
這穿越後的日子可有得忙了呀~~

婦唱夫隨，富貴花開／橘子汽水

唉，一朝穿越就直接當人妻，丈夫還是被踢出家門、靠收保護費度日的失寵庶子，
本性不壞，但打架鬧事如家常便飯，根本像她養過的哈士奇，一日不管便闖禍！
幸好丈夫喬勐天不怕地不怕，就怕惹她生氣傷心，還有她那根聞名鄉里的家法棍，
關起門來懂得跪算盤認錯，她就不跟他計較了，定把他調教成有出息的忠犬，
從此街頭一霸變成唯娘子是從的妻管嚴，她馭夫的名聲在平江可是響叮噹啊～～
接下來還有更重要的事得做——喬勐口袋空空，以前收的保護費還不夠養家呢！
眼看喬家不肯給金援，打算讓他們自生自滅，再不想辦法賺銀子就要餓肚子了。
幸好前世她是精通雙面繡的刺繡大師，又擅長廚藝，乾脆用這兩樣絕活來掙錢吧！
孰料她準備一展身手之際，喬勐無端捲入傷人官司，縣令盛怒將他抓進牢裡。
她的生財大計豈能少他出力，如今禍從天降，她該怎麼替他解圍才好……

筆上談心，紙裡存情／清棠

2021年2月出版

書中自有圓如玉

看著書上突然浮現的墨字，憑空出現，又慢慢消失，
雖說子不語怪力亂神，他仍是被這陡然出現的異相給驚住，
奇怪的是，除了他以外，旁人竟完全看不見，
日復一日，那歪七扭八的墨字就沒停過，簡直陰魂不散，
所以說，他這是碰上什麼妖魔鬼怪了嗎？

文創風 923 1

媽呀，她這是大白天的活見鬼了嗎？
好好地在自家書房抄縣誌，宣紙上卻突然浮現「你是何方妖孽」幾個字，
沒搞錯吧？她才想問問對方究竟是妖是鬼咧！
鼓起勇氣細問之下才知道，原來這人已經看她抄了半月有餘的縣誌，
倘若這話是真的，那這傢伙比她還慘啊，畢竟她每天從早抄到晚，字還醜！
問題來了，他們兩個普通「人」之間，為什麼會出現這種筆墨相通的狀況？
難道……是穿越大神特地贈送給她祝圓的金手指小禮物？
但所有的紙張、書本甚至連字畫上都能浮現字，她還怎麼讀書、練字啊？

文創風 924 2

祝圓此生的心願不大，只希望能當個米蟲，悠閒地過上滋潤的日子就好，
可她身為一名縣令的女兒，卻還要操心家裡銀錢不夠用是怎樣？
原來爹爹為官清廉，做不來搜刮民脂民膏的事，自然沒油水可撈，
雖然娘親跟她再三保證，他們不至於會挨餓受凍的，
因為京城主宅那邊會送些錢過來，再不濟她娘手上也還有嫁妝呢，
但她聽完只覺得震驚啊，她爹堂堂縣令竟還在啃老？甚至還可能要吃軟飯？
再者，她家手頭這麼緊了，卻還養著一批下人，光飯錢就是一大開銷，
這樣下去不成，既然無法節流，當務之急她得想辦法掙些錢貼補才行啊！

文創風 925 3

祝圓賺到了人生的第一桶金，成功讓爹娘對她的經商能力刮目相看，
與此同時，跟那個神祕筆友的交流也依然持續進行中，
雖然還是不知這人的來歷，但能肯定對方是個男的，並且家世相當不錯，
這還得從兩人聊到朝廷不給力、害得老百姓這麼窮苦一事說起，
正所謂「要致富，先修路」，但朝廷修的路，那能叫路嗎？
晴天是灰塵漫天，雨天又泥濘不堪，當然啥經濟也發展不起來啊！
於是她指點了水泥這條明路，結果他真弄出來築堤、造路，來頭還能小嗎？
話說，水泥是她提的主意，他應該不會這麼小氣，不讓她抽成吧？

文創風 926 4 完

來錢的事祝圓都不吝跟她親愛的筆友三皇子分享，畢竟她撐不起這麼大的攤子，
直接跟謝崢說多好，事成之後他還會分她錢呢，她這是無本生意，穩賺不賠啊！
既然兩人關係這麼好，那應該能託他調查一下家裡幫她相看的幾個對象吧？
模樣啥的都是其次，會不會喝花酒、有無侍妾、人品好不好才重要，
結果好了，他說這個愛喝花酒、那個有通房了，總之就沒一個配得上她的！
要不，請他幫忙介紹一個良配？他倒也爽快，一口就應了她，
可到了相親之日，說好的對象卻成了他自個兒！這是詐騙兼自肥吧？
再者，她想嫁的是家中人口簡單的，但他根本身處全天下最複雜的家庭啊！

文創風 941

福運莽妻 下

國家圖書館出版品預行編目資料

福運莽妻 / 山有木兮著. --
初版. -- 臺北市 ： 狗屋出版社有限公司, 2021.03
冊 ； 公分. --（文創風）
ISBN 978-986-509-198-9（下冊：平裝）. --

857.7　　110001356

著作者	山有木兮
編輯	林俐君
校對	陳依伶
發行所	狗屋出版社有限公司
地址	台北市104中山區龍江路71巷15號1樓
電話	02-2776-5889～0
發行字號	局版台業字845號
法律顧問	蕭雄淋律師
總經銷	知遠文化事業有限公司
電話	02-2664-8800
初版	2021年3月
國際書碼	ISBN-13　978-986-509-198-9

本著作物由北京晉江原創網絡科技有限公司授權出版

定價260元

狗屋劃撥帳號：19001626

網址：love.doghouse.com.tw　E-mail：love@doghouse.com.tw